Ar

Ánge
Puebl
narra
nicaci
Difus
(UNA
rado
Su n
recon
Mazat
pues l
iano, f
hebre
Mastr
centra
conter

Arráncame la vida

Ángeles Mastretta

Vintage Español

Vintage Books

Una división de Random House, Inc.

New York

VINTAGE ESPAÑOL EDICIÓN, JUNIO 1997

Copyright © 1986 por Ángeles Mastretta

Todos los derechos reservados conforme a las
Convenciones de registro Literario Internacionales y de
Pan-América (International and Pan-American Copyright
Conventions). Publicado en los Estados Unidos de América
por Vintage Books, una división de Random House, Inc.,
New York, y simultáneamente en Canadá por Random
House of Canada Limited, Toronto.
Este libro fue publicado por primera vez por Aguilar,
Altea, Tauras, Alfaguara, S.A. de C.V., Av. Universidad,
767, Col del Valle, México, en 1986.

ISBN: 0-375-70199-0

El Web de Random House es: http://www.randomhouse.com/

Impreso en los Estados Unidos de América
20 19 18 17 16 15 14 13 12 11

Este libro es para Héctor por cómplice
y para Mateo por boicoteador.

También para mi mamá
y para mis amigas incluyendo
a Verónica.

Por supuesto les pertenece a Catarina
y a su papá
que lo escribieron conmigo.

CAPÍTULO I

Ese año pasaron muchas cosas en este país.
Entre otras, Andrés y yo nos casamos.

Lo conocí en un café de los portales. En qué
otra parte iba a ser si en Puebla todo pasaba en los
portales: desde los noviazgos hasta los asesinatos,
como si no hubiera otro lugar.

Entonces él tenía más de treinta años y yo
menos de quince. Estaba con mis hermanas y sus
novios cuando lo vimos acercarse. Dijo su nombre y
se sentó a conversar entre nosotros. Me gustó. Tenía
las manos grandes y unos labios que apretados daban
miedo y, riéndose, confianza. Como si tuviera dos
bocas. El pelo después de un rato de hablar se le
alborotaba y le caía sobre la frente con la misma in-
sistencia con que él lo empujaba hacia atrás en un
hábito de toda la vida. No era lo que se dice un
hombre guapo. Tenía los ojos demasiado chicos y la
nariz demasiado grande, pero yo nunca había visto
unos ojos tan vivos y no conocía a nadie con su
expresión de certidumbre.

De repente me puso una mano en el hombro
y preguntó:

—¿Verdad que son unos pendejos?
Miré alrededor sin saber qué decir:

—¿Quiénes? —pregunté.

—Usted diga que sí, que en la cara se le nota que está de acuerdo —pidió riéndose.

Dije que sí y volví a preguntar quiénes. Entonces él, que tenía los ojos verdes, dijo cerrando uno:

—Los poblanos, chula. ¿Quiénes si no?

Claro que estaba yo de acuerdo. Para mí los poblanos eran esos que caminaban y vivían como si tuvieran la ciudad escriturada a su nombre desde hacía siglos. No nosotras, las hijas de un campesino que dejó de ordeñar vacas porque aprendió a hacer quesos; no él, Andrés Ascencio, convertido en general gracias a todas las casualidades y todas las astucias menos la de haber heredado un apellido con escudo.

Quiso acompañarnos hasta la casa y desde ese día empezó a visitarla con frecuencia, a dilapidar sus coqueterías conmigo y con toda la familia, incluyendo a mis papás que estaban tan divertidos y halagados como yo.

Andrés les contaba historias en las que siempre resultaba triunfante. No hubo batalla que él no ganara, ni muerto que no matara por haber traicionado a la Revolución o al Jefe Máximo o a quien se ofreciera.

Se nos metió de golpe a todos. Hasta mis hermanas mayores, Teresa, que empezó calificándolo de viejo concupiscente, y Bárbara, que le tenía un miedo atroz, acabaron divirtiéndose con él casi tanto como Pía la más chica. A mis hermanos los compró para siempre llevándolos a dar una vuelta en su coche.

A veces traía flores para mí y chicles americanos para ellos. Las flores nunca me emocionaron, pero me sentía importante arreglándolas mientras él fumaba un puro y conversaba con mi padre sobre la laboriosidad campesina o los principales jefes de la Revolución y los favores que cada uno le debía.

Después me sentaba a oírlos y a dar opiniones con toda la contundencia que me facilitaban la cercanía de mi padre y mi absoluta ignorancia.

Cuando se iba yo lo acompañaba a la puerta y me dejaba besar un segundo, como si alguien nos espiara. Luego salía corriendo tras mis hermanos.

Nos empezaron a llegar rumores: Andrés Ascencio tenía muchas mujeres, una en Zacatlán y otra en Cholula, una en el barrio de La Luz y otras en México. Engañaba a las jovencitas, era un criminal, estaba loco, nos íbamos a arrepentir.

Nos arrepentimos, pero años después. Entonces mi papá hacía bromas sobre mis ojeras y yo me ponía a darle besos.

Me gustaba besar a mi papá y sentir que tenía ocho años, un agujero en el calcetín, zapatos rojos y un moño en cada trenza los domingos. Me gustaba pensar que era domingo y que aún era posible subirse en el burro que ese día no cargaba leche, caminar hasta el campo sembrado de alfalfa para quedar bien escondida y desde ahí gritar: «A que no me encuentras, papá.» Oír sus pasos cerca y su voz: «¿Dónde estará esta niña? ¿Dónde estará esta niña?», hasta fingir que se tropezaba conmigo, aquí está la niña, y tirarse cerca de mí, abrazarme las piernas y reírse:

—Ya no se puede ir la niña, la tiene atrapada un sapo que quiere que le dé un beso.

Y de veras me atrapó un sapo. Tenía quince años y muchas ganas de que me pasaran cosas. Por eso acepté cuando Andrés me propuso que fuera con él unos días a Tecolutla. Yo no conocía el mar, él me contó que se ponía negro en las noches y transparente al mediodía. Quise ir a verlo. Nada más dejé un recado diciendo: «Queridos papás, no se preocupen, fui a conocer el mar.»

En realidad, fui a pegarme la espantada de mi vida. Yo había visto caballos y toros irse sobre yeguas y vacas, pero el pito parado de un señor era otra cosa. Me dejé tocar sin meter las manos, sin abrir la boca, tiesa como muñeca de cartón, hasta que Andrés me preguntó de qué tenía miedo.

—De nada —dije.

—Entonces ¿por qué me ves así?

—Es que no estoy muy segura de que eso me quepa —le contesté.

—Pero cómo no muchacha, nomás póngase flojita —dijo y me dio una nalgada—. Ya ve cómo está tiesa. Así claro que no se puede. Pero aflójese. Nadie se la va a comer si usted no quiere.

Volvió a tocarme por todas partes como si se hubiera acabado la prisa. Me gustó.

—Ya ve cómo no muerdo —dijo hablándome de usted como si fuera yo una diosa—. Fíjese, ya está mojada —comentó con el mismo tono de voz que mi madre usaba para hablar complacida de sus guisos. Luego se metió, se movió, resopló y gritó como si yo no estuviera abajo otra vez tiesa, bien tiesa.

—No sientes, ¿por qué no sientes? —preguntó después.

—Sí siento, pero el final no lo entendí.

—Pues el final es lo que importa —dijo hablando con el cielo—. ¡Ay estas viejas! ¿Cuándo aprenderán?

Y se quedó dormido.

Yo me pasé toda la noche despierta, como encendida. Anduve caminando. Por las piernas me

corría un líquido, lo toqué. No era mío, él me lo
había echado. Al amanecer me fui a dormir con mis
cavilaciones. Cuando él me sintió entrar en la cama
nomás estiró un brazo y me lo puso encima. Des-
pertamos con los cuerpos trenzados.

—¿Por qué no me enseñas? —le dije.

—¿A qué?

—Pues a sentir.

—Eso no se enseña, se aprende —contestó.

Entonces me propuse aprender. Por lo pronto me dediqué a estar flojita, tanto que a veces parecía lela. Andrés hablaba y hablaba mientras caminábamos por la playa; yo columpiaba los brazos,
abría la boca como si se me cayera la mandíbula,
metía y sacaba la barriga, apretaba y aflojaba las
nalgas.

¿De qué tanto hablaba el general? Ya no me
acuerdo exactamente, pero siempre era de sus pro-
yectos políticos, y hablaba conmigo como con las
paredes, sin esperar que le contestara, sin pedir mi
opinión, urgido sólo de audiencia. Por esas épocas
andaba planeando cómo ganarle al general Pallares
la gubernatura del estado de Puebla. No lo bajaba
de pendejo pero se ocupaba de él como si no lo fuera.

—No ha de ser tan pendejo donde te preocupa
—le dije una tarde. Estábamos viendo la puesta
del sol.

—Claro que es un pendejo. Y tú qué te metes,
¿quién te pidió tu opinión?

—Hace cuatro días que hablas de lo mismo,
ya me dio tiempo de tener una opinión.

—Vaya con la señorita. No sabe ni cómo se
hacen los niños y ya quiere dirigir generales. Me
está gustando —dijo.

Cuando acabó la semana me devolvió a mi
casa con la misma frescura con que me había sacado

y desapareció como un mes. Mis padres me recibieron de regreso sin preguntas ni comentarios. No estaban muy seguros de su futuro y tenían seis hijos, así que se dedicaron a festejar que el mar fuera tan hermoso y el general tan amable que se molestó en llevarme a verlo.

—¿Por qué no vendrá don Andrés? —empezó a preguntar mi papá como a los quince días de ausencia.

—Anda en eso de ganarle al general Pallares —dije yo, que más que pensar en él me había quedado obsesionada con sentir.

Ya no iba a la escuela, casi ninguna mujer iba a la escuela después de la primaria, pero yo fui unos años más porque las monjas salesianas me dieron una beca en su colegio clandestino. Estaba prohibido que enseñaran, así que ni título ni nada tuve, pero la pasé bien. Todo se agradecía. Aprendí los nombres de las tribus de Israel, los nombres de los jefes y descendientes de cada tribu y los nombres de todas las ciudades y todos los hombres y mujeres que cruzaban por la Historia Sagrada. Aprendí que Benito Juárez era masón y había vuelto del otro mundo a jalarle la sotana a un cura para que ya no se molestara en decir misas por él, que estaba en el infierno desde hacía un rato.

Total, terminé la escuela con una mediana caligrafía, algunos conocimientos de gramática, poquísimos de aritmética, ninguno de historia y varios manteles de punto de cruz.

Cuando tuve que permanecer encerrada todo el día, mi madre puso su empeño en que fuera una excelente ama de casa, pero siempre me negué a remendar calcetines y a sacarles la basurita a los frijoles. Me quedaba mucho tiempo para pensar y empecé a desesperarme.

Una tarde fui a ver a la gitana que vivía por el barrio de La Luz y tenía fama de experta en amores. Había una fila de gente esperando turno. Cuando por fin me tocó pasar, ella se sentó frente a mí y me preguntó qué quería saber. Le dije muy seria:

—Quiero sentir —se me quedó mirando, yo también la miré, era una mujer gorda y suelta; por el escote de la blusa le salía la mitad de unos pechos blancos, usaba pulseras de colores en los dos brazos y unas arracadas de oro que se columpiaban de sus oídos rozándole las mejillas.

—Nadie viene aquí a eso —me dijo—. No sea que después tu madre me quiera echar pleito.

—¿Usted tampoco siente? —pregunté.

Por toda respuesta empezó a desvestirse. En un segundo se desamarró la falda, se quitó la blusa y quedó desnuda, porque no usaba calzones ni fondos ni sostenes.

—Aquí tenemos una cosita —dijo metiéndose la mano entre las piernas—. Con ésa se siente. Se llama el timbre y ha de tener otros nombres. Cuando estés con alguien piensa que en ese lugar queda el centro de tu cuerpo, que de ahí vienen todas las cosas buenas, piensa que con eso piensas, oyes y miras; olvídate de que tienes cabeza y brazos, ponte toda ahí. Vas a ver si no sientes.

Luego se vistió en otro segundo y me empujó a la puerta.

—Ya vete. No te cobro porque yo sólo cobro por decir mentiras y lo que te dije es la verdad por ésta, y besó la cruz que hacía con dos dedos.

Volví a casa segura de que sabía un secreto que era imposible compartir. Esperé hasta que se apagaron todas las luces y hasta que Teresa y Bárbara parecían dormidas sin regreso. Me puse la mano en el timbre y la moví. Todo lo importante estaba ahí, por ahí se miraba, por ahí se oía, por ahí se pensaba. Yo no tenía cabeza, ni brazos, ni pies ni ombligo. Las piernas se me pusieron tiesas como si quisieran desprenderse. Y sí, ahí estaba todo. —¿Qué te pasa Cati? ¿Por qué soplas? —preguntó Teresa despavilándose. Al día siguiente amaneció contándole a todo el mundo que yo la había despertado con unos ruidos raros, como si me ahogara. A mi madre le entró preocupación y hasta quiso llevarme al doctor. Así le había empezado la tuberculosis a la dama de las camelias.

A veces todavía tengo nostalgia de una boda en la iglesia. Me hubiera gustado desfilar por un pasillo rojo del brazo de mi padre hasta el altar, con el órgano tocando la marcha nupcial y todos mirándome.

Siempre me río en las bodas. Sé que tanta faramalla acabará en el cansancio de todos los días durmiendo y amaneciendo con la misma barriga junto. Pero la música y el desfile señoreados por la novia todavía me dan más envidia que risa.

Yo no tuve una boda así. Me hubieran gustado mis hermanas de damas color de rosa, bobas y sentimentales, con los cuerpos forrados de organza y encaje. Mi papá de negro y mi madre de largo. Me hubiera gustado un vestido con las mangas amplias y el cuello alto, con la cola extendida por todos los escalones hasta el altar.

Eso no me hubiera cambiado la vida, pero podría jugar con el recuerdo como juegan otras. Podría evocarme caminando el pasillo de regreso, apoyada en Andrés y saludando desde la altura de mi nobleza recién adquirida, desde la alcurnia que todos otorgan a una novia cuando vuelve del altar. Yo me hubiera casado en Catedral para que el pasillo fuera aun más largo. Pero no me casé. Andrés me convenció de que todo eso eran puras pendejadas y de que él no podía arruinar su carrera política. Había participado en la guerra anticristera de Jiménez, le debía lealtad al Jefe Máximo, ni de chiste se iba a casar por la iglesia. Por lo civil sí, la ley civil había que respetarla, aunque lo mejor, decía, hubiera sido un rito de casamiento militar. Lo estaba diciendo y lo estaba inventando, porque nosotros nos casamos como soldados.

Un día pasó en la mañana.

—¿Están tus papás? —preguntó.

Sí estaban, era domingo. ¿Dónde podrían estar sino metidos en la casa como todos los domingos?

—Diles que vengo por ustedes para que nos vayamos a casar.

—¿Quiénes? —pregunté.

—Yo y tú —dijo—. Pero hay que llevar a los demás.

—Ni siquiera me has preguntado si me quiero casar contigo —dije—. ¿Quién te crees?

—¿Cómo que quién me creo? Pues me creo yo, Andrés Ascencio. No proteste y súbase al coche.

Entró a la casa, cruzó tres palabras con mi papá y salió con toda la familia detrás.

Mi mamá lloraba. Me dio gusto porque le imponía algo de rito a la situación. Las mamás siempre lloran cuando se casan sus hijas.

—¿Por qué lloras mamá?

—Porque presiento, hija.

Mi mamá se la pasaba presintiendo.

Llegamos al registro civil. Ahí estaban es-

perando unos árabes amigos de Andrés, Rodolfo
el compadre del alma, con Sofía su esposa, que me
miró con desprecio. Pensé que le darían rabia mis
piernas y mis ojos, porque ella era de pierna flaca
y ojo chico. Aunque su marido fuera subsecretario
de guerra.

El juez era un chaparrito, calvo y solemne.

—Buenas, Cabañas —dijo Andrés.

—Buenos días, general, qué gusto nos da
tenerlo por aquí. Ya está todo listo.

Sacó una libreta enorme y se puso detrás
de un escritorio. Yo insistía en consolar a mi mamá
cuando Andrés me jaló hasta colocarme junto a él,
frente al juez. Recuerdo la cara del juez Cabañas,
roja y chipotuda como la de un alcohólico; tenía
los labios gruesos y hablaba como si tuviera un puño
de cacahuetes en la boca.

—Estamos aquí reunidos para celebrar el
matrimonio del señor general Andrés Ascencio con
la señorita Catalina Guzmán. En mi calidad de representante de la ley, de la única ley que debe cum-
plirse para fundar una familia, le pregunto: Catalina,
¿acepta por esposo al general Andrés Ascencio aquí
presente?

—Bueno —dije.

—Tiene que decir *sí* —dijo el juez.

—Sí —dije.

—General Andrés Ascencio, ¿acepta usted
por esposa a la señorita Catalina Guzmán?

—Sí —dijo Andrés—. La acepto, prometo
las deferencias que el fuerte debe al débil y todas
esas cosas, así que puedes ahorrarte la lectura. ¿Dónde te firmamos? Toma la pluma Catalina.

Yo no tenía firma, nunca había tenido que
firmar, por eso nada más puse mi nombre con la letra

de piquitos que me enseñaron las monjas: Catalina Guzmán.

—De Ascencio, póngale ahí, señora —dijo Andrés que leía tras mi espalda.

Después él hizo un garabato breve que con el tiempo me acostumbré a reconocer y hasta hubiera podido imitar.

—¿Tú pusiste de Guzmán? —pregunté.

—No m'ija, porque así no es la cosa. Yo te protejo a ti, no tú a mí. Tú pasas a ser de mi familia, pasas a ser mía —dijo.

—¿Tuya?

—A ver los testigos —llamó Andrés, que ya le había quitado el mando a Cabañas—. Tú, Yúnez, fírmale. Y tú Rodolfo. ¿Para qué los traje entonces?

Cuando estaban firmando mis papás, le pregunté a Andrés dónde estaban los suyos. Hasta entonces se me ocurrió que él también debía tener padres.

—Nada más vive mi madre pero está enferma —dijo con una voz que le oí esa mañana por primera vez y que pasaba por su garganta solamente cuando hablaba de ella—. Pero para eso vinieron Rodolfo y Sofía, mis compadres. Para que no faltara la familia.

—Si firma Rodolfo, también que firmen mis hermanos —dije yo.

—Estás loca, si son puros escuincles.

—Pero yo quiero que firmen. Si Rodolfo firma, yo quiero que ellos firmen. Ellos son los que juegan conmigo —dije.

—Que firmen, pues. Cabañas, que firmen también los niños —dijo Andrés.

Nunca se me olvidarán mis hermanos pasando a firmar. Hacía tan poco que habíamos llegado de Tonanzintla que no se les quitaba lo ranchero todavía. Bárbara estaba segura de que yo había enloquecido y abría sus ojos asustados. Teresa no quiso jugar. Marcos y Daniel firmaron muy serios, con los pelos engomados por delante y despeinados por atrás. Ellos se peinaban como si les fueran a tomar una foto de frente, lo demás no importaba. A Pía le habíamos puesto en la cabeza un moño casi de su tamaño. Los ojos le llegaban a la altura del escritorio y de ahí para arriba todo era un enorme listón rojo con puntos blancos.

—Después no digas que en tu familia no se pusieron sus moños —dijo Andrés pellizcándome la cintura, y para que lo oyera mi papá. Entonces no me di cuenta de que era para eso, hoy tengo la certidumbre de que lo dijo para mi papá. Con los años aprendí que Andrés no decía nada por decir. Y que le hubiera gustado tener que amenazar a mi padre. La tarde anterior había hablado con él. Le había dicho que se quería casar conmigo, que si no le parecía, tenía modo de convencerlo, por las buenas o por las malas.

—Por las buenas, general, será un honor —había dicho mi padre incapaz de oponerse.

Años después, cuando su hija Lilia se andaba queriendo casar, Andrés me dijo:

—¿Piensas que yo voy a ser con mis hijas como tu papá contigo? Ni madres. A mis hijas no se las lleva cualquier cabrón de la noche a la mañana. A mis hijas me las vienen a pedir con tiempo para que yo investigue al cretino que se las quiere coger. Yo no regalo a mis crías. El que las quiera que me ruegue y se ponga con lo que tenga. Si hay negocio lo hacemos; si no, se me va luego a la chingada. Y se me casan por la iglesia, que ya se jodió Jiménez en su pleito con los curas.

Pía no supo firmar y pintó una bolita con dos

ojos. El juez le dio una palmada en el moño y respiró profundo para que no se le notara que iba perdiendo la paciencia. Por suerte, ahí terminó todo. Rodolfo y Chofi firmaron rápido, se morían de hambre el par de gordos.

Nos fuimos a desayunar a los portales. Andrés pidió café para todos, chocolate para todos, tamales para todos.

—Yo quiero jugo de naranja —dije.

—Usted se toma su café y su chocolate como todo el mundo. No meta el desorden —regañó Andrés.

—Pero es que yo no puedo desayunar sin jugo.

—Usted lo que necesita es una guerra. Orita mismo aprende a desayunar sin jugo. ¿De dónde saca que siempre va a tener jugo?

—Papá, dile que yo tomo jugo en las mañanas —pedí.

—Tráigale un jugo de naranja a la niña —dijo mi papá con tal tono de desafío que el mesero salió corriendo.

—Está bien. Tómate tu jugo, pareces gringa. ¿Qué campesino amanece con jugo en este país? Ni creas que vas a tener siempre todo lo que quieras. La vida con un militar no es fácil. De una vez velo sabiendo. Y usted don Marcos, acuérdese que ella ya no es su niña y que en esta mesa mando yo.

Hubo un silencio largo durante el cual sólo se oyó a Chofi morder una campechana recién dorada.

—¿Y qué? —dijo Andrés—. ¿Por qué tan callados si estamos de fiesta? Se casó su hermana, niños, ¿ni una porra le van a echar?

—¿Aquí? —dijo Teresa que tenía un sentido del ridículo profundamente arraigado—. Usted está loco.

—¿Qué dijiste? —preguntó Andrés.

—¡Mucha suerte, muchas felicidades! —gritó Bárbara echándonos arroz en la cabeza—. Mucha suerte Cati —decía y metía el arroz por mi pelo, y me lo sobaba en la cabeza acarciándome—. Mucha suerte —seguía diciendo mientras me abrazaba y me daba besos hasta que las dos empezamos a llorar.

CAPÍTULO II

Nunca fuimos una pareja como las otras. De recién casados íbamos juntos a todas partes. A veces las reuniones eran de puros hombres. Andrés llegaba conmigo y se metía entre ellos abrazándome. Casi siempre sus amigos venían a la casa de la 9 Norte. Era una casa grande para nosotros dos. Una casa en el centro, cerca del zócalo, la casa de mis papás y las tiendas.

Yo iba a pie a todos lados y nunca estaba sola. En las mañanas salíamos a montar a caballo. Íbamos en el Ford de Andrés hasta la Plaza del Charro, donde guardaban nuestros caballos. Al día siguiente de la boda me compró una yegua colorada a la que llamé Pesadilla. El suyo era un potro llamado Al Capone.

Andrés se levantaba con la luz, dando órdenes como si fuera yo su regimiento. No se quedaba acostado ni un minuto después de abrir los ojos. Luego luego brincaba y corría alrededor de la cama repitiendo un discurso sobre la importancia del ejercicio. Yo me quedaba quieta tapándome los ojos y pensando en el mar o en bocas riéndose. A veces me quedaba tanto tiempo que Andrés volvía del baño en el que se encerraba con el periódico, y gritoneaba:

—Órale güevoncita. ¿Qué haces ahí pensando

como si pensaras? Te espero abajo, cuento a 300 y me voy.

Iba del camisón a los pantalones como una sonámbula, me peinaba con las manos, pasaba frente al espejo abrochándome la blusa y me quitaba una legaña. Después corría por las escaleras con las botas en la mano, abría la puerta y ahí estaba él:

—Doscientos noventa y ocho, doscientos noventa y nueve. Otra vez no te dio tiempo de ponerte las botas. Vieja lenta —decía subido en el Ford y acelerando.

Yo metía la cabeza por la ventana, lo besaba y lo despeinaba antes de brincar al suelo y dar vuelta para subirme junto a él.

Había que salir de la ciudad para llegar a la Plaza del Charro. Ya estaba el sol tibio cuando el mocito nos traía los caballos. Andrés se montaba de un salto sin que nadie lo ayudara, pero antes me subía en Pesadilla y le acariciaba el cuello.

Todo por ahí era campo. Así que nos salíamos a correrlo como si fuera nuestro rancho. No se me ocurría entonces que sería necesario tener todos los ranchos que tuvimos después. Con ese campito me bastaba.

A veces Al Capone salía disparado rumbo a no sé dónde. Andrés le soltaba la rienda y lo dejaba correr. Los primeros días yo no sabía que los caballos se imitan y me asustaba cuando Pesadilla salía corriendo como si yo se lo hubiera pedido. No podía sostenerme sin golpear la silla con las nalgas a cada trote. Me salían moretones. En las tardes se los enseñaba a mi general que se moría de la risa.

—Es que las azotas contra la silla. Apóyate en los estribos cuando corras.

Oía sus instrucciones como las de un dios.

Siempre me sorprendía con algo y le daban risa mis ignorancias.

—No sabes montar, no sabes guisar, no sabías coger ¿A qué dedicaste tus primeros quince años de vida? —preguntaba.

Siempre volvía a la hora de comer. Yo entré a clases de cocina con las hermanas Muñoz y me hice experta en guisos. Batía pasteles a mano como si me cepillara el pelo. Aprendí a hacer mole, chiles en nogada, chalupas, chileatole, pipián, tinga. Un montón de cosas.

Éramos doce alumnas en la clase de los martes y jueves a las diez de la mañana. Yo la única casada.

Cuando José Muñoz terminaba de dictar, Clarita su hermana ya tenía los ingredientes sobre la mesa y nos repartía el quehacer.

Lo hacíamos por parejas, el día del mole me tocó con Pepa Rugarcía, que pensaba casarse pronto. Mientras meneábamos el ajonjolí con unas cucharas de palo me preguntó:

—¿Es cierto que hay un momento en que uno tiene que cerrar los ojos y rezar un Avemaría?

Me reí. Seguimos moviendo el ajonjolí y quedamos de platicar en la tarde. Mónica Espinosa freía las pepitas de calabaza en la hornilla de junto y se invitó ella misma a la reunión.

Cuando todo estuvo frito hubo que molerlo.

—Nada de ayudantes —decían las Muñoz—. Están muy difíciles los tiempos, así que más les vale aprender a usar el metate.

Nos íbamos turnando. Una por una pasamos frente al metate a subir y bajar el brazo sobre los chiles, los cacahuates, las almendras, las pepitas. Pero no conseguimos más que medio aplastar las cosas.

Después de un rato de hacernos sentir idiotas Clarita se puso a moler con sus brazos delgados, moviendo la cintura y la espalda, entregada con frenesí a hacer polvito los ingredientes. Era menuda y firme. Mientras molía se fue poniendo roja, pero no sudó.

—¿Ven? ¿Ya vieron? —dijo al terminar. Mónica empezó un aplauso y todas la seguimos. Clarita caminó hasta el trapo de cocina que colgaba de un gancho junto al fregadero y se limpió las manos.

—No sé cómo se van a casar. Donde estén igual de ignorantes en lo demás.

Acabamos como a las tres de la tarde con los delantales pringados de colorado. Teníamos mole hasta en las pestañas. El pavo se repartió en catorce y cada quién salió con un plato de muestra.

Cuando llegué a la casa, Andrés estaba esperándome con un hambre de perro callejero.

Enseñé el mole, le puse ajonjolí de adorno y nos sentamos a comerlo con tortillas y tragos de cerveza. No hablábamos. De repente a mitad de un bocado nos hacíamos un gesto y seguíamos comiendo. Cuando él dejó su plato tan limpio que se veían los dibujos azules de la talavera, dijo que dudaba mucho de que yo hubiera hecho ese guiso.

—Lo hicimos entre todas.

—Entre todas las Muñoz lo han de haber hecho —dijo.

Me dio un beso y volvió a la calle. Yo fui a buscar a Pepa y Mónica en los portales.

Cuando llegué ya estaban ahí. Mónica llorando porque Pepa le había asegurado que si alguien le daba un beso de lengua le hacía un hijo.

—Adrián ayer me dio uno de ésos cuando se distrajo mi mamá —decía entre sollozos.

Lo que hice fue llevarlas con la gitana del barrio de La Luz. A mí no me iban a creer nada.

Cuando les pregunté si sabían para qué servía el pito de los señores, Pepa dijo:

—¿No para hacer pipí?

Fuimos con la gitana y ella les explicó, las sobó con un huevo y las hizo morder unas ramitas de perejil. Después nos leyó la mano a las tres. A Pepa y Mónica les aseguró que serían felices, que tendrían seis hijos una y cuatro la otra, que el marido de Mónica iba a estar enfermo y que el de Pepa nunca sería tan inteligente como ella.

—Pero es rico —dijo Mónica.

—Riquísimo, niña, eso ni quien se lo quite. Cuando yo extendí la mano acarició el centro de mi palma y metió los ojos en ella:

—Ay, hija, qué cosas tan raras tienes tú aquí.

—Dígamelas —pedí.

—Otro día. Ahora ya es muy tarde, ya me cansé. ¿Venías a que instruyera yo a éstas? Pues ya está. Váyanse.

—Dígale —pidieron Pepa y Mónica mientras yo seguía extendiendo la mano que ella había soltado. Entonces se acercó, volvió a mirarla, volvió a sobarla.

—Ay muchacha es que tú tienes muchos hombres aquí —dijo—. También tienes muchas penas. Ven otro día. Hoy debo estar viendo mal. Así me pasa a veces —soltó la mano y nos fuimos a comer una torta de Meche.

—A mí me gustaría tener una mano tan interesante como la tuya —dijo Pepa mientras caminábamos por la 3 Oriente rumbo a su casa.

En la noche, acostada junto a mi general, acaricié su panza.

Ahorita yo lo quiero —pensé— quién sabe después. Me contestó con un ronquido.

Como a la semana invitamos a un amigo a probar los muéganos que hice con las Muñoz. Estábamos tomando el café cuando llegaron unos soldados con orden de aprehensión en contra de Andrés. Era por homicidio y la firmaba el gobernador. Andrés la leyó sin hacer ningún escándalo. Yo me puse a llorar.

—¿Cómo que te llevan? ¿A dónde te llevan? ¿Tú no has matado a nadie?

—No te preocupes, hija, vuelvo en un rato —dijo, y le pidió a su amigo que me acompañara.

—Voy a pedir una explicación. Seguramente hay un error.

Me sobó la cabeza y se fue.

Cuando cerró la puerta volví a llorar. Que se lo llevaran era una humillación peor que una patada en la cara. ¿Cómo iba a ver a mis amigas? ¿Qué les iba a decir a mis papás? ¿Con quién me iba a acostar? ¿Quién iba a despertarme en las mañanas?

No se me ocurrió otra cosa que correr a la iglesia de Santiago. Me habían contado la llegada de una virgen nueva capaz de cualquier milagro. Me arrepentí de todas las misas a las que había faltado y de todos los viernes primeros con los que no había cumplido.

Santiago era una iglesia oscura, con santos en las paredes y un altar dorado y resplandeciente. Ahí, hasta arriba, estaba una virgen con su niño tocándole el corazón con una mano.

A las seis se rezaba el rosario. Me hinqué hasta adelante para que la virgen me viera mejor. Estaba llena la iglesia y temí que mi asunto se perdiera entre la gente. A las seis en punto el padre llegó frente al altar con su enorme rosario entre las manos. Era joven, tenía los ojos grandes, se le empezaba a caer el pelo. Su voz sonaba tan fuerte que se oía por toda la iglesia.

—Los misterios que vamos a considerar son los misterios gozosos. El primer misterio, La Anunciación. Padrenuestroqueestasenloscielos... —empezó. Yo iba contestando los padres nuestros, las aves marías y las jaculatorias con un fervor que no tuve ni en el colegio. Por dentro decía: «Cuídamelo, virgencita; devuélvemelo, virgencita.»

Al terminar cada misterio, el órgano que estaba en el coro tocaba los primeros acordes de una canción que todos sabían, entonces el padre llevaba la voz, y la gente cantaba dirigida por él.

Después de la letanía aparecieron dos acólitos con incensarios, los llenaron y empezaron a moverlos de atrás para adelante en dirección a la virgen. Todo se fue llenando de un humo plateado.

—Nuestra Señora del Sagrado Corazón, rogad por nosotros, rogad por nosotros —cantaban todos. Por el pasillo del centro varias mujeres se arrastraban de rodillas hasta el altar, con los brazos en cruz. Dos lloraban.

Pensé que debería estar entre ellas, pero me dio vergüenza. Si tenía que llegar a eso para que saliera Andrés, seguro que no regresaría.

Mientras la gente imploraba una y otra vez el mismo Nuestra Señora del Sagrado Corazón, las mujeres se iban acercando al altar.

Arrecié mis súplicas. Hablé bajito mirando a la virgen tan tranquila, dueña de su corona y de nosotros que la mirábamos desde abajo.

Ella no nos veía, tenía los párpados bajos y ninguna edad, ninguna preocupación.

De repente el órgano dejó de sonar y el padre abriendo los brazos y haciendo una cruz con cada mano dijo:

—Acordaos, ¡oh Nuestra Señora del Sagrado Corazón!, del inefable poder que vuestro divino Hijo os ha dado sobre su corazón adorable. Llenos de confianza en vuestros merecimientos venimos a implorar vuestra protección, ¡oh tesorera celestial del Corazón de Jesús! Ya no me acuerdo cómo seguía pero llegaba hasta un momento en que uno tenía que pedir el favor por el que iba.

Se oyó un enorme susurro. De todas partes salió el rumor de un montón de bocas. Yo también susurré:

—Que regrese Andrés, que no lo encierren, que no me deje sola.

—No, no podemos salir desairados —entraron todas las voces cuando entró la del padre. Los brazos en cruz se extendieron por la iglesia.

La gente se iba acercando al altar y me aplastaban contra él. El órgano tocó el *Adiós, oh madre*. Todos cantábamos: «Los corazones laten por vos, una y mil veces adiós, adiós.» Cuando de atrás empezaron a llegar gritos:

—¡Viva Cristo Rey! ¡Viva Cristo Rey!

Unos gendarmes entraron por el pasillo y a empujones se abrieron paso hasta el altar. Mareada por la gente y el incienso pude oír cuando uno de ellos le dijo al cura:

—Tiene usted que venir con nosotros. Ya sabe la razón, no haga escándalo.

El órgano siguió tocando.

—Me van a permitir que termine —dijo el padre—. Voy a dar la bendición con el Santísimo y después los acompaño a donde quieran.

El tipo lo dejó levantarse del reclinatorio y

caminar hasta el sagrario como si no tuviera miedo. Pensé que sería la confianza en su virgen. Abrió el sagrario y sacó la hostia grandísima entre dos cristales. Un acólito le acercó la custodia de oro y piedras rojas. El la abrió, colocó la hostia en medio y se volvió hacia nosotros. Todos nos persignamos, y el órgano siguió tocando hasta que el padre bajó los escalones y se metió en la sacristía. Fui tras él. Sólo pude llegar a la puerta pero lo vi quitarse la estola y ponerse un sombrero. Los soldados no lo tocaron, él los siguió. Con eso tuve para perderle la confianza a la Virgen del Sagrado Corazón.

Esa noche me metí en la cama temblando del miedo y del frío, pero no fui a casa de mis papás. Conversé un rato con Chema nuestro amigo que había estado dando vueltas para investigar. Andrés estaba acusado de matar a un falsificador de títulos que se vendían a profesores del ejército. Se decía que lo había matado porque el de la idea de falsificar y el jefe de todo el negocio era él, y que cuando la Secretaría de Guerra y Marina descubrió los títulos apócrifos y dio con los dibujantes, Andrés tuvo miedo y se deshizo del que lo conocía mejor.

Chema dijo que eso era imposible, que mi marido no iba a andar matando así porque así, que no tenía negocios tan pendejos, que lo que sucedía era que el gobernador Pallares lo detestaba y quería acabar con él.

No entendí por qué lo detestaba si le había ganado. El poderoso era él, ¿para qué ensañarse con Andrés que ya bastante tenía con haber perdido?

Al día siguiente los periódicos publicaron su foto tras las rejas, yo no me atrevía a salir de la casa. Estaba segura de que en la clase de cocina nadie me hablaría, pero me tocaba llevar los ingredientes para el relleno de los chiles en nogada y no pude faltar. Llegué a las diez y media con cara de insomne y con duraznos, manzanas, plátanos, pasitas, almendras, granadas y jitomates en una canasta.

La cocina de las Muñoz era enorme. Cabíamos veinte mujeres sin tropezarnos. Cuando llegué ya estaban ahí las demás.

—Te estamos esperando —dijo Clarita.

—Es que...

—No hay pretextos que valgan. De las mujeres depende que se coma en el mundo y esto es un trabajo, no un juego. Ponte a picar toda esa fruta. A ver, niñas, ¿quién hace grupo aquí?

Sólo Mónica, Pepa y Lucía Maurer se acercaron. Las demás me veían desde atrás de la mesa. Hubiera querido que dijeran que Andrés era un asesino y que ellas no trataban con su mujer, pero en Puebla no eran así las cosas. Ninguna me dio la mano, pero ninguna me dijo lo que estaba pensando.

Mónica se paró junto a mí con su cuchillo y se puso a picar un plátano despacito mientras me preguntaba por qué se habían llevado al general y si yo sabía la verdad. Luci Maurer me puso la mano en el hombro y después comenzó a pelar las manzanas que sacaba de mi canasta. Pepa no podía dejar de morderse las uñas, entre mordida y mordida regañaba a Mónica por hacerme tantas preguntas y en cuanto logró que suspendiera su interrogatorio me dijo:

—¿Tuviste miedo en la noche?

—Un poco —le contesté sin dejar de picar duraznos.

Cuando salimos de casa de las Muñoz me quedé parada a media calle con mi plato de chiles adornados con perejil y granada. A mis amigas las recogieron a las dos en punto.

—No les hagas caso —dijo Mónica antes de subirse al coche en que la esperaba su madre.

Fui a la casa caminando. Abrí la puerta con la llave gigante que tenía siempre en la bolsa.

—¡Andrés! —grité. Nadie me contestó. Puse el plato de chiles en el suelo y seguí gritando—: ¡Andrés! ¡Andrés! —nadie contestó. Me senté en cuclillas a llorar sobre la nogada.

Estaba de espaldas a la puerta, mirando entre lagrimones lo verdes que se habían puesto mis plantas del jardín, cuando el cerrojo tronó exactamente como lo hacía sonar Andrés.

—¿Así que estás llorando por tu charro? —dijo. Me levanté del suelo y fui a tocarlo. El sol de las tres de la tarde pegaba en los cristales y sobre el patio. Me quité los zapatos y empecé a desabrocharme los botones del vestido. Metí las manos bajo su camisa, lo jalé hasta el pasto del jardín. Ahí comprobé que no le habían cortado el pito. Luego me acordé de los chiles en nogada y salí corriendo por ellos. Nos los comimos a bocados rápidos y grandes.

—¿Por qué te llevaron y por qué te devolvieron? —pregunté.

—Por cabrones y por pendejos —dijo Andrés.

Al día siguiente salió en el periódico que el cura de Santiago tenía dos años de cárcel por organizar una manifestación contra la ley de cultos y que el general Andrés Ascencio había quedado libre y recibido las debidas disculpas tras probar su absoluta inocencia en el caso de la muerte de un falsificador de diplomas.

Ya no quise volver a la clase de cocina. Cuando Andrés me preguntó por qué ya no iba, terminé

contándole las miradas y los modos que padecí. Me
jaló hacia él, me dio una nalgada.

—Qué buena estás —dijo—, espérate a que
yo mande aquí.

CAPÍTULO III

Se me hizo larga la espera. Andrés pasó cuatro años entrando y saliendo sin ningún rigor, viéndome a veces como una carga, a veces como algo que se compra y se guarda en un cajón y a veces como el amor de su vida. Nunca sabía yo en qué iba a amanecer; si me querría con él montando a caballo, si me llevaría a los toros el domingo o si durante semanas no pararía en la casa.

Estaba poseído por una pasión que no tenía nada que ver conmigo, por unas ganas de cosas que yo no entendía. Era una escuincla. De repente me entraba tristeza y de repente júbilo por las mismas causas. Empecé a volverme una mujer que va de las penas a las carcajadas sin ningún trámite, que siempre está esperando que algo le pase, lo que sea, menos las mañanas iguales. Odiaba la paz, me daba miedo.

Muchas veces la tristeza se me juntaba con la sangre del mes. Y ni para contárselo al general porque esas cosas no les importan a los hombres. No me daba vergüenza la sangre, no como a mi mamá que nunca hablaba de eso y que me enseñó a lavar los trapos rojos cuando nadie pudiera verme.

A la sangre las poblanas le decían Pepe Flores.

—¡Qué ganas de tener un Pepe Flores o lo que

sea —decía yo— con tal de que les llene el aburrimiento! Cuando me entraba la tristeza pensaba en
Pepe Flores, en cómo hubiera querido que fuera el
mío, en cuánto me gustaría irme con él al mar los
cinco días que cada mes dedicaba a visitarme.

La casa de la 9 Norte tenía un fresno altísi-
mo, dos jacarandas y un pirú. En un rincón, tras
ellos, estaba el cuartito de adobe cubierto por una
bugambilia. Por su única ventana entraba un pedazo de cielo que iba cambiando según el tiempo. Me
sentaba en el suelo con las piernas encogidas a pensar en nada.

Mónica me había dicho que era bueno beber
anís para quitar ese dolor flojito que agarra las piernas, la cintura, lo que sea que uno tenga debajo de
la piel llena de pelos. Tomaba yo anís hasta que me
salían chapas y hablaba sola o con quien se pudiera.
Un valor extraño me llenaba la boca, y todos los reproches que no sabía echarle a mi general los hacía
caer sobre el aire.

Andrés era jefe de las operaciones militares en
el estado. Eso quiere decir que dependían de él todos los militares de la zona. Creo que desde entonces se convirtió en un peligro público y que desde
entonces conoció a Heiss y a sus demás asociados
y protegidos. Ya ganaban buen dinero. Heiss era un
gringo gritón dedicado a vender botones y medici-
nas. Se había conseguido el cargo de cónsul hono-
rario de su país en México y había inventado un secuestro en la época de Carranza. Con el dinero que
el gobierno le pagó por autorrescatarse compró una
fábrica de alfileres en la 5 Sur. Era bueno para inventar negocios. Le brillaban los ojos planeándolos.
Durante semanas no se cambiaba los pantalones de
gabardina y se iba haciendo rico en las narices de los
poblanos que lo vieron llegar pobretón y acabaron

llamándolo don Miguel. Decían que era muy inteligente y los deslumbraba. Pero en realidad era un pillo.

Yo al principio no sabía de él, no sabía de nadie. Andrés me tenía guardada como un juguete con el que platicaba de tonterías, al que se cogía tres veces a la semana y hacía feliz con rascarle la espalda y llevar al zócalo los domingos. Desde que lo detuvieron aquella tarde empecé a preguntarle más por sus negocios y su trabajo. No le gustaba contarme. Me contestaba siempre que no vivía conmigo para hablar de negocios, que si necesitaba dinero que se lo pidiera. A veces me convencía de que tenía razón, de que a mí qué me importaba de dónde sacara él para pagar la casa, los chocolates y todas las cosas que se me antojaban.

Me dediqué a llenar el tiempo. Busqué a mis amigas. Pasaba las tardes ayudándolas a bordar y hacer galletas. Leíamos juntas novelas de Pérez y Pérez. Todavía me acuerdo de Pepa ahogada en lágrimas con Anita de Montemar mientras Mónica y yo nos carcajeábamos de tanto padecimiento pendejo. La ayudábamos a coser sus donas. Se iba a casar con un español taciturno y feo que quién sabe por qué le gustó para marido. Nosotras hablábamos muy mal de él cuando ella no estaba, pero nunca nos atrevimos a decirle que mejor lo cambiara por el muchacho alto que a veces le echaba risas a la salida de misa. Total se casó con el español que resultó un celoso enloquecido. Tanto, que a su casa le mandó quitar el piso de los balcones para que ella no pudiera asomarse.

El día de la boda de Pepa, para el que me compré un vestido de gasa verde pálido y Andrés me regaló un larguísimo collar de perlas, amanecí exhausta, no me quería mover de la cama.

Andrés se levantó a dar sus brincos y luego lo

vi salir hacia el baño haciendo el recuento de todas las cosas que tenía que hacer. Me enrosqué en las cobijas pensando que me gustaría ir a la luna. De niña me iba hasta el fondo de la cama y jugaba a decir que andaba en la luna. En la luna estaba, cuando él regresó.

—Vas a tener tus días o ¿por qué amaneciste con esa cara de perro moribundo? A ver, te veo —dijo—. Ya tienes ojos de vaca. ¿Estarás de encargo?

Lo dijo en un tono de orgullo y haciendo tal gesto de satisfacción que me dio vergüenza. Sentí cómo me ponía roja, me volví a tapar con las cobijas y me fui al fondo de la cama.

—¿Qué te pasa? —preguntó—. ¿No quieres darme un hijo?

Oí su voz sobre las cobijas y me toqué los pechos crecidos, haciendo las cuentas que no hacía nunca. Ya tenía como tres meses de no tratar con Pepe Flores.

Fuimos a la boda. Todo el tiempo estuve pensando en lo terrible que resultaría ser mamá, por eso no me acuerdo bien de la fiesta. Sólo recuerdo a Pepa saliendo de la iglesia con la frente clara y las flores en la cabeza sobre el velo que le llegaba a la orilla del vestido largo. Estaba linda. Eso dijimos Mónica y yo cuando la vimos salir y nos dimos la mano para aguantar la emoción.

—Voy a tener un hijo —le conté al son de la marcha nupcial.

—¡Qué bueno! —gritó, y se puso a besarme a media iglesia.

CAPÍTULO IV

Tenía yo diecisiete años cuando nació Verania. La había cargado nueve meses como una pesadilla. Le había visto crecer a mi cuerpo una joroba por delante y no lograba ser una madre enternecida. La primera desgracia fue dejar los caballos y los vestidos entallados, la segunda soportar unas agruras que me llegaban hasta la nariz. Odiaba quejarme, pero odiaba la sensación de estar continuamente poseída por algo extraño. Cuando empezó a moverse como un pescado nadando en el fondo de mi vientre creí que se saldría de repente y tras ella toda la sangre hasta matarme. Andrés era el culpable de que me pasaran todas esas cosas y ni siquiera soportaba oír hablar de ellas.

—Cómo les gusta a las mujeres darse importancia con eso de la maternidad —decía—. Yo creí que tú ibas a ser distinta, creciste viendo animales cargarse y parir sin tanta faramalla. Además eres joven. No pienses en eso y verás que se te olvidan las molestias.

Como había perdido la candidatura para ser gobernador, andaba ocioso. Le dio por viajar y me llevó hasta Estados Unidos en coche.

Yo todo el tiempo tenía sueño. Me dormía con el sol sobre los ojos y aunque el coche fuera dando brincos por largos caminos de terracería.

—No sé para qué te traje, Catín —me decía—. Mejor hubiera yo invitado a otra mujer. No has visto el paisaje, ni me has cantado, ni te has reído. Has sido un fraude.

Todo el embarazo fui un fraude. Andrés no volvió a tocarme dizque para no lastimar al niño y eso me puso más nerviosa, no podía pensar con orden, me distraía, empezaba una conversación que acababa en otra y escuchaba solamente la mitad de lo que me contaban. Además tenía un espantoso miedo a parir. Pensé que me quedaría tonta para siempre. El se iba con más frecuencia que antes. Ya no me llevaba a México a los toros. Salía de la casa solo y yo estaba segura de que a la vuelta se encontraba otra mujer. Alguien presentable, sin un chipote en la panza y unas ojeras hasta la boca. Tenía razón. Yo no hubiera ido conmigo a ninguna parte. Menos a los toros donde las mujeres eran bellísimas y con las cinturas tan delgadas.

Me quedaba rumiando el abandono, sobándome la panza, durmiendo. Sólo salía para ir a comer a casa de mis papás.

Un mediodía iba por el zócalo soplándole a un rehilete que compré para Pía y me estrellé con todo y barriga contra Pablo mi amigo del colegio. Pablo era hijo de chipileños, sus abuelos eran del Piamonte en Italia. Por eso era güerejo y de ojos profundos.

—¡Qué bonita te ves! —dijo.

—Cómo eres —contesté.

—En serio. Yo siempre supe que te verías linda esperando un hijo.

Total no fui a comer a casa de mis papás.

Pablo repartía leche en una carretita tirada

por mulas. Salía de Chipilo muy temprano en las mañanas. Me invitó a subirme en ella y nos fuimos al campo. Me trataba como a una reina. Nadie le tuvo más cariño que él al probable bebé. Ni yo. Aunque yo no era un buen ejemplo de amor extremo. Esa tarde jugamos sobre el pasto como si fuéramos niños. Hasta se me olvidó la barriga, hasta llegué a pensar que hubiera sido bueno no desear más que aquel gusto fácil por la vida. Aprecié la tela corriente de sus pantalones, sus pelos desordenados y sus manos. Pablo se encargó de quitarme las ansias esos tres últimos meses de embarazo, y yo me encargué de quitarle la virginidad que todavía no dejaba en ningún burdel.

Eso fue lo único bueno que tuvo mi embarazo de Verania. Todavía el domingo anterior al parto fuimos a jugar en la paja. De ahí me llevó a casa de mis papás porque empecé a sentir que Verania salía. Mi general llegó dos días después con veinte ramos de rosas rojas y chocolates.

La niña tenía un mes y yo los pezones llenos de estrías cuando Andrés entró a la casa con los dos hijos de su primer matrimonio.

Virginia era unos meses mayor que yo. Octavio nació en octubre de 1915 y era unos meses menor. Se pararon en la puerta del cuarto donde yo estaba. Su padre me presentó y los tres nos miramos sin hablar. Yo no sabía nada de la vida de Andrés, menos que tuviera hijos de mi edad.

—Son mis hijos mayores —dijo—. Hasta ahora vivieron con mi madre en Zacatlán. Pero ya no quiero que estén en el pueblo, los traje a estudiar aquí, vivirán con nosotros.

Moví la cabeza de arriba para abajo y luego enseñándoles a la niña dije:

—Esta es su hermana. Se llama Verania.

Octavio se acercó a mirarla preguntando por qué tenía un nombre tan raro y yo le conté que así se llamaba la madre de mi padre.

—¿Tu abuela? —preguntó y se puso a pasar la mano por la mejilla de Verania.

Era un muchacho de ojos oscuros y confiados. Se reía igual que Andrés cuando quería hacerse agradable y pareció dispuesto a ser mi amigo. No pasó lo mismo con su hermana. Ella se quedó en la puerta junto a su padre, callada, sin dedicarme una mirada buena. La vi fea, medio gorda, de ojos tristones y labios muy delgados. Tenía los pechos chiquitos y las caderas cuadradas, le faltaban nalgas y le sobraba barriga. Me dio pena.

Octavio y ella quedaron instalados cerca de nosotros y de repente nos volvimos una familia. Hasta pensé que sería bueno tener compañía cuando Andrés no estuviera.

En la noche lo abrumé con preguntas. ¿De dónde le salieron esos hijos? ¿Tenía más?

Por lo pronto esos dos. Había conocido a su madre a principios de 1914 cuando fue a México acompañando al general Macías, un viejito que fue gobernador de Puebla tras la renuncia del gobernador constitucional, después de que Victoriano Huerta mató a Madero. Yo no sabía bien lo sucedido en esos años, pero Andrés me lo contó a saltos la noche del día en que llegaron sus hijos.

Macías era de Zacatlán. Arriero como el papá de los Ascencio, peleó en Puebla contra los franceses y se unió a las tropas de Porfirio Díaz. Con él se hizo importante y rico. Cuando llegó la Revolución regresó al pueblo donde tenía un rancho y se sentía protegido. Andrés entró a trabajar con él. Era su jefe de peones, un muchacho listo, hijo de un conocido, se lo fue ganando. Cuando Huerta le ofreció la gubernatura, el viejillo la agarró encantado y se llevó a su ayudante para Puebla. A los seis meses de andar dizque gobernando se puso enfermo. Quiso ir a curarse a México y cargó con Andrés que se le había hecho necesario porque era ordenadísimo y lo cuidaba como un perro. Sabía dónde había puesto sus anteojos siempre que los perdía, y aprendió a manejar su ropa y hasta algunas de sus cuentas. El general duró enfermo tres semanas y a principios de enero de 1914 murió como era de esperarse. Andrés se quedó en México solo, sin entender una chingada de todo lo que ahí pasaba, sin trabajo y con dos monedas de plata, regalo del viejo Macías.

Le gustó la ciudad. Consiguió trabajo en un establo por Mixcoac y se quedó a ver qué pasaba. Total, tenía 18 años y ningunas ganas de volver al pueblo.

Por ahí por Mixcoac se encontró a Eulalia, una niña que llegó con las tropas de Madero. Su padre, Refugio Núñez, era un soldado raso y entusiasta. Eulalia vivía recordando el mediodía en que entraron a México y miles de personas les aplaudieron al verlos bajar del ferrocarril y caminar hasta la gran plaza en la que estaba el palacio al que entró el señor Madero mientras ella y su padre se quedaban afuera con toda la gente, aplaudiendo.

El padre de Eulalia trabajaba también en el establo, odiaba y tenía esperanza, le había pasado a su hija la sonrisa sombría de la derrota y la certidumbre de que pronto la Revolución volvería para sacarlos de pobres.

Mientras, trabajaban ordeñando vacas y repartían leche en una carreta conducida por Andrés y jalada por un caballo viejo. Eulalia no tenía por qué ir a la repartición, su quehacer terminaba en la ordeña, pero le gustaba recorrer con Andrés la colonia Juárez, tocar en las puertas de casas grandes a las que salían sirvientas con uniformes oscuros y una que otra vez mujeres blanquísimas con batas de seda y en la cara la expresión de que el mundo se les estaba acabando. Ella le enseñó a Andrés las casas que hacía un año se habían desbaratado con los cañones de la rebelión que derrocó a Madero. Andrés seguía entendiendo bastante poco, pero frente a la niña se volvió maderista. Eulalia —dijo él— tenía los ojos de Octavio, era menuda y fuerte, le regaló la virginidad una mañana al volver de la entrega.

Quise saberlo todo. Extrañamente me lo contó.

Pasaban el día juntos, desde la madrugada en que se levantaban a ordeñar hasta la tarde que se les hacía noche tomando café y oyendo a su padre hablar de que Emiliano Zapata había tomado Chilpancingo, de que los revolucionarios del norte se acercaban a Torreón, de que el traidor Huerta había expedido un despacho de General de Guerra para don Porfirio y que le habían mandado la condecoración a París.

Quién sabe cómo el papá de Eulalia estaba siempre al tanto de todo. Después de que unos marinos gringos fueron detenidos en Tampico por andar merodeando cerca del Puente Iturbide, él vaticinó el desembarco de tropas gringas en Veracruz. Antes de que Zacatecas fuera tomada por Villa, previó varios días de lucha sangrienta y más de cuatro mil muertos en la batalla.

Como todo lo adivinaba, supo también que Eulalia iba a tener un hijo de Andrés y tras la inevitable pesadumbre se dedicó a mezclar profecías sobre la guerra y el futuro de su nieto. Eulalia aceptó que le cambiara el cuerpo y que poco a poco se le fuera estirando con la presencia del hijo, sin dejar de levantarse en la madrugada para la ordeña o de ir con Andrés a hacer las entregas en la carreta.

Una mañana de mediados de julio, don Refugio Núñez amaneció anunciando la derrota del traidor. No bien lo dijo y la Cámara de Diputados le aceptó la renuncia a Victoriano Huerta. De ahí empezó a vaticinar la caída de Puebla, la de Querétaro, Saltillo, Tampico, Pachuca, Manzanillo, Córdoba, Jalapa, Chiapas, Tabasco, Campeche y Yucatán.

—Hoy llega el general Obregón —dijo el 15 de agosto. Y los tres se fueron al zócalo a recibirlo.

Al joven Ascencio le gustó Álvaro Obregón. Pensó que si un día le entraba a la bola, le entraría con él. Tenía aspecto de ganador.

—Porque no has visto a Zapata —le dijo Eulalia.

—No, pero conozco las caras de los indios de su rumbo —contestó Andrés.

No pelearon. El hablaba de ella como de un igual. Nunca lo oí hablar así de otra mujer.

Cuando Venustiano Carranza llegó a México y convocó a una convención de gobernadores y generales con mando, para el primero de octubre, don Refugio vaticinó que Villa y Zapata no apoyarían al viejo Carranza. Otra vez acertó.

La Convención se trasladó a sesionar a Aguascalientes y ahí sí fueron Villa y Zapata. A fines de octubre se aprobó el Plan de Ayala. Don Refugio empezó a beber desde que imaginó que eso sería posible y para cuando se confirmó la noticia llevaba tres días borracho y repitiendo:

—Se los dije, hijos, ganó «Tierra y Libertad».

—Usted dirá lo que quiera, pero hacen mal en pelearse con el general Carranza —dijo Andrés.

Eulalia se acarició la barriga y preparó café. Le gustaba oír a su padre conversar con su señor.

A principios de noviembre Carranza salió de México y desde Córdoba desconoció los actos de la Convención. En Aguascalientes la Convención siguió reuniéndose como si nada, nombró un Presidente provisional de la República y siguió peleando las plazas a los carrancistas.

El día 23 los gringos le entregaron Veracruz al general Carranza, pero el 24 en la noche las Fuerzas del Sur entraron a la ciudad de México.

El 6 de diciembre Eulalia amaneció con dolores de parto. De todos modos su padre decidió que antes de cualquier cosa tendrían que ir a la Avenida Reforma para ver desfilar al Ejército Convencionista con Villa y Zapata a la cabeza.

Una columna de más de cincuenta mil hombres entró tras ellos. El desfile empezó a las diez de la mañana y terminó a las cuatro y media de la tarde. Eulalia parió una niña a media calle. Su padre la recibió, la limpió y la envolvió en el rebozo de Eulalia mientras Andrés los miraba hecho un pendejo.

—¡Ay, virgen! —era lo único que podía decir Eulalia entre pujo y pujo. Tanto lo dijo que cuando llegaron a la casa y mientras don Refugio bañaba a la criatura, Andrés decidió que la llamarían Virgen. Cuando fueron a bautizarla el cura dijo que ese nombre no se podía poner y les recomendó Virginia que sonaba parecido. Aceptaron.

A los ocho días del parto, Eulalia volvió al establo con la niña colgada de la chichi y una sonrisa aún más brillante que la de un año antes. Tenía una hija, un hombre y había visto pasar a Emiliano Zapata. Con eso le bastaba.

En cambio Andrés estaba harto de pobreza y rutina. Quería ser rico, quería ser jefe, quería desfilar, no ir a mirar desfiles. Andaba amargado de la ordeña al reparto y oía las predicciones de don Refugio como una serie de maldiciones. Los convencionistas y los constitucionalistas peleaban en todo el país. Un día unos tomaban una plaza y al otro día los otros la rescataban, un día valía un decreto y otro día otro, para unos la capital era México y para los otros Veracruz, pero Andrés pensaba que siquiera los constitucionalistas tenían siempre el mismo jefe, en cambio los convencionalistas eran demasiados y nunca se iban a poner de acuerdo.

—Lo que pasa es que tú no crees en la democracia —le decía su suegro.

—Siempre tuvo buen ojo don Refugio —dijo Andrés cuando me lo contó—. Yo qué voy a creer en esa democracia. Bien decía el teniente Segovia: «democracia que no es dirigida no es democracia.»

Enero empezó con los convencionistas en el gobierno de la ciudad de México, pero a fin del mes Álvaro Obregón volvió a ocupar la ciudad y a los constitucionalistas les tocó un vendaval que tiró todas las lámparas eléctricas y dejó oscuras las calles de la ciudad. Muchos árboles se desgajaron y el techo del jacalón en el que vivían Andrés, Eulalia y don Refugio salió volando a media noche y los dejó expuestos al frío. A Eulalia le dio risa quedarse sin techo de buenas a primeras y don Refugio empezó un discurso sobre las injusticias de la pobreza que alguna vez la Revolución evitaría. El joven Ascencio pasó la noche maldiciendo y se propuso todo antes que seguir de arrimado y en la miseria.

Entró a trabajar en las tardes de ayudante de un cura español que era párroco en Mixcoac. Pero para su desgracia le duró poco ese trabajo porque Obregón impuso al clero de la capital una contribución de 500.000 pesos y como no pudieron pagarla todos los curas fueron llevados al cuartel general. Andrés acompañó al padre José que estaba riquísimo y lo oyó jurar por la Virgen de Covadonga que no tenía un centavo. Obregón ordenó que los curas mexicanos se quedaran detenidos y soltó a los extranjeros con la condición de que abandonaran el país. Ni un día tardó el padre José en despedirse de sus feligreses y salir rumbo a Veracruz con una maleta llena de oro. Al menos eso sintió Andrés que la cargó hasta la estación de trenes.

Las cosas se fueron poniendo peores. Hasta las vacas daban menos leche, estaban flacas y mal comidas. Eulalia y él caminaban toda la ciudad buscando pan y carbón, muchas veces no encontraban, muchas no podían pagar ni eso.

En marzo, para alimento de don Refugio y su hija, el Ejército del Sur volvió a ocupar la ciudad haciendo que Obregón huyera la noche anterior. Tras ellos llegó el Presidente de la Convención y la mayoría de los delegados.

Por más que las esperanzas de Eulalia y su padre crecían, no lograban contagiar a Andrés. Para colmo Eulalia estaba embarazada otra vez. En el establo les pagaban con irregularidad y les descontaban puntualmente las ausencias. Andrés empezó a detestar las ilusiones de su mujer. Hubiera querido irse. Casi veinte años después no se explicaba por qué no se había ido.

Eulalia estaba segura de que los señores de la Convención no sabían bien a bien por lo que pasaba el pueblo, así que cuando oyó que se organizaría la gente para ir a pararse a una de las sesiones con los cestos vacíos y pidiendo maíz, no dudó en ir. Andrés no quería acompañarla, pero cuando la vio en la puerta con la niña metida en el rebozo y la cara de fiesta, la siguió.

—¡Maíz! ¡Pan! —gritaba una muchedumbre mostrando canastas vacías y niños hambrientos. Mientras su mujer gritaba con los demás, Andrés mentaba madres y se pendejaba seguro de que por ahí no iban a lograr nada.

Un representante de la Convención avisó a la muchedumbre que se comprarían artículos de primera necesidad hasta por cinco millones de pesos.

—Te lo dije, nos va a sobrar la comida —anunció Eulalia al día siguiente antes de salir con su canasta a ver qué recogía en la venta de maíz barato que el Presidente ordenó se hiciera en el patio de la Escuela de Minería. Esa vez no la acompañó. La vio salir cargando a la niña, con la panza volviendo a saltársele. Flaca y ojerosa, con el lujo de la sonrisa que no perdía. Pensó que su mujer se estaba volviendo loca y se quedó sentado en el suelo fumando una colilla de cigarro.

Como se hizo de noche y Eulalia no volvía, fue a buscarla. Cuando llegó a la Escuela de Minería encontró a unos soldados juntando zapatos y canastas abandonadas y ni un grano de maíz en todo el patio. Habían ido más de diez mil personas a buscarlo. La lucha por un puño se volvió feroz, la gente se arremolinó y se aplastó. Hubo como doscientos desmayados, unos porque casi se asfixiaron y otros porque les dio insolación. Los habían recogido las ambulancias de la Cruz Roja.

Andrés fue por Eulalia al viejo hospital de la Cruz Roja. La encontró echada en un catre, con la niña descalabrada y su eterna sonrisa al verlo llegar.

No le dijo nada, sólo abrió la mano y enseñó un puño de maíz. Como él la miró horrorizado abrió la otra:

—Tengo más —dijo.

Poco después les pagaron en el establo diez pesos y sintiéndose ricos fueron al mercado de San Juan a comprar comida. Eran como las doce cuando llegaron. Las puertas de casi todos los expendios estaban cerradas. Frente a las de una panadería se amontonaban muchas mujeres gritando y empujando.

—Vamos ahí —dijo Eulalia yendo. Y se puso a empujar con todas las fuerzas de su flacura.

De repente las puertas cedieron y las mujeres entraron a la panadería tan enardecidas como hambrientas y se fueron sobre los panes peleándose por ellos y echando en sus canastas lo que podían. Andrés vio el desorden aquel, presidido por el panadero español que pretendía impedir a las mujeres que tomaran los panes sin pagarlos. Peleaba con ellas y quería meter la mano en sus canastas y quitarles lo que tenían dentro. Lo vio alejarse del mostrador colgado de las trenzas de una mujer que había vaciado una charola de bolillos en su canasta.

No encontró mucho dinero en la caja de madera guardada cerca del suelo, pero Andrés lo tomó rápidamente y buscó a Eulalia en medio de los rebozos y los brazos de todas las mujeres que seguían recogiendo migajas mientras mordían alguna de sus ganancias. Fue hasta la puerta y desde ahí le gritó. Ella alzó un brazo y le enseñó el pan que mordía y una risa llena de migajas. A empujones llegó hasta él, que se echó a correr jalándola.

—¿No cogiste nada? —le preguntó Eulalia sin saber por qué habían abandonado la fiesta a la mitad. El no le contestó. La dejó rumiar su cocol de anís mientras iban en la carretera de regreso al

establo y decirle que no le convidaría ni una mordida de sus panes por inútil y apendejado.

Don Refugio se había quedado con la niña
y mecía su cuna de costal amarrado al techo con me-
cates. Eulalia entró dichosa y le extendió la canasta de panes al viejo profeta. Andrés los vio abrazarse riendo y pensó en guardar el dinero para días menos felices. Pero como Eulalia no dejaba de criti-
carlo se sacó de las bolsas todas las monedas que
había podido guardarse.

—Hay muchas de a peso —gritaba Eulalia
aventándolas al aire.

Esa misma tarde quiso comprarse un rebozo y
obligó a su Andrés a gastar en una camisa para él
y otra para don Refugio. A la niña le buscó un
gorro con olanes de satín brillante y lo demás lo
gastaron en azúcar, café y arroz. Andrés se empeñó
en guardar quince pesos.

—Cinco más de lo que teníamos en la mañana —dijo Eulalia antes de dormirse.

Amanecieron oyendo los cañones tan cerca que
pensaron en no ir a ordeñar las ocho vacas flacas
que quedaban en el establo. Pero Eulalia quería
sopear uno de sus panes en la cubeta de leche
cruda y salió más temprano que nunca sin oír las
advertencias de su padre.

Todo el día se oyeron los cañones. Andrés
y Eulalia bajaron hasta la colonia Juárez con la poca
leche que habían sacado, pero nadie les abrió la puerta. No había trenes ni coches en las calles, los comer-
cios estaban cerrados y muy poca gente se atrevió
a salir.

En la tarde se marcharon las últimas tropas
convencionistas y a la mañana siguiente entraron
a la ciudad las primeras fuerzas constitucionalistas.
Dos días después entraron más y con ellas un nuevo

comandante militar de la plaza, otro inspector de policía y otro gobernador del Distrito.

Eulalia fue con un billete de a peso a comprar manteca y en la tienda le dijeron que ese papel ya no valía. Regresó a la casa furiosa contra Andrés que no había querido gastárselo todo. Tenía tanta rabia que intentó quemar lo que tenían guardado, pero su padre pronosticó el regreso de los convencionistas y le quitó los billetes que había puesto a dorarse en el comal.

Se fue volviendo pálida y triste. Andrés decía que era el embarazo, pero don Refugio alegaba que el año anterior no había pasado nada así.

—Dicen que cada hijo se hace distinto —les contestaba Eulalia cuando discutían.

Cinco días después los convencionistas recuperaron la ciudad. No bien lo supo Eulalia, fue con sus billetes a la misma tienda en que se los habían devuelto.

Compró dos kilos de arroz, uno de harina, dos de maíz, uno de azúcar, uno de café y hasta una cajetilla de cigarros.

Cuando volvieron los constitucionalistas y don Refugio pronosticó que volvían para quedarse, Eulalia miró orgullosa su precaria despensa.

Carranza llevaba un mes en la ciudad y su gobierno era reconocido hasta por los Estados Unidos cuando Eulalia parió un niño de ojos claros como los de Andrés y sonrisa insistente y precoz como la de ella. Don Refugio estaba iluminado por la euforia, no podía encontrar mejor pronóstico para el futuro de prosperidad que estaba empeñado en alcanzar. El le puso Octavio antes de que nadie pudiera opinar otra cosa.

Virginia apenas tenía un año y pasó a segundo término de la noche a la mañana. La madre

y el abuelo estaban demasiado ocupados con el pro-
digio de un hombre recién nacido y el padre apenas
la veía intentar unos pasos mientras pensaba cómo
salir de pobre rápido y para siempre.

Se iba solo en la carreta después de la ordeña y recorría la ciudad que empezaba a parecerle
ordenada y hasta grata.

Un día el dueño del establo le pidió que
acudiera a una nueva oficina llamada Departamento
Regulador de Precios a preguntar en qué iba a quedar el precio de la leche, no fuera a ser que la
estuvieran dando más barata.

Como a un aparecido, Andrés vio a Rodolfo,
su amigo de la infancia en Zacatlán, tras la ventanilla de informes. Había entrado a México con el
Ejército de Oriente, en calidad de sargento aunque
jamás dio una batalla.

Era cobrador y necesitaba grado para merecer
respeto. Le llevaba dos años y hacía más de cuatro
que no se veían. Andrés siempre creyó que su amigo era un pendejo, pero cuando lo vio con la ropa
limpia y tan gordo como cuando vivían alimentados
por sus madres, dudó de sus juicios. Se saludaron
como si se hubieran visto la tarde de ayer y quedaron de comer juntos.

Andrés volvió muy noche al jacalón de Mixcoac. Cuando su mujer le reprochó que no hubiera
avisado cuánto tardaría, él contó la historia de su
amigo convertido en sargento y le aseguró que pronto tendría un trabajo bien pagado.

Don Refugio se frotó las puntas de los bi-
gotes y le dijo a su hija:

—Ya ves cómo tenía yo razón. Andaba en
buenos pasos. A este hombre le va a ir bien con los
del norte. Siquiera algo de todo esto que no me
encabrone.

—Vamos a hacerlo padrino de Octavio —dijo Andrés.

Eulalia extendió su eterna sonrisa y fue a tirarse en la cama junto a su hijo.

—Ésta dice que se siente cansada —contó don Refugio—. Y para que ella lo diga ha de irse a morir.

Por desgracia don Refugio también acertó en esa predicción. La epidemia de tifo que hacía meses andaba por la ciudad entró al jacalón de Mixcoac y se prendió de Eulalia.

En ocho días se le fue cerrando la risa, casi no hablaba, tenía el cuerpo ardiendo y echaba un olor repugnante. Andrés y don Refugio se sentaron a verla morir sin hacer nada más que ponerle paños mojados en la frente. Nadie se aliviaba del tifo, Eulalia lo sabía y no quiso pesarles los últimos días. Se limitó a mirarlos con agradecimiento y a sonreír de vez en cuando.

—Que te vaya bien —le dijo a Andrés, antes de caer en el último día de fiebre y silencio.

CAPÍTULO V

Toda esta dramática y enternecedora historia yo la creí completa durante varios años. Veneré la memoria de Eulalia, quise hacerme de una risa como la suya, y cien tardes le envidié con todas mis ganas al amante simplón y apegado que mi general fue con ella. Hasta que Andrés consiguió la candidatura al gobierno de Puebla y la oposición hizo llegar a nuestra casa un documento en el que lo acusaba de haber estado a las órdenes de Victoriano Huerta cuando desconoció al gobierno de Madero.

—Así que no era cierto lo de la leche —dije extendiéndole el volante cuando entró a la casa.

—Si les vas a creer antes a mis enemigos que a mí no tenemos nada que hablar —me contestó.

Con el papel que lo acusaba entre las manos me quedé horas mirando al jardín, piensa y piensa hasta que él se paró frente a mi sillón con sus piernas a la altura de mis ojos, sus ojos arriba de mi cabeza, y dijo:

—¿Entonces qué? ¿No quieres ser gobernadora?

Lo miré, nos reímos, dije que sí y olvidé el intento de crearle un pasado honroso. Me gustaría ser gobernadora. Llevaba casi cinco años entre la cocina, la chichi y los pañales. Me aburría. Después de

Verania nació Sergio. Cuando empezó a llorar y sentí
que me deshacía de la piedra que cargaba en la barriga, juré que ésa sería la última vez. Me volví una
madre obsesiva con la que Andrés trataba poco. Era
jefe de las operaciones militares, odiaba al gobernador y se asoció con Heiss. Eso hubiera sido suficiente para mantenerlo ocupado, pero además iba a
México con frecuencia a visitar a su compadre Rodolfo que ascendió a subsecretario. Un día, para euforia de los dos, su jefe, el general Aguirre, resultó
electo candidato a la presidencia.

Andrés fue con él a la gira por todo el país.
Pasaba tanto tiempo lejos que Octavio y yo no pu-
dimos avisarle cuando se perdió Virginia una tarde
que fue a comprar hilos y no regresó. Dimos parte
a la policía, la buscamos muchos días, nunca supimos
qué fue de ella. Al volver, su padre aceptó la desaparición como una muerte inevitable.

Supe que tenía otras hijas hasta que le cayó
la gubernatura. Entonces consideró necesario ser un
buen padre y se me presentó con cuatro más. Marta,
de quince años; Marcela, de trece; Lilia y Adriana,
de doce.

Adriana y Lilia eran hermanas gemelas, hijas
de una novicia que estaba en el convento de las ca-
puchinas de Tlalpan cuando Andrés fue con el ejército a cerrarlo durante la persecución religiosa. Lilia
me encantó desde el principio. Tenía el pelo castaño
y unos ojos enormes con los que curioseaba todo.
Cuando me vio preguntó si yo era la esposa de su
padre, dije que sí y desde entonces me llamó mamá;
en cambio Adriana era una niña metida en sí misma
a la que le costó un trabajo enorme sobrevivir entre
nosotros.

Por ese tiempo Verania tenía cuatro años y
Sergio tres, lo llamábamos Checo. Contando a Octa-

vio teníamos siete hijos cuando nos cambiamos a la casa del cerro de Loreto. Quedaba en la subida, pero no sobre la calle principal, había que desviarse y entrar por unas callecitas estrechas entre las que aparecía de repente una barda larguísima que le daba la vuelta a la manzana. Tras ella y el jardín estaba la casa. Tenía catorce recámaras, un patio en el centro, tres pisos y varias salas para recibir. No me quiero ni acordar del trabajo que costó ponerle muebles a todo eso.

Colgaba yo los últimos cuadros cuando llamaron a la puerta, unos doscientos obreros de la CROM que iban a manifestar su apoyo. Tras ellos fueron llegando desde campesinos hasta mariachis, pasando por Heiss y un grupo de españoles textileros. La fiesta entró a nuestra casa sin ningún respeto. Tuve que hacerme cargo de un equipo de meseros y achichincles que los ayudantes de Andrés metieron en mi cocina. Desde el desayuno empezaban los banquetes. Se pusieron mesas por todo el jardín y en dos semanas pasé de ser una tranquila madre sin más quehacer que cuidar dos bebés, a ser la jefa de cuarenta sirvientes y administrar el dinero necesario para que a diario comieran en mi casa entre cincuenta y trescientas personas.

A los niños les cayeron encima unas nanas de la sierra más infantiles que ellos y yo apenas tenía tiempo de verlos entre un lío y otro. Por suerte Bárbara mi hermana vino a vivir conmigo y se volvió elegantemente mi secretaria particular.

Ese año la legislatura poblana les dio el voto a las mujeres, cosa que sólo celebraron Carmen Serdán y otras cuatro maestras. Sin embargo, Andrés no hizo un solo discurso en el que no mencionara la importancia de la participación femenina en las luchas políticas y revolucionarias. Un día, en

Cholula, empezó uno diciendo que varias mujeres se le habían acercado para preguntarle cuál podía ser su apoyo a la Revolución y que él les había respondido que ya el general Aguirre con su sabiduría popular había dicho una vez que las mujeres mexicanas debían unirse para defender los derechos de las obreras y las campesinas, la igualdad dentro de las relaciones conyugales, etcétera. De ahí para adelante no le creí un solo discurso. Para colmo, tres días después habló con acalorada pasión sobre la experiencia del ejido y esa misma tarde brindó con Heiss para celebrar el arreglo que le devolvía las fincas expropiadas por la Ley de Nacionalización. Decía tantas mentiras que con razón cuando el mitin de la plaza de toros la gente se enojó y la incendió. Hubo muchos heridos. Sólo el periódico de Juan Soriano habló de ellos.

Con esa tragedia se acabaron los actos de adhesión en la ciudad y nos fuimos a recorrer el estado. Con todo y niños, nanas y cocineras íbamos de pueblo en pueblo oyendo a campesinos exigir tierras, reclamar justicia, pedir milagros. De todo pedían, desde una máquina de coser hasta la salud de un niño con poliomielitis, tejas para los techos de sus casas, burros, créditos, semillas, escuelas. Gocé la gira. Me gustó ir por los pueblos terrosos como San Marcos, pero más me gustó subir hasta Coetzalan por la sierra. Nunca había visto tanta vegetación; cerros y cerros llenos de plantas que cubrían hasta las piedras, barrancas a las que no se les veía más fondo que una interminable caída verde. En Coetzalan las mujeres se vestían con trajes blancos y largos, se trenzaban el pelo con estambres que luego enredaban sobre sus cabezas. Uno no entendía cómo caminaban entre los charcos y las piedras del monte sin mancharse ni siquiera la orilla de las faldas. Eran mujeres chiquitas, no más altas que los doce años de Lilia, y cargaban cestas enormes y varios niños a la vez. A la entrada del pueblo no había mucha gente, nos explicaron que los campesinos de ahí no querían al partido y que les daban miedo las elecciones porque siempre había tiros y muertos. Así que temían la llegada del candidato y no les importaba salir a mirarlo.

Andrés se puso furioso con los organizadores de la campaña que llegaban unos días antes que nosotros a cada pueblo, de pendejos no los bajó y pegando en el suelo con el fuete del caballo los amenazó de muerte si no reunían a la gente en la plaza.

Me bajé del camión con los niños detrás porque querían caminar por las calles empedradas, entrar a la iglesia y comprarse una naranja con chile en el mercado. Para librarme del griterío de Andrés fui con ellos a donde se les ocurrió.

Octavio nos guiaba, quería impresionar a sus hermanas, le parecían lindísimas y no lograba hacerse a la idea de que alguien como Marcela fuera su pariente. Con el menor pretexto la tomaba de la mano, la ayudaba a caminar entre las piedras, era su novio. Viéndolos caminar se me ocurrió que Marcela se vería linda con un traje como el de las inditas. Organicé que todas nos vistiéramos como ellas. Doña Remigia, la esposa del delegado del partido nos ayudó a conseguir la ropa y a vestirnos. Las faldas eran de ella y sus hermanas, los estambres también. Hasta para Verania me dieron un huipil blanco. Volvimos a la plaza en la que Andrés iba a empezar un discurso para los pocos mirones que había. Caminábamos con trabajo, nos costaba mantener firme la cabeza llena de estambres, nos veíamos extrañas, pero a la gente le gustamos. Empezaron a seguirnos al cruzar el mercado. Cuando llegamos a la plaza le llevábamos al general Ascencio tres veces más público del que habían logrado conseguir sus acarreadores. Fuimos a pararnos junto a él, que empezó su discurso diciendo:

—Pueblo de Coetzalan, ésta es mi familia, una familia como la de ustedes, sencilla y unida. Nuestras familias son lo más importante que tenemos, yo les prometo que mi gobierno trabajará para darles el futuro que se merecen... —Y siguió por ahí. Nosotros lo oímos quietos, sólo Checo se ponía y se quitaba el sombrero corriendo alrededor de nuestras piernas. Octavio aprovechó para poner la mano en la cintura de su hermana Marcela y no quitarla de ahí hasta que acabó el discurso sobre la unidad familiar. De Coetzalan bajamos a Zacatlán que era la patria chica de Andrés. De ahí lo habían visto salir pobretón y rencoroso, los Delpuente y los Fernández, los que eran dueños del pueblo antes de la Revolución y padecían viéndolo volver para gobernarlos.

La tarde que llegamos un hombre se estaba afeitando en la barbería, y otro le preguntó si se arreglaba para ir a recibir al general Ascencio.

—Qué general ni qué general —contestó el hombre—. Ese siempre será un hijo de arriero. Yo no les rindo a los pelados.

No fue a la comida que al día siguiente nos ofrecieron los importantes del pueblo. Mi general preguntó por él con interés y lamentó que no nos acompañara. Al salir nos dijeron que un borracho lo había matado en la mañana.

Por lo demás, Zacatlán se tiró a la fiesta. Hubo fuegos artificiales y baile toda la noche. Andrés me cortejó como si lo necesitara y me agradeció lo de Coetzalan. Estuvo feliz.

También su madre, a la que yo había visto

tres veces y siempre arisca, anduvo encantada baila y baila como si su hijo le hubiera devuelto la dignidad y el gusto.

Doña Herminia era una mujer delgada de ojos profundos y mandíbula hacia adelante. Tenía el pelo blanco y escaso, se lo recogía atrás en un chongo sin mucha gracia. Estaba acostumbrada a la pobreza, pero cuando su hijo se volvió importante, no tardó nada en acostumbrarse a la buena vida. Nunca quiso salir de Zacatlán.

Andrés le compró una casa frente al zócalo. La fachada era de piedra y los balcones tenían unos herrajes que los antiguos dueños habían llevado de Francia. Cada pareja y cada nieto tenía su recámara en esa casa, quién sabe para qué, porque como doña Herminia no era precisamente cálida, la visitaban poco sus nietos, ya no se diga sus hijos que andaban de arriba para abajo haciéndose importantes. A Andrés le gustaba pasar temporadas cortas en Zacatlán. Se iba a meter a la casa de cantera para que su mamá lo cuidara todo lo que no lo pudo cuidar y consentir de niño. Yo mejor no iba para no estorbar el romance. Además a mí nunca me gustó Zacatlán, siempre estaba lloviendo y me deprimía.

Ni un pueblo dejamos sin visitar. Andrés fue el primer candidato a gobernar que hizo una campaña así. No le quedaba más remedio, Aguirre fue el primer candidato a presidente que recorrió todo el país.

Me gustó la campaña. A pesar de lo arbitrario que ya era el general, entonces todavía estaba cerca, todavía parecía gente normal. Quiero decir, conversaba sin perder el hilo, de repente besaba a alguna de sus hijas, y todos los días antes de acos-

tarnos me preguntaba si lo había hecho bien, si yo
creía que la gente lo quería, si tenía éxito, si estaba
yo dispuesta a acompañarlo en su trabajo de gobernante.

Una vez intentó copiarle al general Aguirre
eso de pasar horas y horas oyendo a los campesinos. Fue en Teziutlán, otro pueblo de la sierra. Le
pusieron una tarima y hasta ahí subían los indios
con sus problemas, que si les faltaban bueyes, que
si un tipo les quitaba la tierra que la Revolución
les había dado, que si no les había tocado tierra
de la que dio la Revolución, que si no querían que
sus hijos crecieran como ellos. Le contaban sus
vidas y le pedían cosas como si fuera Dios. Sólo
un día soportó Andrés esa tortura. A la mañana
siguiente desde el baño mentó madres contra las
necias costumbres del general Aguirre y me preguntó
si no me parecía que cada quien tuviera su estilo.
Por supuesto, dije que sí. Los mítines se volvieron
breves, el de Tehuacán duró sólo una hora. Después
nos fuimos a nadar a El Riego, un rancho con aguas
termales en el que a veces vacacionaba el general
Aguirre.

Por fin llegaron las elecciones. Fui a votar
con Andrés. Al día siguiente salimos en el periódico
tomados de la mano frente a la urna. No había nadie más por quién votar, así que las elecciones fueron
pacíficas, aunque no puede decirse que multitudi-
narias. Ese domingo las calles estuvieron medio vacías, la gente salió temprano a misa y luego se metió
a sus casas sin hacer mucho ruido. Votaron los obreros de la CTM y los burócratas, quizá también uno
que otro despistado, pero nada más. Claro que con

eso tuvo Andrés para entrar legítimamente al Palacio de Gobierno y tomar posesión.

Ahora oigo que los poblanos dicen que no sabían lo que les esperaba, que por eso no movieron un dedo en contra, yo creo que de todos modos no hubieran hecho demasiado.

Era gente metida en sus casas y sus cosas, casi les podía caer un muerto encima que si se arrimaban a tiempo y caía junto, no hablaban de él.

Los primeros tiempos del gobierno fueron divertidos. Todo era nuevo, yo tenía una corte de mujeres esposas de los hombres que trabajaban con Andrés. Checo jugaba a que era el gobernadorcito y las niñas iban a todos los bailes a llamar la atención. Nuestro general nos veía gozarla y creo que le daba gusto. Quizá por eso nos llevó a la inauguración del manicomio de San Roque, un lugar donde encerraban mujeres locas. Después de cortar el listón y echar el discurso, dijo que llevaran una marimba y organizó baile ahí dentro. Las locas estaban muy elegantes con unas batas color de rosa y se pusieron felices con la música. Andrés bailó con una muy bonita que estaba ahí por alcohólica, pero hacía rato que no bebía, así que se la pasaba lúcida en medio de un montón de mujeres clavadas en la niñez o seguras de que alguien las perseguía o pasando de la euforia a la depresión. Con todas bailó el gobernador, también conmigo que no me sentía mal entre ellas, hasta pensé que uno podría descansar ahí.

De repente Andrés ordenó que se callara la marimba y me presentó como la presidenta de la Beneficencia Pública. San Roque dependería de mí al igual que la Casa Hogar y algunos hospitales públicos.

Me puse a temblar. Ya con los hijos y los sirvientes de la casa me sentía perseguida por un ejército necesitando de mis instrucciones para moverse, y de repente las locas, los huérfanos, los hospitales. Pasé la noche pidiéndole a Andrés que me quitara ese cargo. Dijo que no podía. Que yo era su esposa y que para eso estaban las esposas: —No creas que todo es coger y cantar.

Al día siguiente fui a la Casa Hogar. Se llamaba muy elegante pero era un pinche hospicio mugroso y abandonado. Los niños andaban por el patio con los mocos hasta la boca, a medio vestir, sucios de meses. Los cuidaban unas mujeres que apenas podían decir su nombre y que no distinguían entre los traviesos y los retrasados mentales. Los tenían a todos revueltos. Los bebés dormían en una hilera de cunas de fierro con colchones mil veces orinados. Había recién nacidos entre ellos y tenían contratadas unas nodrizas que iban dos veces al día a darles la leche que les quedaba en unos pechos enflaquecidos.

Las corrí. A ellas y a las cuatro brujas que cuidaban a los niños.

Entonces un médico que parecía muy enterado tuvo a bien reclamarme.

—Se pueden morir estos niños si toman leche de vaca —dijo.

—Estarán mejor muertos que aquí —le contesté.

¿Quién podría parar mis obras de misericordia? Mi marido, claro. En la tarde me dijo que estaba yo exagerando, que ni un centavo extra para el hospicio o los hospitales y que las locas ya tenían bastante con su edificio.

—Pero si ya fui a ver y no tienen camas
—dije.

—Nunca han dormido más arriba del suelo
esas mujeres —me contestó—. ¿Tú crees que hay
locas ricas ahí? Las ricas andan en la calle.

—Y contigo —le contesté.

En la mañana había pasado al Nuevo Siglo
por un vestido para Verania y la dependiente me
preguntó qué me había parecido el mantón de Ma-
nila que antier me había comprado el general. Dije
que bellísimo mirando la cara de horror del dueño
que siempre sabía a dónde iban las compras de Andrés Ascencio. El mantón se lo habían mandado a
una señora en Cholula. Pensé no hablarle de eso pero
no me aguanté. De todos modos se hizo el que no
entendía y dejó el asunto ahí.

Llamé a sus hijas para proponerles que me
ayudaran a organizar bailes, fiestas, rifas, lo que pudiera dar dinero para la Beneficencia Pública. Aceptaron. Se les ocurrió todo, desde una premier con
Fred Astaire hasta un baile en el palacio de gobierno. Durante un tiempo no supe cómo iban las locas
ni los enfermos ni los niños, me dediqué a organizar fiestas. Por fin creo que hasta se nos olvidó
para qué eran.

Nada más porque Bárbara mi hermana cum-
plía con su papel de secretaria fuimos a entregarles
las camisetas y los calzones a los niños, las camas
a las loquitas, las sábanas a los hospitales. San Roque estaba muy limpio cuando llegamos, las mujeres
pasaron en fila a darnos las gracias. Sus batas rosas
se habían ido destiñendo y de día eran más feas
sus caras. Todavía estaba ahí la jovencita que inició
el baile con Andrés y una que me contó que su hermano la había encerrado para quedarse con su herencia. Las invité a quedarse junto a nosotras. Cuan-

do se acabó la celebración, nada más las saqué de ahí sin ningún trámite. Nadie preguntó nunca por ellas.

Esa noche hubo una ceremonia en el Colegio del Estado para celebrar su transformación en Universidad. Desde la campaña había sido una de las obsesiones de Andrés. Tenía pocos meses de gobernar cuando logró el cambio. Dejó de rector al mismo que era director del colegio y en agradecimiento esa noche le entregaba el rectorado Honoris Causa. Salieron críticas en los periódicos y la gente dijo horrores, pero a Andrés no le importó. Se disfrazó con una toga y un birrete y nos hizo a nosotros vestirnos de gala.

Como no nos dio tiempo de decidir qué hacer con las ex locas, nos las llevamos al festejo. A una le presté un vestido yo y a la otra Marta.

Durante el brindis presenté a la bonita con el rector, que la tomó como su secretaria particular y a la desheredada con el presidente del Tribunal de Justicia del Estado, que se encargó de ver que se le hiciera justicia. Creo que desheredaron al hermano porque como al mes recibí todo un juego de plata para té con la tarjeta de la señorita Imelda Basurto y, entre paréntesis, «la desheredada». Abajo: «Con mi eterno agradecimiento a su labor de justicia.»

Al principio la gente iba a la casa a solicitar audiencia y me pedía que la ayudara con Andrés. Yo oía todo y Bárbara apuntaba. En las noches me llevaba una lista de peticiones que le leía a mi general de corrido y aceptando instrucciones: ése que vea a Godínez, ésa que venga a mi despacho, eso no se puede, a ése dale algo de tu caja chica, y así.

Mi primera gran decepción fue cuando me visitó un señor muy culto para contarme que se

pretendía vender el archivo de la ciudad a una fábrica de cartón. Todo el archivo de la ciudad a tres
centavos el kilo de papel. En la noche fue el primer
asunto que traté con Andrés. No quiso ni detenerse a discutirlo. Nada más dijo que ésos eran puros
papeles inútiles, que lo que necesitaba Puebla era
futuro, y que no había dónde poner tanto recuerdo.
El lugar donde estaba el archivo sería para que la
Universidad tuviera más aulas. Además ya era tarde
porque Díaz Pumarino su secretario de gobierno ya
lo había vendido, es más, el dinero me lo iba a dar
para el hospicio.

Al día siguiente tuve que pasar la vergüenza
de explicarle mi fracaso al señor Cordero. Total que
el dinero de la venta ni siquiera fue para el hospicio
porque la Asociación de Charros visitó a Andrés la
mañana en que lo tenía sobre su escritorio y junto
con el cheque del gobierno del estado les dio lo del
archivo como donativo personal.

Con ese empezaron mis fracasos y fui de mal
en peor. Un día me visitó una señora muy acongo-
jada. Su marido, un médico respetable, era dueño
de la casa en que vivía toda la familia. Una casa
muy bonita en el 18 Oriente. Según contó la señora, a mi general le había gustado la casa y llamó
a su marido para comprársela. Como el hombre le
dijo que no estaba en venta porque era el único patrimonio de su familia, Andrés le contestó que esperaba verlo entrar en razón porque no le gustaría
comprársela a su viuda. Con la amenaza encima el
doctor aceptó vender y puso precio. Andrés lo oyó
decir tantos miles de pesos y después sacó de un
cajón la boleta del registro predial con la cantidad
en que estaba valuada la casa para el pago de im-
puestos. Era la mitad de lo que pedía, le dio la mitad y lo despidió dándole tres días para desalojar.

La esposa fue a verme al segundo día. En la noche se lo conté a Andrés.

—Así que aparte de lenta es argüendera la señora. Dile que tú no sabes nada.

—¿Pero es cierto eso? ¿Para qué quieres la casa?

—Qué te importa —dijo y se durmió.

Al día siguiente fui a despertar a Octavio con la historia.

—¿Por qué no dejas eso de las audiencias y te dedicas a algo más agradable? —me dijo.

Seguí hablando y explicándole, volví a contarle lo de la casa, segura de que no lo había entendido porque estaba amodorrado.

—Ay Cati no me digas que no sabes que así compra todo —dijo sentándose en la cama y estirando los brazos. Después dio un bostezo largo y ruidoso.

—¿Puedo entrar? —preguntó Marcela empujando la puerta.

Llevaba pantalones y una camisa que alguna vez le vi a Octavio.

—¿Todavía no te levantas? —le dijo caminando con las manos atrás de la cintura hasta que estuvo frente a él.

—Eres un huevón —dijo echándole encima el vaso de agua que llevaba escondido.

—Abusiva —gritó Octavio forcejeando para quitarle el vaso. Se trenzaron en una lucha que se convirtió en abrazo y carcajadas. Estaban tan felices que me dieron envidia.

—De todos modos gracias Tavo —dije caminando hacia la puerta.

—A ti, Cati —contestó cuando me vio salir y cerrarla.

CAPÍTULO VI

La primera vez que vi a Andrés furioso contra don Juan Soriano, el director del semanario *Avante,* fue cuando lo de la plaza de toros, la segunda cuando publicó que muchos antirrevolucionarios se habían deslizado en el gobierno de Puebla; que Manuel García, el oficial mayor, había sido el que denunció a los Serdán, que Ernesto Hernández visitador de la administración en Puebla había sido integrante de una cosa que se llamó Defensa Social creada por Victoriano Huerta, que Saúl Suárez cobrador de la recaudación de rentas de Teziutlán personalmente había disparado sobre Venustiano Carranza en Tlaxcalantongo y que el propio gobernador había estado en La Ciudadela cuando el golpe de Estado que asesinó a Madero.

—Que se dé por muerto este cabrón —dijo entre dientes cerrando el periódico y levantándose de la mesa en que desayunábamos.

Después de ese día muchas veces lo oí repetir lo mismo. Pero Soriano seguía publicando su periódico, tomando café en los portales y paseando con su mujer los domingos por el zócalo. Todo el mundo sabía que iba a pie de su casa a la oficina, que en las noches compraba el pan en La Flor de Lis y que le gustaba caminar solo después de la cena.

Yo leía su periódico a escondidas. Cuando Andrés lo aventaba y salía mentando madres, yo lo recogía y lo devoraba. A veces no entendía ni por qué se enojaba.

Quizá era que no salían las notas informando de las inauguraciones o que cuando salían eran como la de la inauguración del Teatro Principal: una foto suya cortando el listón, otra de la placa conmemorativa diciendo que la remodelación del teatro se había llevado a cabo durante el gobierno del general Andrés Ascencio y un pie de foto preguntándose por qué no aparecía por ninguna parte el municipio cuando toda la obra se había hecho con fondos suyos.

Cuando Aguirre nacionalizó el petróleo, el único periódico de Puebla que mostró entusiasmo fue el *Avante*. Andrés estaba furioso, le parecía una necedad eso de meterse en pleitos con países tan poderosos nada más para expropiarles lo que él llamaba un montón de chatarra. De todos modos cuando la señora Aguirre llamó a las mujeres de todas las clases sociales a cooperar con dinero, alhajas y lo que pudieran para pagar la deuda petrolera, Andrés me mandó a formar parte del Comité de Damas que presidía doña Lupe.

Llegó una tarde con un montón de cajitas.

—Llévaselas y dile que te estás desprendiendo del patrimonio de tus hijas —me dijo.

Había de todo ahí: pulseras, aretes, brillantes, relojes, collares, una colección de alhajas del tamaño de la mía. Me fui a México con las niñas y las cajitas. Llegamos a Bellas Artes que estaba lleno de gente. Había campesinas que llevaban pollos y mujeres que se acercaban a la mesa en el escenario a entregar sus alcancías de marranito llenas de quintos. Hasta unas señoras gringas hablaron en contra de las compañías petroleras y cedieron públicamente miles de pesos.

Las niñas y yo subimos hasta la mesa con nuestras cajitas, las entregamos a la señora poniendo cara de heroínas. Para completar el espectáculo, yo a la mera hora me conmoví de verdad y dejé también las perlas que llevaba puestas.

El *Avante* publicó mi foto quitándome los aretes frente a la mesa presidida por la señora Aguirre. Se lo agradecí a don Juan Soriano y Andrés me regañó.

El tiempo se hizo lento. Yo empecé a sentir que llevaba siglos soñando niños y abrazando viejitos con cara de enternecida madre del pueblo poblano, mientras me enteraba por mis hermanos, o por Pepa y Mónica, de que en la ciudad todo el mundo hablaba de los ochocientos crímenes y las cincuenta amantes del gobernador.

De repente me decían ahí va una, o esa casa la compró para otra, yo nada más las iba apuntando. Las que duraban unas horas de antojo o se iban con él un rato para librarse de las amenazas, no estaban en mis cuentas. Me atraían las que le tuvieron cariño, las que incluso le parieron hijos. Las envidiaba porque ellas sólo conocían la parte inteligente y simpática de Andrés, estaban siempre arregladas cuando llegaba a verlas, y él no les notó nunca los malos humores ni el aliento en las madrugadas.

Me hubiera gustado ser amante de Andrés. Esperarlo metida en batas de seda y zapatillas brillantes, usar el dinero justo para lo que se me antojara, dormir hasta tardísimo en las mañanas, librarme de la Beneficencia Pública y el gesto de primera dama. Además, a las amantes todo el mundo les tiene lástima o cariño, nadie las considera cómplices. En cambio, yo era la cómplice oficial.

¿Quién hubiera creído que a mí sólo me llegaban rumores, que durante años nunca supe si me contaban fantasías o verdades? No podía yo creer que Andrés después de matar a sus enemigos los revolviera con la mezcla de chapopote y piedra con que se pavimentaban las calles. Sin embargo, se decía que las calles de Puebla fueron trazadas por los ángeles y asfaltadas con picadillo de los enemigos del gobernador.

Yo preferí no saber qué hacía Andrés. Era la mamá de sus hijos, la dueña de su casa, su señora, su criada, su costumbre, su burla. Quién sabe quién era yo, pero lo que fuera lo tenía que seguir siendo por más que a veces me quisiera ir a un país donde él no existiera, donde mi nombre no se pegara al suyo, donde la gente me odiara o me buscara sin mezclarme con su afecto o su desprecio por él.

Un día salí de la casa y tomé un camión que iba a Oaxaca. Quería irme lejos, hasta pensé en ganarme la vida con mi trabajo, pero antes de llegar al primer pueblo ya me había arrepentido. El camión se llenó de campesinos cargados con canastas, gallinas, niños que lloraban al mismo tiempo. Un olor ácido, mezcla de tortillas rancias y cuerpos apretujados lo llenaba todo. No me gustó mi nueva vida. En cuanto pude me bajé a buscar el primer camión de regreso. Ni siquiera caminé por el pueblo porque tuve miedo de que me reconocieran.

Regresé pronto, y me dio gusto entrar a mi casa. Verania y Checo estaban jugando en el jardín, los abracé como si volviera de un secuestro.

—¿Qué te pasa? —preguntó Verania a la que no le gustaban mis repentinas y esporádicas efusiones.

Al día siguiente, otra vez quería llorar y meterme en un agujero, no quería ser yo, quería ser
cualquiera sin un marido dedicado a la política, sin
siete hijos apellidados como él, salidos de él, suyos
mucho antes que míos, pero encargados a mí durante todo el día y todos los días con el único fin
de que él apareciera de repente a felicitarse por lo
guapa que se estaba poniendo Lilia, lo graciosa que
era Marcela, lo bien que iba creciendo Adriana, lo
estiloso que se peinaba Marta o el brillo de los Ascencio que Verania tenía en los ojos.

Otra quería yo ser, viviendo en una casa que
no fuera aquella fortaleza a la que le sobraban cuartos, por la que no podía caminar sin tropiezos, porque hasta en los prados Andrés inventó sembrar
rosales. Como si alguien fuera a perseguirlo en la
oscuridad, tenía cientos de trampas para los que no
estaban habituados a sortearlas todos los días.

Sólo se podía salir en coche o a caballo porque quedaba lejos de todo. Nadie que no fuera
Andrés podía salir en la noche, estaba siempre vi-
gilada por una partida de hombres huraños, que
tenían prohibido hablarnos y que sólo lo hacían para
decir: «lo siento, no puede usted ir más allá.»

Fui adquiriendo obsesiones. Creía que era
mi deber adivinarle los gustos a la gente. Para cuando llegaban a mi casa yo llevaba días pensando en
su estómago, en si preferirían la carne roja o bien
cocida, si serían capaces de comer tinga en la noche
o detestarían el spaguetti con perejil. Para colmo,
cuando llegaban se lo comían todo sin opinar ni a
favor ni en contra y sin que uno pudiera interrumpir sus conversaciones para pedirles que se sirvieran
antes de que todo estuviera frío.

Para mucha gente yo era parte de la decora-
cion, alguien a quien se le corren las atenciones que
habría que tener con un mueble si de repente se
sentara a la mesa y sonriera. Por eso me deprimían
las cenas. Diez minutos antes de que llegaran las
visitas quería ponerme a llorar, pero me aguantaba
para no correrme el rimel y de remate parecer bruja.
Porque así no era la cosa, diría Andrés. La cosa
era ser bonita, dulce, impecable. ¿Qué hubiera
pasado si entrando las visitas encuentran a la señora gimiendo con la cabeza metida bajo un sillón?

De todos modos me costaba disimular el
cansancio frente a aquellos señores que tomaban
a sus mujeres del codo como si sus brazos fueran
el asa de una tacita de café. En cambio a ellos se
les veía tan bien, tan dispuestos a comerse una buena cena, a saber por el menú el modo en que se les
quería.

Casi siempre se me olvidaba algo. Por más
que Andrés se empeñaba en sermonearme sobre el
buen manejo de la servidumbre y el modo ejecu-
tivo de hacer a cada quien cumplir con su deber;
entrando las visitas, Matilde la cocinera se acordaba de que no había limones, de que las tortillas
no iban a alcanzar o de que era mucha gente para
los hielos que tenía nuestro refrigerador. En ese
momento hubiera yo querido ahorcar a una visita,
por ejemplo a Marilú Izunza con su melena rubia.

Esa cena fue una de las peores. Amanecí de-
testando mi color de pelo, mis ojeras, mi estatura.
Quería estar distinta para ver si así me volvía otra y le
pedí a la Güera que me cortara el pelo como se le
diera la gana.

Quedé pelona con ella detrás de mi cabeza
diciendo que esa era la última moda, que el pelo
parejo ya no se usaba, que ya parecía yo Cristo de

pueblo con mi eterna melena hasta los hombros, que el pelo largo era para las niñas y que yo era una señora importante. Me enseñó revistas, me pintó los ojos y los labios, pero no logró convencerme. Lloré y maldije la hora en que mi hartazgo había inventado cambiarme el aspecto.

Fui a casa de mis padres en busca de apoyo. Mi papá estaba en la cocina esperando que su cafetera empezara a soltar un chorro de café negro sobre la pequeña taza de metal que tenía integrada. Era una cafetera italiana. Se paraba frente a ella todas las mañanas a esperar su expreso como si estuviera en la barra de un café romano. En cuanto el chorro negro empezaba a caer y el olor corría por la casa, él iniciaba los elogios a su auténtico café italiano.

—Pero si es de Córdoba papá —decía yo cada vez que empezaba con su discurso.

—De Córdoba sí, pero no hay en todo México un café como el mío, porque aquí muelen el café gordo y lo dejan hervir. No se puede beber. Café americano, lo llaman. Sólo los gringos pueden creer que eso es bueno, porque los gringos tienen estragado el paladar. Su principal guiso es la carne molida con salsa de tomate dulce. ¿Se puede imaginar mayor porquería? En cambio huele esto, huele esto y calla tu boca ignorante.

Cuando entré en la cocina sin mi pelo, con la cara de muñeca de celuloide que me habían dejado las pinturas de la Güera, mi papá suspendió la contemplación de su café y silbó: fiu, fiuuu. Después empezó a cantar: «Si por lo que te quise fue por tu pelo, ahora que estás pelona ya no te quiero.»

Lo abracé. Me estuve un rato pegada a su cuerpo, evocando el olor del campo y sintiendo el del café. Se estaba bien ahí y me puse a llorar.

—Oye si era chiste —dijo—. Yo te quiero igual, aunque te pelaran a jícara.

—Es que va a haber una cena en mi casa —dije.

—¿Y eso qué novedad es? En tu casa hay cena cada dos días. No vas a llorar por eso. Tú eres una gran cocinera, lo heredas. Mírate las manos, tienes manos de campesina, manos de mujer que sabe trabajar. Mi madre hacía todo sola, tú tienes una corte de ayudantes. Te saldrá bien. ¿Quién viene ahora?

—¿Qué más da? Unos dueños de fábricas en Atlixco, pero me van a mirar la cabeza y les voy a dar risa a sus mujeres.

—Desde cuándo te importa lo que diga la gente. Ya te pareces a tu mamá. Nunca le vas a dar gusto a la gente. Ni con el pelo hasta las rodillas ni calva. El chiste es que te sientas contenta.

—Es que no estoy contenta —dije abrazándolo.

—¿Qué te lastima? ¿No tienes todo lo que quieres? No llores. Mira qué lindo está el cielo. Mira qué fácil es vivir en un país en el que no hay invierno. Siente cómo huele el café. Venga mi vida, venga que le preparo uno con mucha azúcar, venga cuéntele a su papá.

Por supuesto no le contaba yo nada. El no quería que yo le contara, por eso se ponía a hablarme como a una niña que no debía crecer y terminábamos abrazados mirando los volcanes, agradecidos de tenerlos enfrente y de estar vivos para mirarlos. Me daba muchos besos, metía su mano bajo mi blusa y me pintaba con los dedos rayitas en la espalda, hasta que me iba amansando y empezaba a reírme.

—Así ya estás preciosa —decía—, ¿quieres ser mi novia?

—Claro —le decía yo—, tu novia, pero no tu esposa. Porque si nos casamos vas a querer que organice cenas para tus amigos.

Esa noche Marilú llegó a mi casa con una piel que era la mejor muestra de que su marido compartía las cosas. Ella era hija de un español de esos de padre comerciante, hijo caballero, nieto pordiosero. Su padre era el nieto. No tenía un quinto pero estaba seguro de su alcurnia y pudo heredársela entera a su hija. Dueña de ese capital Marilú le hizo el favor a Julián Amed de casarse con él. Julián Amed era un árabe de los que vendían telas en el mercado de La Victoria, jalando a la gente que iba a comprar verduras y obligándola con un interminable palabrerío a llevarse por lo menos un metro de manta de cielo. Después en las noches, con el mercado cerrado, juntaba a sus paisanos para jugar cartas y de ahí, de varias ganadas, de una que se cobró matando al perdedor que no quería pagarle y quedándose con todo lo que tenía, Julián sacó para poner su fábrica de hilados y tejidos. Ya era muy rico cuando convenció a Marilú de que su capital y la alcurnia de una Izunza harían unos hijos espléndidos y una familia ejemplar. Ella que entonces era una rubita pálida transparente por culpa de las hambres disimuladas tras los enormes muebles del comedor heredados de su abuelo, aceptó después de unos remilgos. No bien se casó, se le subió la alcurnia hasta la altura de la cartera de su marido y se volvió insufrible. Siempre que podía me dejaba ir apreciaciones del estilo de:

—Qué mérito el tuyo vivir con un político,

hay que estar siempre disimulando, y es tan difícil no
ser franco. Yo no podría. Julián me regaña mucho
porque digo todo lo que pienso, pero yo le digo tú
que pierdes, tú eres un empresario, no tienes que andar quedando bien, lo tuyo es tuyo porque te lo
ganaste con tu trabajo, tú no eres político. Además
los Izunza somos francos y tú ya lo sabías cuando te
casaste conmigo.

Esa noche no estaba yo para soportar a Marilú. Matilde la cocinera, harta de cenas, enfureció
porque le comenté que a la carne le faltaba jugo.
Checo se había quedado llorando en su cuarto porque yo no esperé hasta que se durmiera, Andrés
había pasado la tarde elogiando a Heiss y para colmo
la Güera me había dejado pelona. No estaban las
cosas para oír a Marilú, pero ella sentada a media
sala con su piel de zorro, como si no estuviera prendida la chimenea, les contaba a las demás mujeres
cómo había corrido a su sirvienta de diez años porque la descubrió embarazada queriéndose sacar el
hijo con el palo de la escoba:

—Yo me horroricé, francamente. Y todo por
no hacerme caso, porque ya yo le había dicho que
tuviera cuidado con los trabajadores de la fábrica,
que son unos irresponsables que nada más andan viendo a quién le hacen el chiste. Se lo dije cuando la
vi que andaba con las trenzas muy peinadas y
queriendo llevar recados a la fábrica. Se lo dije,
tú mejor no pienses en hombres, te conviene más
quedarte conmigo siempre, conmigo estás bien, te
trato bien, puedes cuidar a mis hijos como si fueran tuyos, ¿para qué te quieres meter con un hombre que ni te va a sacar de pobre y nada más te va
a meter en líos? Pero no me hizo caso. Se fue de
cuzca porque así es esta raza y después sí, mucha
lágrima, mucho perdón señora, mucho es que me en-

gañó. Pero no. Yo le dije muy claro, mira, voy a
ser buena contigo porque ya tienes muchos años en
la casa, te voy a mantener hasta que vaya a nacer la
criatura, no te voy a pagar porque no vas a hacer
bien tu trabajo, pero con que cuides a los niños me
conformo. Eso sí, cuando te llegue la hora te vas
al pueblo porque yo no tengo tiempo de ayudarte y
no quiero que mis hijos se den cuenta de tu situación. ¿Qué más quería? Pues quería más, quería sa-
carse al hijo. No saben lo que sufrí, tan buena gente
que se veía, tantas veces que le dejé a mis niños.
Imagínense en manos de quién, igual me los mata.

—Eso de los hijos es problema de cada quien
—dije yo.

—Ay, Catalina, qué cosas dices. ¿Ves cómo
eres mujer de político? ¿Y por qué te cortaste el
pelo? —preguntó meneando su melena de lado a
lado—. ¿Qué opinó tu papá? A ti la opinión de tu
papá te importa mucho, ¿verdad? El otro día estuvo comiendo en la casa y no hizo más que hablar
de ti.

—¿Mi papá comió en tu casa? —dije espantada.

—Claro, es el representante del señor gobernador en unos negocios que está haciendo con
Julián. ¿No te ha contado que se va a hacer rico?

Detesté la idea de que mi padre entrara
a hacer nada con el marido de Marilú y como representante de Andrés.

—No lo sabía —dije como una lela.

—Seguramente quieren darte la sorpresa. Ni
digas que te conté —dijo ella mirando a las demás
que empezaban a estar felices con el chisme.

—No te preocupes —dije—. ¿Te pintaste
más clarito el pelo?

—No me lo pinto. Estuvimos en la playa y se me aclara con el sol.

—A mí no me gustan las playas —dijo Luisita Rivas—, hay que desvestirse y luego meterse a una agua con tierra y sal en la que se baña todo el mundo. Me da asco el mar.

—Ay no, Luisita. Me va a perdonar, pero es divino el mar —dijo otra de las mujeres. Aproveché el cambio de tema para levantarme en busca de Andrés.

Estaba en el centro del círculo que hacían los hombres para conversar parados, con sus vasos de whisky en la mano y tirando las cenizas donde mejor les parecía. Andrés fumaba puro, cuando llegué roía la punta de uno antes de prenderlo.

—¿Me permites un momento? —dije.

—¿Es urgente? —contestó él, que tenía la palabra y detestaba soltarla.

—Sí, es una cosa simple, pero urgente.

—Vamos a ver la cosa simple de la señora —dijo—. Con permiso, señores.

Me colgué de su brazo como si fuéramos a dar un paseo largo, lo llevé fuera de la sala, atravesamos el comedor y quería yo seguir cuando me detuvo:

—¿Qué pasa?

—No quiero que metas a mi papá en tus cosas. Déjalo que viva como pueda, no se ha muerto de hambre, no lo revuelvas —dije.

—¿Para eso me interrumpiste? ¿Por qué no miras si ya está la cena? ¿Y desde cuándo los patos les tiran a las escopetas? —dijo riéndose—. ¿Por qué te cortaste mi pelo?

Lo odiaba cuando se portaba como mi patrón.

Pero me aguanté y cambié el tono por uno que funcionara mejor:

—Andrés, te lo pido por lo que más quieras. Te dejo que le regales el Mapache a Heiss, pero saca a mi papá de un lío con Amed.

—¿El Mapache a Heiss? ¿Tu caballo adorado? Voy a ver qué puedo hacer, te lo prometo, llorona. Ya párale, se te va a correr el rimel. Vamos a atender a las visitas que no vinieron a vernos cuchichear en un rincón.

Volví al grupo de las mujeres. Prefería oír la plática de los hombres, pero no era correcto. Siempre las cenas se dividían así, de un lado los hombres y en el otro nosotras hablando de partos, sirvientas y peinados. El maravilloso mundo de la mujer, llamaba Andrés a eso.

Me gustaba pasar a la mesa porque ahí la conversación podía volverse interesante. Como yo colocaba las tarjetas con los nombres y sentaba a cada quien donde me convenía, me acomodé junto a Sergio Cuenca que era un hombre guapo y buen conversador a quien yo invitaba a las cenas aunque no viniera al caso porque era de los pocos amigos de Andrés que me divertían. Le gustaba llevar la conversación y si yo me sentaba junto a él podía decir bajito cosas que quería que se dijeran alto sin decirlas yo.

—¿Ya supieron que unos indios de Alchichica corretearon a Heiss y a Pérez su administrador? —preguntó—. No les gustó el tono en que quiso convencerlos de sembrar caña en los campos.

—Sí hombre —dijo don Juan Machuca, un español que no salía jamás de su fábrica en Atlixco y que desde ahí se enteraba de todo antes que nadie—. Dicen que les mataron a dos mozos de estribo. Es que Heiss quiere ir muy aprisa. Creo que le dio billetes a un líder para que conversara con los campesinos sobre la renta de sus ejidos. Los campesinos no quisieron rentar y él llegó a decirles que el trato ya estaba hecho. Claro, el líder enfureció, y para demostrar que no había transado persiguió a Heiss cuando iba de regreso. Todavía tiene que aprender don Miguel.

—¿Cómo estuvo? —pregunté.

—No pasó nada —dijo Andrés—. Don Mike sabe cómo hacer las cosas, lo que sucede es que el líder lo engañó. Y anda por ahí una mujer que alega que las tierras que le vendió De Velasco a Heiss eran de su padre. Háganme el favor.

—Pero general, si esas tierras eran de don Gabriel de Velasco desde antes de la Revolución —dijo doña Julia Conde echándose aire con su abanico de plumas verdes.

—Esta doña Julia siempre tan enterada de lo que pasó antes de la Revolución. ¿Tiene usted nostalgia? —le dijo Andrés.

—La verdad sí general. Eran otros tiempos.

—Entonces tenía veinte años y ahora tiene cincuenta —le dije a Sergio Cuenca que soltó una carcajada—. Además las tierras son de Lola.

—¿De qué se ríe usted? —preguntó Andrés.

—De las ocurrencias de su señora, general, que dice que las tierras eran del padre de Lola Campos.

—Con razón se ríe usted de ella.

—Con ella, general —dijo Sergio. Luego alzó su copa y tuvo a bien acordarse de un chiste tras otro en lo que quedó de cena.

Como a las dos de la mañana Marilú entró en su zorro y se despidió junto con su marido y los otros invitados. Los acompañamos hasta la puerta. Doña Julia Conde se abanicaba incansable.

—Yo no sé niña —le dijo a Marilú— cómo puedes usar ese animal encima. En este país hace calor todo el año. Tenemos un invierno de mentiras. Yo me la paso abochornada.

—Esta ya no salió jamás de la menopausia —comenté con Andrés que me abrazaba de un hombro y dijo:

—Tiene usted razón doña Julia, nuestras señoras ya no aguantan lo que las de antes, hay que guardarlas entre pieles para que le duren a uno siquiera hasta que crezcan los hijos. ¿No crees Julián?

—Claro que lo cree —dijo Marilú como despedida.

—¿Quién te dijo a ti que las tierras de Alchichica eran de esa mujer? —preguntó Andrés cuando cerramos la puerta.

—Ella —le contesté—. Me vino a ver hace como un mes. Quería que yo te hablara, que te convenciera de que su padre las heredó de su padre y que por muchos años ellos las cultivaron, hasta que De Velasco se las quitó a la mala y ahora que está en quiebra se le hace muy fácil venderle a Heiss lo que no es suyo. Y Heiss compra barato con el pretexto de que hay riesgo de invasión. ¡Qué bárbaros Andrés!

—¿Qué dijiste? —preguntó.

—¿Qué le iba yo a decir? Que buscara otro camino, que yo a ti no te podía hablar de eso, que no me oías. ¿Qué importa lo que le dije? No la ayudé. Sentí vergüenza cuando se levantó y dio la vuelta para irse a la calle sin darme la mano.

—¿Y si te callaste un mes por qué tienes que hacerte la enterada hoy en la noche?

—Porque así es uno. Hasta que no le llegan a lo suyo no siente —dije.

—Catalina, tú sigues sin entender. Esas tierras no son de Lola, no te puedes creer todo lo que te venga a contar una india. Y el negocio de hilo en que metí a tu padre es la cosa más inofensiva que haya pasado por su camino.

—No te creo —le dije por primera vez en mi vida—. No te creo ninguna de las dos cosas.

—¿Me crees que me gustas mucho con los pelos cortos? —dijo.

Empezó a besarme a medio patio, a ponerme las manos encima mientras caminábamos hacia las escaleras y nuestra recámara. Tenía unas manos grandes. Me gustaban tanto como les temían otros. O por eso me gustaban. No sé.

Hablaba mientras se iba desvistiendo:

—Muchacha ésta, pendeja, qué se tiene que andar enterando de lo que no le mandan.

Después del saco se quitó la pistola, pensé que me hubiera gustado usar una pistola bajo el vestido. Me tardé en desabrocharlo. Era un vestido largo, con el escote bajo en la espalda y cerrado hasta el cuello por delante. Un vestido en el que costaba trabajo entrar y salir porque había que pasar por un montón de botones.

—Qué lenta eres Catín —dijo. Me senté de espaldas a él en la cama que ya tenía tomada.

—Venga para acá —ordenó. Quise ver el mar y cerré los ojos.

—¿Por qué no le devuelves sus tierras a Lola? —dije.

—¡Qué mujer tan necia! Porque no puedo —contestó meciéndose sobre mi cuerpo.

—Pero sí puedes sacar a mi papá de los hilos de Amed.

—A lo mejor.

A la mañana siguiente yo tarareaba algo hacia adentro mientras corría por la escalera rumbo al patio de atrás. Ya él estaba montado en el Listón y el adolescente que me ayudaba a montar tenía de las riendas a una yegua colorada.

—¿Y el Mapache? —pregunté.

—Ya tiene el dueño que usted le quiso dar —dijo Andrés. Apreté el puño hasta que las uñas se me enterraron en la palma de la mano.

—Entonces trato hecho —dije dispuesta a subirme a la yegua colorada.

—Trato hecho —me contestó espoleando al Listón para que se echara a correr.

Fui tras él con la yegua corriendo como desbocada, lo dejé atrás. Entré por Manzanillo hasta el bosque de los Costes y me seguí camino a La Malinche sin acordarme de la gripa del Checo, ni del desayuno, ni de Lilia que siempre me buscaba en las mañanas para que yo le platicara cómo eran los vestidos de las señoras que habían cenado con nosotros. Con ella me sentaba en el jardín y echaba todas las críticas que se me antojaban, encantada de que se riera con tantas ganas de mis chismes.

Nomás de imaginarme al Mapache montado por Heiss, lloraba yo a gritos mientras el aire me pegaba en la cara y me iba secando las lágrimas que me salían a chorros.

Volví como a las once. Andrés ya se había ido, las niñas estaban en el colegio, sólo quedaba Checo rumiando su gripa.

—Mal de perrera por no ir a la escuela —le dije tirándome en la cama junto a él. Después llamé a Ausencio, el mozo principal, y le pedí que buscara a la sirvienta que acababa de correr de su casa la señora Amed.

—Dígale usted que queremos que se venga a trabajar a nuestra casa. Que ya sé de su asunto, que no se preocupe.

Lucina llegó al día siguiente con su ropa en una caja de cartón. Tenía los ojos oscuros y la cara chapeada. Hablaba poco, pero a Checo le contó desde entonces todos los cuentos que yo no me sabía, a Verania le cosió vestidos para sus muñecas y a mí me daba masajes en la espalda cuando me veía triste. Se volvió la nana de todos.

El hijo que iba a tener se le salió una mañana sin mucho escándalo. Era un feto de cinco meses y estaba muerto. Lo lloró un día. Ausencio, los niños y yo la acompañamos a enterrarlo en su pueblo. Entre todos cargamos la cajita de madera blanca en que lo guardó. Recorrimos el pequeño panteón que no tenía paredes, era una siembra abierta de tumbas sencillas. Al final, debajo de un árbol, estaba el agujero para su niño. Ausencio puso dentro la cajita y Lucina se apresuró a echarle encima un puño de tierra.

—Así estuvo mejor —dijo.

Verania quiso cantar ¡*Oh, María, madre mía!* y nosotros la secundamos.

De regreso en el coche todos fuimos callados hasta que Lucina nos dijo:

—No estén tristes. Mi niño ya está en el cielo. Es una estrella. ¿Verdad, señora?

—Sí, Lucina —dije.

Desde entonces Marilú Amed distribuyó la historia de que yo le había sonsacado a su muchacha, la había obligado a un aborto y la tenía de esclava cuidando a mis hijos. Le duró el berrinche para siempre.

Unos días después salí a caminar con Checo después de comer. Lo llevé hasta la punta del cerro de Guadalupe a ver salir el primer lucero.

—Oye, mamá —me dijo entonces—, ¿tú crees eso de que el hijo de Lucina es una estrella que está en el cielo?

—¿Por qué me lo preguntas?

—Porque Verania sí lo cree y yo sé muy bien que eso no es cierto, que el hijo de Lucina está en el hoyo.

—¿En el hoyo?

—Sí, en el hoyo. Como ese Celestino que ayer dijo mi papá que le buscaran un hoyo.

—¿A quién le dijo?

—A unos señores que lo vinieron a ver de Matamoros.

—No oíste bien. ¿Cómo va a decir eso tu papá?

—Sí, lo dijo mamá. Siempre dice así. A ése búsquenle un hoyo. Y eso quiere decir que lo tienen que matar.

—Ay, hijo, qué cosas te imaginas —le dije—. ¿Crees que matar es juego?

—No. Matar es trabajo, dice mi papá.

Un ruido me subió desde el estómago, y el arroz, la carne, las tortillas, el queso, las crepas de cajeta, todo me fue saliendo de regreso mientras el Checo me veía sin saber qué hacer, preguntando a intervalos: «¿Ya mamá?» Por fin salió una cosa amarilla y amarga y luego no quedó más.

—¿Jugamos carreras de regreso? —le dije. Y empecé a correr bajando el cerro como si me quisiera desbarrancar.

—Tú estás loca, mami. Tiene razón mi papá. Eres una cabra loca —gritaba el niño atrás de mí.

Llegamos exhaustos a la casa. Verania estaba en la puerta cogida de la mano de Lucina. Era una niña preciosa. Con los ojos enormes y los labios delgados, pálida como yo, ingenua como mis hermanas.

—¿Por qué se tardaron tanto? —preguntó.

—Porque mi mamá está enferma —dijo Checo.

—¿De qué? —preguntó Lucina.

—De la panza. Vomitó toda la comida —dijo el niño que tenía cinco años. Cinco enloquecidos años.

No podían vivir en las nubes nuestros hijos. Estaban demasiado cerca. Cuando decidí quedarme decidí también por ellos y ni modo de guardarlos en una bola de cristal.

En la casa grande ellos vivían en un piso y nosotros en otro. Podíamos pasarnos la vida sin verlos. Después de la tarde que vomité, resolví cerrar el capítulo del amor maternal. Se los dejé a Lucina. Que ella los bañara, los vistiera, oyera sus preguntas, los enseñara a rezar y a creer en algo, aunque fuera en la Virgen de Guadalupe. De un día para otro dejé de pasar las tardes con ellos, dejé de pensar en qué merendarían y en cómo entretenerlos. Al principio los extrañé. Llevaba años de estar pegada a sus vidas, habían sido mi pasión, mi entretenimiento. Estaban acostumbrados a irrumpir en mi recámara como si fuera su cuarto de juegos. Me despertaban tempranísimo aunque estuviera desvelada, jugaban con mis collares, se ponían mis zapatos y mis abrigos, vivían trenzados a mi vida. Desde esa noche cerré mi puerta con llave. Cuando llegaron en la mañana los dejé tocar sin contestarles. En la tarde les expliqué que su papá quería tranquilidad en los cuartos de abajo y les pedí que no entraran más.

Se fueron acostumbrando y yo también.

CAPÍTULO VII

En cambio me propuse conocer los negocios de Andrés en Atencingo. Empecé por saber que el Celestino del que oyó Checo era el marido de Lola y que su muerte fue la primera de una fila de muertos. Después me hice amiga de las hijas de Heiss. De Helen sobre todo. Tenía dos hijos y estaba divorciada de un gringo que le ponía unas maltratadas terribles antes de que ella encontrara el valor para abandonarlo.

Helen se había regresado a Puebla en busca de la ayuda de su padre que como era de esperarse no le dio un quinto gratis. La puso a trabajar en Atencingo. Su quehacer era espiar a un señor Gómez, el administrador, y medir la fidelidad que le tenía en los manejos. Para hacerlo se fue a vivir a una casa inhóspita y medio vacía, con una alberca de agua helada y cientos de moscos por las tardes.

Yo iba a visitarla cualquier día. Me llevaba a los niños a nadar en su espantosa alberca mientras platicaba con ella.

—Aquí hay muy pocos hombres —decía. Y me contaba su última experiencia con algún poblano. Estaba terca en casarse con uno, y yo segura de que ninguno se iba a meter en ese lío. Las gringas estaban bien para un rato, pero nadie les entraba para todos los días. Ella quería casarse, tener una vajilla de talavera y una casa con techo de dos aguas. No sé por qué tenía la necedad del techo de dos aguas. Siempre que hablaba de su futuro lo incluía como algo imprescindible.

Un día estábamos viendo nadar a los niños y tomando uno de los daiquiris que a ella le gustaba preparar y beber sin tregua, cuando oímos disparos cerca. Salí corriendo en traje de baño, picándome los pies con las yerbas y las piedras que rodeaban la casa. Checo iba atrás de mí con mis sandalias.

—Regrésate a la casa —le dije. Me puse los zapatos y corrí hasta el ingenio. Había un muerto: pleito de borrachos, dijo Gómez el administrador.

Sentada en el suelo una mujer lloraba despacio, como si le quedara toda la vida para lo mismo.

Cuando me acerqué a preguntarle quién era el muerto, ella alzó la cara:

—Era mi señor —dijo—. Ayúdeme usted porque si me quedo aquí me matan también y quién ve por los niños.

Juan el chofer me había seguido, le pedí que recogiera el cadáver. A Gómez el administrador lo miré con cara de gobernadora antes de participarle:

—Me lo voy a llevar.

—Como usted ordene. La señora se queda, ¿verdad? —preguntó viendo que me había dado por abrazarla.

—Viene conmigo —contesté.

Caminamos hasta la casa de Helen. Ahí ella empezó a hablar como si yo no fuera la esposa del gobernador. La oí sin decir una palabra, con la cabeza entre las manos. Lo que contó era espantoso. Nadie hubiera podido inventar algo así.

Cuando terminó, Helen dejó de beber para decir con su acento de gringa lela:

—Yo no lo dudo Cathy. Son infames estos hombres. Qué parientes tenemos.

—Quiero que Heiss me devuelva al Mapache —le dije a Andrés, cuando llegó a dormir a nuestra cama.

—Tratos son tratos, Catín. Tu papá ya no está con Amed.

—Pero ustedes mataron a los campesinos de Atencingo.

—¿Qué? —dijo Andrés.

—Me lo contó la única que sobrevivió. Hoy en la tarde mataron a su marido en el ingenio. Yo lo vi, lo mataron porque llegó a contarles a los peones cómo las gentes de Heiss y las tuyas les entraron a tiros hace dos días a todos los que defendían las tierras que ese pinche gringo le compró a De Velasco en tres mil pesos. Me dijo que eran más de cincuenta con todo y niños, que mandaste al ejército a desarmarlos y luego les echaste encima cien hombres con ametralladoras. Devuélveme mi caballo, ya los muertos ni quien los reviva. Pero si todo el mundo va a ganar algo, yo quiero mi caballo de regreso o le digo la verdad a don Juan el de *Avante*.

—Tú te callas la boca. Nada más eso me faltaba, el enemigo en mi cama. La gobernadora soplándole al honrado periodista. ¿Qué te estás creyendo?

—Quiero mi caballo —le dije y me fui a dormir al saloncito de estar.

Me senté en el sillón azul en que a veces pasaba las tardes flojeando. Se me hacían tan lejos esas tardes. Cada vez que descubría una de las barbaridades de Andrés todo el pasado me parecía lejísimos.

Estaba días como ausente, dándole vuelta a las cosas, queriéndome ir, avergonzada y llena de pavor, segura de que nunca sería posible otra tarde tranquila, de que el asco y el miedo no se me saldrían jamás del cuerpo.

Esa noche tenía más horror que ninguna. Me acosté temblando. No quise cerrar los ojos porque veía la cara del muchacho tirado en el suelo del ingenio y la de su mujer llorando bajo el rebozo.

Por fin me dormí. Soñé a mis hijos con sangre en la cara, yo quería limpiárselas pero sólo tenía pañuelos que echaban más sangre. Cuando desperté Lucina llamaba a la puerta. Le abrí y entró con mi taza de té, la crema, el azúcar y pan tostado.

—Dice el general que baje usted en una hora.

—¿Está bonito el día? —le pregunté.

—Sí, señora.

—¿Ya se fueron los niños al colegio?

—Están desayunando.

—Pobres niños, ¿verdad, Luci?

—¿Por qué, señora? Andan contentos. ¿Qué ropa le saco?

Bajé corriendo. Entré a las caballerizas gritándole. Ahí estaba con su mancha blanca entre los ojos y su cuerpo elegante.

—Mapache, Mapachito, ¿cómo te trató el pinche gringo hijo de la chingada? ¿Me perdonas?

Lo acaricié, lo besé en la cara, en el hocico y en el lomo. Después lo monté y nos fuimos corriendo hasta el molino de Huexotitla. Iba yo cantando para espantar a los muertos. De ida todavía los vi, pero ya de regreso se me habían olvidado.

Al mediodía fui con Andrés a una comida

donde había periodistas. Uno que escribía en *Avante* le preguntó por los muertos de Atencingo.

—Me parece muy lamentable lo que ahí sucedió —dijo—. He encargado al señor procurador que investigue a fondo los hechos y puedo asegurarles a ustedes que se hará justicia. Pero no podemos permitir que grupos de bandoleros disfrazados de campesinos diciendo que exigen su derecho a la tierra se apoderen con violencia de lo que otros han ganado con un trabajo honrado y una dedicación austera. La Revolución no se equivoca y mi régimen, derivado de ella, tampoco. Buenas tardes, señores.

El periodista le quería contestar pero el maestro de ceremonias tomó el micrófono a tiempo:

—Señoras y señores, damas y caballeros, en estos momentos el señor gobernador pasa a retirarse. Les suplicamos despejar la salida.

La gente se levantó y empezó a caminar hacia la puerta. Vi cómo a Andrés lo tomaban de los brazos entre cuatro de sus hombres y lo sacaban en vilo, otros me cargaron hasta la calle. Nos subieron en autos distintos que arrancaron de prisa.

—¿Qué pasa? —le pregunté al hombre que manejaba el coche en que caí.

—Nada, señora. Estamos ensayando nuevas rutinas de salida —dijo.

Andrés fue a las oficinas del Palacio de Gobierno y yo a la casa.

En el salón de juegos estaban sus hijos grandes con unos amigos. Marta me había dicho que invitaría a Cristina, una compañera de su colegio, hija de Patricia Ibarra, la hermana mayor de José Ibarra, uno que fue mi novio.

Decíamos que éramos novios porque íbamos

juntos a tomar nieve a La Rosa y caminábamos de la mano hasta el parque de La Concordia, donde nos dábamos un beso de lado antes de despedirnos. Un día me dio un beso con tan mala suerte que la hermana iba saliendo de misa de doce y nos vio. A José le dijeron que además de pobre era yo una loca que no se daba su lugar, y su papá lo invitó a un viaje por Europa.

El me lo contó todo como si yo fuera su mamá y tuviera que librarlo de un castigo.

—¿Ya no te dejan ser mi novio? —le pregunté.

—Es que tú no sabes cómo es mi familia.

—Ni quiero —le dije y me fui corriendo, furiosa, desde el parque hasta la casa de la 2 Poniente.

—¿Qué te pasa, chiquita? —preguntó mi mamá.

—Se peleó con el rico. ¿No le ves la cara? —dijo mi papá.

—¿Qué te hizo? —dijo mi madre que siempre sentía cualquier agravio en carne propia.

—Lo que sea no se merece más de una trompetilla —contestó mi papá—. Sácale la lengua.

—Ya se la saqué —dije.

La sobrina de ese tarugo al que después sus papás casaron con Maru Ponce para formar la familia más aburrida de todas las que recorrían los portales el domingo era la amiga de Marta y era preciosa.

En la noche la madre fue a recogerla a nuestra casa con la casualidad de que iba llegando Andrés y las invitó a cenar. Toda la cena las halagó, les preguntó por los hombres de su casa y les contó historias de toreros y políticos.

Al irse la hermana de José se despidió diciendo:

—Cati, me dio un gran gusto verla, usted siempre tan fina.

—Hace diez años no pensaba usted lo mismo —contesté.

—No le entiendo —dijo con una sonrisa torcida y se fue seguramente con chorrillo, porque Andrés le murmuró quién sabe qué cosas a la hija, que de la perturbación se puso el sombrero al revés.

Ni tres días pasaron antes de que se la llevara al rancho cerca de Jalapa. Ahí la tuvo hasta el final, de ahí salió con una niña a exigir su parte en la herencia. No le fue mal, todavía vive entre caballos, perros y antigüedades sin hacer nada útil. Hasta el yerno vive de la suerte de Cristina.

A mí no me dio coraje, qué coraje me iba a dar, si toda la familia Ibarra sigue cargando con la vergüenza. Esos días hasta los disfruté. Me daba risa: que ya el general se robó a la compañera de Marta y que la mamá se está volviendo loca. Más risa me daba imaginar a la rezandera aquella sale y entre de la iglesia sin ningún resultado. Esa sí que ni tiempo tuvo de darse a respetar —decía yo, pensando en José, el parque de La Concordia y el beso de mi deshonor.

De verdad en Puebla todo pasaba en los portales. Ahí estaba parado Espinosa cuando le dieron la puñalada que lo sacó del negocio de los cines, por ahí se paseaba Magdalena Maynes con sus vestidos nuevos antes de que la desgracia se le apareciera. Porque a ésa le cambió la vida de todas todas cuando mataron a su padre. Parece que la estoy viendo, nunca se le arrugaba un olán y la ropa le caía como a las maniquíes. No eran ricos, pero gastaban como si lo fueran. Nosotros los veíamos con frecuencia porque el papá tenía negocios con Andrés. Todo el mundo parecía tener negocios con Andrés.

Magdalena era la consentida del licenciado. Los fines de semana se la llevaba al Casino de la Selva en Cuernavaca. Una vez los encontramos. Magda llevaba un vestido de seda con flores estampadas y el pelo recogido con dos peinetas. Sorbía su limonada con un desapego casi cachondo.

Estaban su padre y ella sentados en las mesas del jardín, frente a la alberca, cuando llegamos nosotros. Llevábamos a todos los niños. Al vernos el licenciado se levantó para hablar con Andrés en un aparte, ella conversó con nosotros sobre la calidez del día sin perderles detalle a los gestos de su padre que volvió pronto y se fue de inmediato con todo y la hija preguntándole quién sabe qué y transformada de adolescente frívola en litigante feroz. Me pareció extraño el cambio, pero tantas cosas eran extrañas y no las notábamos. Ya en el coche rumbo a Puebla le pregunté a Andrés qué los había molestado y me contestó que no me metiera. Así que olvidé a los Maynes.

Meses después el licenciado desapareció. Lo secuestraron una noche al cruzar los portales.

Magda fue a verme a la casa. Iba linda con un traje sastre de alpaca y una blusa de seda gris.

—Mi papá fue al cine y no ha vuelto en tres días —me dijo.

Tendrá una amante, quise contestarle, pero me quedé callada, mirándome las manos como si yo tuviera la culpa.

—¿Me haría usted el favor de preguntarle a su esposo por él? —dijo.

—Encantada, pero dudo que sirva de algo. Si él lo tiene no me lo va a decir.

—La gente dice que usted lo puede manejar.

—También dice que tú duermes con tu papá.
Verás si no se equivocan.

—Ojalá no se equivoquen, señora —dijo, se
levantó y se fue.

Tres días después el licenciado apareció hecho pedazos y metido en una canasta que alguien
dejó en la puerta de su casa.

Lo supe a media mañana porque me fui a
peinar con la Güera y ahí llegaron unas viejas con-
tándolo dizque muy impresionadas. La güera Ofelia
me estaba poniendo una trenza postiza y me preguntaba cómo la sentía cuando me vi las lágrimas
en el espejo. Me quedé quieta mientras ella terminaba de prender los pasadores. El salón estaba callado y la bola de viejas empezó a mirarme como
si tuviera yo el cuchillo entre las manos. Me vi las
uñas que Maura iba pintando y me mordí los labios
para que ni una, pero ni una lágrima más se me fuera a salir pensando en el licenciado que era tan guapo
y tan inteligente como todos decían.

Fui a casa de los Maynes. Había mucha gente.
La viuda estaba sentada entre sus hijos menores con
los ojos mirando al suelo y quieta como si también
a ella la hubieran matado.

Magdalena era la única junto a la caja, me
vio entrar. No me acerqué, no tenía nada que decirle, sólo quería verla y saber si la corona de flores
que mandaría Andrés cabría por la puerta. Porque
él así jugaba, cuando el muerto era suyo o le parecía
benéfica su desaparición, mandaba enormes coronas
de flores, tan enormes que no cupieran por la puerta
de la casa en que se velaba al difunto.

Mientras contestaba las avemarías fui leyendo
las cintas de los ramos y las coronas. Ninguna decía
general Andrés Ascencio y familia. Cuando comenzó
la letanía me levanté a ver si estaba afuera, pero

antes de llegar a la salida vi entrar dos hombres cargando una de las coronas que le hacían a Andrés en el puesto central de La Victoria. Cruzaron la puerta.

Me fui de ahí. Se me ocurrió que la Güera podía saber qué decía la gente, seguro alguna de las mujeres a las que peinó esa mañana le había contado algo. Volví a verla.

No sabía más de lo que yo imaginaba. Decían que lo había matado Andrés porque a nadie se le ocurría otra cosa, pero no había pruebas. Sin embargo, yo recordaba la discusión en Cuernavaca y los ojos de Magdalena pidiéndome a su padre.

Volví a la casa. Me encerré en el saloncito a comerme primero el barniz de las uñas y después las uñas. Odié a mi general. No supe si quería verlo llegar y preguntarle o quedarme ahí encerrada y no verlo nunca otra vez.

Llegó riéndose. Venía de montar y arrastraba las espuelas. Oí cómo subía las escaleras, cómo caminaba hasta el fin del corredor. Se detuvo en la puerta del salón y la empujó. Cuando vio que no se abría empezó a gritar:

—A mí nadie me cierra una puerta, Catalina. Esta es mi casa y entro a donde yo quiera. Abre, que no estoy para pendejadas.

Por supuesto le abrí. No quería que se oyera su escándalo.

—Ya sé que fuiste —dijo—. Habrás notado que no tuve nada que ver. Quítate ese vestido que pareces cuervo, déjame verte las chichis, odio que te abroches como monja. Andale, no estés de púdica que no te queda. Me trepó el vestido y yo apreté

las piernas. Su cuerpo encima me enterraba los bro-
ches del liguero.

—¿Quién lo mató? —pregunté.

—No sé. Las almas puras tienen muchos enemigos —dijo—. Quítate esas mierdas. Está resultando más difícil coger contigo que con una virgen poblana. Quítatelas —dijo mientras sobaba su cuerpo
contra mi vestido. Pero yo seguí con las piernas cerradas, bien cerradas por primera vez.

CAPÍTULO VIII

Desde que vi a Fernando Arizmendi me dieron ganas de meterme a una cama con él. Lo estaba oyendo hablar y estaba pensando en cuánto me gustaría morderle una oreja, tocar su lengua con la mía y ver la parte de atrás de sus rodillas.

Se me notaron las ansias, empecé a hablar más de lo acostumbrado y a una velocidad insuperable, acabé siendo el centro de la reunión. Andrés se dio cuenta y terminó con la fiesta.

—Mi señora no se siente bien —dijo.

—Pero si se ve de maravilla —contestó alguien.

—Es el Max Factor, pero hace rato que soporta un dolor de cabeza. Voy a llevarla a la casa y regreso.

—Me siento muy bien —dije.

—No tienes por qué disimular con esta gente, son mis amigos, entienden.

Me tomó del brazo y me llevó al coche. Me acomodó, mandó al chofer al coche de atrás y dio la vuelta para subirse a manejar. Se sentó frente al volante, arrancó, dijo adiós con la mano a quienes salieron a despedirnos a la puerta y aceleró despacio. Mantuvo congelada la sonrisa que puso al despedirse hasta una calle después.

—Qué obvia eres, Catalina, dan ganas de pegarte.

—Y tú eres muy disimulado, ¿no?

—Yo no tengo por qué disimular, yo soy un señor, tú eres una mujer y las mujeres cuando andan de cabras locas queriéndose coger a todo el que les pone a temblar el ombligo se llaman putas.

Al llegar a la casa, se bajó con mucha parsimonia, me acompañó hasta la puerta, esperó a que saliera el mozo y cuando estuvo seguro de que ni los eternos acompañantes del coche de atrás se daban cuenta, me dio una nalgada y me empujó para adentro.

Entré corriendo, subí las escaleras a brincos, pasé por el cuarto de los niños y no me detuve como otras noches, fui directo a mi cama. Me metí bajo las sábanas y pensé en Fernando mientras me tocaba como la gitana. Después me dormí. Tres días estuve durmiendo. Nada más despertaba para comer un pedazo de lechuga, otro de queso y dos huevos cocidos.

—¿Qué tendrá usted, señora? —me preguntó Lucina.

—Una enfermedad que me descubrió el general y que no se me quita ni con agua fría. Pero con una semana de dormir me alivio.

A la semana tuve que salir de mi cuarto porque ya era mucho tiempo para una calentura. ¿Y qué va siendo lo primero que me dice Andrés cuando bajé a desayunar?

Que el martes venía a cenar el secretario particular del Presidente, ¿y quién era el secretario particular?, Fernando. El bien planchado y sonriente Arizmendi.

Del susto empecé a comer pan con mantequilla y mermelada y a dar grandes tragos de té negro con azúcar y crema. Andrés estaba eufórico con la visita de Arizmendi porque después vendría la del Presidente de la República, y a ése planeaba darle una recepción espectacular con los niños de los colegios agitando banderitas por la Avenida Reforma, mantas colgando de los edificios y todos los burócratas asomados a las ventanas de sus oficinas aplaudiendo y aventando confeti. Yo tenía que conseguir una niña con un ramo de flores que lo asaltara a media calle y una viejita con una carta pidiéndole algo fácil para que los fotógrafos pudieran retratarla cinco minutos después con la demanda satisfecha. Ya Espinosa y Alarcón habían prestado sus cines para que de ahí colgaran las mantas más grandes. Puebla tendría que darle al Presidente la recepción más cálida y vistosa que hubiera tenido jamás. Todo eso que después se fue volviendo costumbre y que se le dio al más pendejo de los presidentes municipales, lo inventamos nosotros para la visita del general Aguirre.

Tenía que hacer algo con mi calentura y empecé a trabajar como si me pagaran. No una niña con flores, tres niñas cada cuadra y llegando al zócalo cincuenta vestidas de chinas poblanas y montadas a caballo.

Fui al asilo a escoger a la viejita y encontré una que parecía de tarjeta postal, con su pelito recogido, sonrisa de virgen dulce y una historia que, por supuesto, pusimos en la carta. Era la viuda de un soldado viejo y pobre al que habían matado porque se negó a participar en el asesinato de Aquiles Serdán. Estaba orgullosa de su marido y de sí misma y encontró muy digno pedirle al Presidente una máquina de coser a cambio de tanto sacrificio por la patria.

Puse a trabajar a todas las maestras de primaria. Inventé que sus alumnos hicieran unos plumeros de papel como los que usaban las porristas en Estados Unidos. Sabía que la canción predilecta del Presidente era *La Barca de Guaymas,* y como es una música sonsa los niños no tuvieron que excitarse demasiado para mover los plumeros y los pies siguiendo sus compases. Todos los floristas del mercado se comprometieron a llenar La Reforma con flores, como si la avenida fuera una iglesia enorme, y en el piso del zócalo harían una alfombra florida con la imagen de una india extendiendo su mano hacia la del Presidente. Cuando el señor dejara de pasar frente a ellos, todos los que estuvieran en la valla de Reforma recogerían sus mantas y sus flores y se irían caminando al zócalo que estaría repleto para cuando él entrara con Andrés en el convertible. Tras su discurso desde el balcón toda esa gente cantaría *Qué chula es Puebla* y el Himno Nacional. Mandé traer a todas las bandas de los pueblos del estado. Formé una orquesta de 300 músicos que tocarían a cambio del cotón de Santa Ana que se les regaló para que tuvieran algún uniforme.

Para cuando el secretario particular del Presidente llegó a ponerse de acuerdo con Andrés, lo sorprendieron nuestros planes.

Decidí que comiéramos en el jardín. El menú debía ser el mismo que se le ofrecería al Presidente dos semanas después. Pero ese mediodía sólo comimos Andrés, Fernando y yo.

Nos pusimos tan formales que Andrés se sentó a la izquierda de Fernando y me colocó a mí a su derecha en una mesa redonda.

Desde el consomé, Fernando empezó a elogiar

mis dotes: mi talento, mi inteligencia, mi gentileza, mi delicadeza, mi interés por el país y la política y para colmo que guisara como las monjas de los conventos poblanos.

—Además, si me lo permite general, su mujer tiene una risa espléndida. Ya no se ríe así la gente mayor —dijo Fernando.

—Qué bueno que le guste, licenciado. Esta es su casa, queremos que esté usted contento —le contestó Andrés.

—Eso queremos —dije yo y puse mi mano en su pierna.

El no la movió ni cambió de gesto.

Andrés empezó a hablar del motín en Jalisco. Lamentó la muerte de un sargento y un soldado, elogió al gobernador que dio la orden de irse sobre los campesinos amotinados.

—Hay cosas que no se pueden permitir —le contestó Fernando.

Yo, que por esas épocas todavía decía lo que pensaba, intervine:

—Pero, ¿no hay otra manera de impedirlas más que echándoles encima el ejército y matando a doce indios? Les cobraron a seis por uno cada muerto. Y ni siquiera se sabe por qué se amotinaron esos indios.

—Ya te salió lo mujer. Está usted hablando de su inteligencia y luego le sale lo sensiblera —dijo Andrés.

—Quizá tenga razón general, debíamos encontrar otras maneras —contestó Fernando y puso su mano en mi pierna. La sentí sobre la seda de mi vestido y me olvidé de los doce campesinos. Después la quitó y se puso a comer como si fuera la última vez.

Nos hicimos amigos. Cuando iba yo a México lo llamaba con algún recado de Andrés o con al-

gún pretexto, la cosa era oír su voz y si era posible
verlo un momento. Después me regresaba las tres
horas de carretera repitiendo su nombre.

Le pedía al chofer que era muy entonado que
me cantara *Contigo en la distancia* y me acostaba en
el asiento del Packard negro a oírlo y a extrañar.
Les buscaba varios significados a sus frases más sim-
ples y casi llegaba a creer que se me había decla-
rado con disimulo por respeto a mi general. Recordaba con precisión cada una de las cosas que me
había dicho y de un «espero que nos veamos pronto» sacaba la certidumbre de que él sufría mi ausencia
tanto como yo la suya y que se pasaba los días contando el tiempo que le faltaba para verme por casualidad. Me gustaba pensar en su boca, en la sensación que me recorría el cuerpo cuando me besaba
la mano como saludo y despedida. Un día no me
aguanté. Me había acompañado a la puerta de su
oficina tras una conversación extraña porque no hablamos de política ni de Andrés ni de Puebla ni
del país. Habíamos hablado de la pena que produ-
cen los amores no correspondidos y yo creí vérsela
en los ojos. Cuando se despidió besándome la mano
le ofrecí la boca. No me besó pero me dio un abrazo largo.

Esa noche el pobre chofer cantó tantas veces
Contigo en la distancia que de ahí salió a ganar la
Hora Internacional del Aficionado. Me dio gusto que
algo se ganara con mi romance porque el mismo día
que alcanzó su cima se desbarató. Andrés estaba esperándome en el Palacio de Gobierno. Yo había ido
al sastre a recoger el traje que se pondría para la
visita del Presidente. Cuando llegué era muy noche
pero Andrés seguía ahí dirimiendo el asunto de unos
obreros que querían estallar una huelga en Atlixco.

Entré radiante a su oficina, en lugar de cargar el traje lo abrazaba bailando con él.

—Estás preciosa, Catalina, ¿qué te hiciste? —dijo al verme entrar.

—Me compré tres vestidos, fui al Palacio de Hierro a que me maquillaran y volví cantando en el coche.

—Pero le llevaste mi recado a Fernando, no nada más anduviste perdiendo el tiempo.

—Claro, todo lo demás lo hice después de ver a Fernando —dije.

—No cabe duda que los maricones son fuente de inspiración —le comentó Andrés a su secretario particular—. A las mujeres les encanta platicar con ellos. Quién sabe qué tienen que les resultan atractivos. Con decirte que cuando conocimos a éste yo hasta me puse celoso y encerré a Catalina. Ahora es el único novio que le permito y me encanta ese noviazgo.

Al día siguiente fui a ver a Pepa para contarle mi desgracia. Llegué segura de encontrarla porque no salía nunca. Me sorprendió que no estuviera. Los celos de su marido, aumentados por la falta de hijos, la mantenían encerrada. Una tarde que pasó dos horas fuera, la recibió con un crucifijo obligándola a que se hincara a pedirle perdón y a jurar ahí mismo que no lo había engañado.

Prefirió encontrar quehaceres en su casa. La convirtió en una jaula de oro, no había rincón sin detalle. El patio estaba lleno de pájaros y para los brazos de los sillones, los centros de las mesas, las vitrinas y los aparadores tejía interminables carpetas. Todo en su cocina se freía con aceite de olivo, hasta los frijoles, y todo lo que comía su marido lo guisaba ella. Se diría que estaba muy enamorada. Pasaba el tiempo puliendo antigüedades y regando plantas. Se portaba como si ése fuera todo el mundo existente, no nos dejaba ponérselo en duda, y cuando Mónica quiso ser claridosa diciéndole que vivía en los años treinta del siglo xix y que su marido era un tipo intolerable al que debía dejar y ser libre siquiera para caminar por la calle a la hora que lo deseara, ella suavemente le puso la mano en la boca y le preguntó si quería un té con galletitas de nuez.

—Te estás volviendo loca —dijo Mónica—. ¿No es cierto, Catalina?

—No más que yo —contesté.

Desde que su marido enfermó Mónica tuvo que trabajar. Puso una tienda de ropa para niños y acabó con una fábrica.

—Vaya, aquí la única con un marido normal soy yo —dijo riéndose.

Me senté en una banca de hierro, bajo la jacaranda con flores moradas del jardín. La sirvienta de cofia y delantal me llevó una limonada y dijo que la señora volvía siempre a las doce y media en punto. No entendí nada pero como faltaban quince minutos decidí esperar.

Exactamente cuando el antiguo reloj de familia dio la media con una campanada, Pepa cruzó la puerta, el patio, y llegó hasta mi banca en el jardín.

Era la misma, no se pintaba, se recogía el pelo en una trenza sobre la nuca y caminaba como niña, pero algo en los ojos tenía raro, algo en la boca con la que sonreía como si estuviera estrenando labios.

—Parece que tienes un amante —dije riéndome con mi aberración.

—Tengo uno —contestó sentándose junto a mí con una placidez que no he vuelto a ver.

Se encontraban en las mañanas. Todos los días de diez y media a doce y media en un cuartito alquilado como bodega arriba del mercado de La Victoria. ¿Quién era él? El único hombre con el que su marido la dejó cruzar más de tres palabras. El doctor que la atendía cada vez que se le frustraba un embarazo. Con tres frustraciones tuvieron. Era un tipo guapo, el partero más famoso de Puebla. La mitad de las mujeres hubieran querido un romance con él, algunas se arreglaban para ir a la consulta más que para el baile de la Cruz Roja. Y fue a dar con la Pepa, con la más difícil.

—Cogemos como dioses —dijo extendiendo una risa clara y feliz, con la misma dulzura con que antes recitaba jaculatorias. Estaba espléndida. Jamás me hubiera dado la imaginación para soñarla así.

—¿Y tu marido? —pregunté.

—No se da cuenta. Es incapaz de rimar luz con lujuria.

—¿Y a ti cómo te va?

—Igual —contesté.

—¿Qué podía yo contarle? Mi pendejo romance con Arizmendi estaba bien para divertir a una pobre mujer encerrada, pero a esa novedad con expresión de diosa no podía yo enturbiarle el paraíso con algo tan prosaico. Le di un beso y me fui envidiando su estado de gracia.

CAPÍTULO IX

Nunca entendía cómo llegó Fito a secretario de la Defensa, pero tampoco había entendido que llegara a subsecretario y que cuando Andrés lo llevó a firmar como testigo de nuestro casamiento ya fuera director de quién sabe qué.

También Andrés se sorprendió cuando aparecieron en las paredes de las casas del Distrito Federal unos manifiestos que firmaba el general Juan de la Torre, en los que se sugería como candidato a la presidencia de la República a Rodolfo Campos.

Creo que el mismo Rodolfo estaba sorprendido, porque declaró rápidamente que se trataba de una burda maniobra y que él vivía dedicado exclusivamente a colaborar con el general Aguirre sin ninguna aspiración posterior.

Yo le creí. ¿Qué aspiración posterior iba a tener el pobre cuando ni siquiera su mujer lo respetaba? Así tan mochita como se veía, a los ocho días de casada escapó con el médico del regimiento en que Fito era pagador. Nomás se fue una mañana y ni aviso dejó. Si no es porque alguien le pasa el chisme, quién sabe a qué horas se hubiera enterado su marido. Hace poco me contó un viejo que estaba en el regimiento que cuando Rodolfo lo supo fue con su general y se le puso a llorar comentando su desgracia.

—Ándele, sargento —dijo el general—, lo autorizo a que agarre un pelotón, los alcance y los ajusticie a los dos como se merecen.

—No, mi general —dijo Fito—, si lo que yo quisiera es nada más que usted mandara un juez de paz que los amoneste para que vuelvan.

El general les mandó el juez y volvieron. Cuando Chofi bajó del caballo, Rodolfo se le echó a los pies llorando y preguntándole qué daño le había hecho para merecer su abandono. Le pidió perdón y le besó los tobillos delante de todo el mundo, mientras ella con las manos en la cintura no se dignó siquiera bajar la cabeza.

Siempre fue altanera la Sofía y dicen que alguna vez guapa. Pero yo lo dudo. Lo que sí hizo, según su marido pasaba de un cargo a otro, fue cambiar la cachondería por el rezo. Si cogía con algún cura nunca se supo y en la cara no se le notó jamás.

Nunca se me va a olvidar el día que se convirtió en candidata a la presidencia porque fue el mismo que llegó Tyrone Power al país.

Yo acompañé a Mónica hasta el aeropuerto porque coincidió con que Andrés quiso que le hiciera a Chofi una visita de cortesía. Mónica se había hecho las ilusiones de esperar a Tyrone Power en las escaleras del avión, pero cuando llegamos al aeropuerto montones de mujeres tenían exactamente los mismos planes.

Como su marido tenía tanto tiempo enfermo, ella llevaba años guardándose las ganas de coger mientras hacía vestidos y negocios. En cuanto vio a Tyrone Power le salieron todos los deseos y se puso como una fiera. Me dejó parada cerca de los mostradores de las aerolíneas y se metió entre la marabunta de mujeres dando empujones y patadas.

En dos minutos estaba encima del pobre hombre:

—Tyrone, veo todas tus películas —le gritaba. Como llegó antes que la multitud, alcanzó a darle un beso que él contestó con su estudiada sonrisa de muñeco. Después no pudo volver a sonreír, tuvieron que sacarlo del aeropuerto entre los bomberos y la policía. Las mujeres lo dejaron sin saco y sin un solo botón en la camisa. Cuando lo vi salir levantado en vilo por los bomberos, llevaba los pelos parados y le faltaba un zapato.

Mónica tenía una cara de gatita satisfecha que daba gusto verla. No he conocido mucha gente que sea feliz con tan poco.

Del aeropuerto nos fuimos a casa de Chofi. La encontramos muy arreglada, cosa que me pareció rara porque casi siempre a la una seguía en chanclas y bata. Ese día ya estaba peinada muy propia con unas anchoas apretaditas y vestida de oscuro. No se le podía pedir la completa elegancia y por eso me pareció una exageración de Mónica notar que los prendedores de brillantes tan grandes como el que se puso entre las tetas no se usaban de día.

Estaba sentada en un sillón de su sala Luis XV dejándose retratar por varios fotógrafos.

Cuando se fueron yo supuse que había que felicitarla, pero no supe la razón. Se la pregunté al último fotógrafo que pasó junto a nosotros y me dijo que Martín Cienfuegos, el gobernador de Tabasco, había firmado un pacto con políticos de varias partes del país para sostener la candidatura del general Rodolfo Campos a la Presidencia.

Chofi parecía una lechuga, nos enseñó los botones con la foto de su marido que acababan de llegar de una fábrica en Estados Unidos y habló de los comités pro general Campos que empezaban a formarse en muchas partes del país.

Supuse que Andrés lo sabía todo y que me había mandado ahí sin explicaciones para que yo no me negara a visitar a Chofi como si fuera la primera dama de su corte. Estaba furiosa contra él, pero oí las historias de la Chofi con una sonrisa beatífica y cuando terminó me di el lujo de expresarle mis felicitaciones y pedirle que aceptara las de Andrés, a quien asuntos locales habían imposibilitado el traslado inmediato a los brazos de su compadre. Después me despedí alegando que quería volver con luz a Puebla.

—Así que nos esperan seis años de este tedio —dijo Mónica en la puerta—. ¡Qué horror! Prefiero el indigenismo.

Fuimos a comer al Tampico. Mónica se dedicó a coquetear con todos los señores de las mesas cercanas hasta que al fin de la comida el mesero llegó con una botella de champagne que no habíamos pedido, la noticia de que la cuenta estaba pagada y dos rosas con una tarjeta que decía: «Acepten ustedes la sincera admiración de: Mateo Podán y Francisco Balderas.»

Busqué a Balderas que era secretario de Agricultura y había comido varias veces en mi casa. Estaba sentado no muy lejos, en una mesa para dos con un hombre de nariz aguileña y ojos profundos al que supuse Mateo Podán, periodista al que Andrés odiaba.

—¿Dices que el de la derecha también quiere ser presidente? —preguntó Mónica—. Perdóname amiga, pero ojalá y se le haga.

Acabaron en nuestra mesa platicando. Mateo Podán tenía una lengua rapidísima y cruel con la cual se dedicó a describir al compadre Campos como si yo fuera Dolores del Río o cualquier otra mujer menos la esposa de su compadre Andrés Ascencio. Balderas se encantó con Mónica y acabó pidiéndole su dirección y otras cosas.

Salimos del restorán como a las siete. Llegamos a Puebla tan tarde que el marido de Mónica estuvo a punto de perder la parálisis para levantarse a golpearla, y el mío ya estaba al tanto de todo, hasta de que me habían gustado las manos largas de Podán.

—¿Quién te autorizó a irte de cuzca? —preguntó cuando entré cantando a nuestra recámara como a las doce.

—Yo me autoricé —le dije con tal tranquilidad que tuvo que aguantarse la risa antes de iniciar un griterío que terminé después de ponerme el camisón cuando le dije:

—No te exaltes. ¿A poco estás tan seguro de que el gordo puede ser presidente? Mejor prende varias velas. Y quítame a los guardaespaldas. No valen lo que les pagas. De todos modos yo juego en tu equipo y ya lo sabes.

A principios del año siguiente la candidatura de Rodolfo se hizo inevitable, sobre todo después de que mataron al general Narváez, que según Andrés se lo merecía por pendejo y por necio. ¿A quién se le ocurre levantarse en armas contra el gobierno?

Rodolfo, como secretario de la Defensa, giró instrucciones para que los soldados fueran magnánimos con los prisioneros y aceptaran la rendición de los pocos hombres que seguían en armas. Luego renunció para evitar que se dijera que aprovechaba el cargo para conseguir adeptos.

—Está loco este cabrón —dijo Andrés—. Se va a quedar como el perro de las dos tortas.

Para entonces ya había pensado que no le convenía su compadre presidente. Hasta dio en agradecerme las cortesías con Balderas y quiso que lo invitáramos a cenar con Mónica. También invitamos a Flores Pliego y después a todo el gabinete uno por uno. Pero ya lo de Rodolfo estaba muy encarrerado. En Veracruz se reunió una junta de 24 gobernadores a su favor y Andrés tuvo que ir. Mordiéndose un huevo, como dirían los señores, pero fue. De ahí regresó pendejeando a su compadre de la puerta de nuestra recámara para adentro y celebrando sus éxitos de la puerta para afuera. Al que desde entonces dejó de querer para siempre fue a Martín Cienfuegos. No soportó que se le adelantara en el destape y que jamás hablara con él de eso más que para comunicárselo como un hecho. Para colmo, Rodolfo encontró en Cienfuegos un amigo y hasta dejó de consultar con Andrés el montón de cosas que habitualmente le consultaba.

Sólo hasta que se formó un Comité Revolucionario de Reconstrucción Nacional que sostenía la candidatura del general Bravo, Fito recordó que tenía un compadre inteligente y hasta nos visitó en Puebla para hablar con él.

Al mismo tiempo pasó por la ciudad el coronel Fulgencio Batista, que acababa de subir al poder en Cuba. El y Rodolfo desayunaron en nuestra casa.

—¿Sabes cuándo va a dejar el poder el héroe de la democracia cubana? —me preguntó Andrés cuando se fueron—. Nunca. Ese cabrón si no lo sacan a tiros se pasa ahí cuarenta años.

Yo le contesté haciendo chistes sobre sus ganas de que en México fuera posible hacer lo mismo.

—Claro que me gustaría —dijo—, entonces

sí ni el pendejo de Fito mi compadre, ni su amigo Cienfuegos se suben a la silla del águila antes que yo. Pero por pinches seis años meterse en tanto lío, mejor me construyo un podercito duradero y me acaba haciendo los mandados el presidente más gallo.

Hablaba así para espantarse la marabunta de adhesiones que le caían a su compadre. Una tarde jugando dominó le dijo pendejo y le aseguró que no sería presidente. A los tres días se organizó un encuentro de gobernadores que en cargada se manifestaron por Campos para presidente. Andrés en lugar de ir al pleno en el cine Regis, se fue a una comida que organizó Balderas para la prensa, en la que éste afirmó que no serían posibles unas elecciones democráticas porque estaba seguro de que los gobernadores violarían el voto.

Unos días después, los trabajadores de la CTM decidieron apoyar a Fito, y la convención de la CNC en la Arena México acabó con los campesinos agitando matracas y sombreros al grito de ¡Viva Campos!

Volvimos a Puebla. Andrés andaba como pollo mojado. Yo ni le hablaba. Nada más lo oí rezongar y maldecir. Una mañana leyendo el *Avante* le mejoró el humor. Cuando salió de la casa chiflando, recogí el periódico con más curiosidad que nunca. No entendí qué le había dado gusto, porque estaba lleno de acusaciones contra él y su compadre. Los hermanaba asegurando que el tan aplaudido candidato a la presidencia era cómplice del gobernador en los crímenes de Atencingo y Atlixco, que tenía una casa cercana al ingenio de Heiss construida en tierras que habían sido ejidos, que Rodolfo y Andrés estaban coludidos con Heiss para sacar dinero del país y que se sabía que entre ambos tenían más de seis millones de pesos depositados en dólares en bancos gringos. Terminaba diciendo que la ley de responsabilidades de los funcionarios debería aplicarse antes que nombrar candidato a un saqueador cómplice de un gobernante culpable de muchas muertes por más que el silencio y el miedo las cubrieran.

Al poco tiempo el mismo *Avante* denunció la desaparición de su director, don Juan Soriano, rogando a la opinión pública se uniera para demandar al gobierno su pronta aparición. Unos días después se encontró su cadáver tirado en la hacienda de Poloxtla cerca de San Martín. Todos los periódicos de México publicaron protestas y manifiestos en los que se culpaba del crimen al gobernador Ascencio. Me tocó presenciar la entrevista con el enviado de *Excélsior,* a quien Andrés aprovechó para decirle que ya había solicitado al Senado de la República su intervención en el caso. Que se ponía en sus manos y prometía justicia.

El siguiente fin de semana Rodolfo apareció en la casa de Puebla. Yo estaba sentada en el patio frente a la puerta y lo vi entrar caminando despacio.

—¿Qué tal comadre? —dijo muy afectuoso dándome un beso—. ¿Tu marido?

Lo acompañé hasta el fondo del jardín. Andrés estaba en el cuarto de juegos ganándole a Octavio en el billar. Marcela pasaba las cuentas que cuelgan de un alambre y van marcando los puntos, haciéndose cómplice de su hermano que como todos sabíamos se dejaba ganar por Andrés.

—Compadre —dijo Rodolfo desde la puerta con una firmeza que yo le encontré nueva.

—Compadre —contestó Andrés caminando hacia él. Se abrazaron.

—¿Y ahora qué? —le pregunté tras despedir a Rodolfo esa tarde.

—Ahora a ser presidentes —me contestó.

Todavía recuerdo el resto de ese año y todo el siguiente con la sensación de haber caído en un remolino. Andrés me nombró su representante. Me la pasé metida en juntas, mítines, actos cívicos y todas esas cosas que me hartaban.

Compré una casa en Las Lomas. A veces me pertenecía entera. Los hijos y Andrés estaban en Puebla de lunes a viernes. Los fines de semana sólo llegaban Octavio y Marcela dizque para suplirme.

—¿Catín, podemos cambiar las dos camas que hay en mi cuarto por una sola más grande? —me dijo Marcela un día.

Acepté por supuesto. Desde entonces y hasta la fecha ellos duermen en la misma cama.

Al principio su padre se empeñaba en casar a Marcela. Octavio me rogó siempre que me hiciera cargo de anular a los pretendientes. Tanto empeño puse que un día Andrés me preguntó:

—¿Tú también crees que hacen buena pareja? —y soltó la carcajada.

Llegó la convención del partido, Fito se volvió candidato oficial y empezó la gira. El primer lugar que visitamos fue Guadalajara. Ahí, en un parque, Fito tomó la palabra. Defendió a la familia, y habló del respeto que los hijos deben a los padres.

Más que candidato parecía cura. Marcela, Octavio y yo nos dábamos de codazos y nos guiñábamos el ojo cuando la cosa se ponía demasiado rimbombante. Agradecí tanto que fueran conmigo. Además de compañía, me daban pretexto para librarme de la calentura que le entró al gordo. De repente, a media noche me mandaba llamar con un militar de los que le prestaba el Estado Mayor Presidencial que ya lo trataba como Presidente. No sabía qué hacer, Fito no se me antojaba ni un poco. Ni aunque lo hubieran hecho presidente del mundo me hubiera gustado tocarlo.

Una vez me mandó llamar a media tarde para enseñarme su biografía y la de Andrés publicadas por los bravistas en casi todos los diarios. Comenzaban por recordar que Fito había sido cartero y luego volvían con lo de que estuvieron en La Ciudadela y seguían con una carta de Heiss a su gobierno diciendo que para cualquier defensa de los intereses norteamericanos en Puebla contaba con los «Ascencio and Campos boys». Terminaba con una lista más bien precaria de los crímenes familiares.

—No te aflijas —le dije—. Andrés nunca se preocupó por los que le sacaban cuando su campaña. De todos modos vas a ganar, ¿o no?

—Quiero que vengas conmigo al desfile —contestó agachando la cabeza. Al día siguiente mandó por mí a la casa. El chofer me entregó un ramo de flores que llevaba una tarjeta diciendo: «Por regalarme la suerte este primero de mayo.»

Vimos el desfile del Día del Trabajo desde el balcón de las oficinas de la CTM en Madero: Álvaro Cordera, delgado y fino, de pie junto a Fito que llevó la cara de siempre, regordeta, sonriente a medias, agazapada por completo. Todo fue bien hasta que empezaron a desfilar los ferrocarrileros vitoreando a Bravo y aventando naranjas podridas al balcón en que estábamos. Creí que Rodolfo iba a empezar a hacer pucheros, pero en vez de eso agudizó la solemnidad de sus aburridas facciones y permaneció firme, sin perder la media risa, de pie junto a Cordera.

Me había puesto un vestido de gasa clara. De pronto una naranja se estrelló contra mi falda. Dada la ecuanimidad de Rodolfo pensé que lo correcto sería también sonreír y no moverme. Eso hice. Cuando terminó el desfile, Fito le preguntó a Cordera si no creía que mi actitud era comparable a la de una reina sabia, Cordera, con toda tranquilidad dijo que sí.

—Sofía nunca hubiera aguantado. ¡Qué bien escogió Andrés! —dijo Fito—. Eres una mujer cabal y valerosa —siguió diciendo cuando íbamos en el coche rumbo a mi casa. Cuando llegamos me acompañó hasta la puerta y se despidió besándome las manos y la falda manchada.

—¿Será que él escribe sus discursos? —me pregunté mientras subía las escaleras yendo a mi recámara. Es tan cursi que bien podría dedicarse a escribir discursos.

En la tarde llamó Andrés para darme las gracias. Completó la otra mitad del discurso en torno a mis glorias.

—Eres una vieja chingona. Aprendiste bien. Ya puedes dedicarte a la política. Mantenme así al Gordo —dijo.

Lo imaginé sentado frente a su escritorio lleno de papeles que nunca leía. Casi vi su boca echando carcajadas de agradecimiento. Algo de él me gustaba todavía.

—¿Cuándo vienes? —dije.

—Ven tú mañana, el día cinco llega el Presidente Aguirre.

Fui. El desfile salió perfecto. Miles de niños vestidos con trajes regionales cruzaron frente a nosotros en una marcha de colores disciplinados y brillantes. Aguirre le agradeció a Andrés, doña Lupe fue conmigo al hospicio y donó los desayunos de los próximos seis meses. Luego subimos a un coche que nos llevó a la sierra. Ahí Andrés había organizado una fila de indios dispuestos a pedirle cosas al Presidente. Pasamos la tarde oyéndolos. Como a las ocho me llevé a doña Lupe a cenar café con leche y pan dulce. A las once volvimos a encontrar a su marido oyendo indios. Junto a él, Andrés chupaba su puro inmutable y complacido. Doña Lupe y yo nos fuimos a dormir. Eran las cuatro de la mañana cuando mi general entró al cuarto que compartíamos.

—Cabrón incansable —protestó metiéndose en la cama. Me abrazó—. Se me andaba olvidando lo buena que estás —dijo.

—Tanta otra vieja con que andas —le contesté.

—No profanes, Catín. Si eres tan lista, mejor no digas nada.

—¿Qué sentirán los presidentes cuando se les va acabando el turno? —dije—. Pobre general Aguirre.

—¿No digo bien que estás buenísima? —me contestó.

CAPÍTULO X

Bibi era un poco más chica que yo. La conocí casada con un doctor al que le daba vergüenza cobrar. Cuando uno le preguntaba por sus honorarios decía como los inditos, lo que sea su voluntad. Era buen médico, curaba a los niños de sus empachos y catarros y a las mamás de la preocupación. Una vez Verania se tragó un caramelo y se puso morada, lo fui a ver corriendo. Creí que se iba a morir y me horrorizó la idea de oír al general gritándome asesina descuidada.

Nada más entré al consultorio de la 3 Norte y sentí alivio. La niña seguía morada, pero el doctor me saludó con toda calma y después la hizo beber una infusión de manzanilla caliente que le desbarató la charamusca y le devolvió la respiración. Cuando empezó a toser y pasó de morada a blanca yo me puse a llorar, abracé al doctor y empecé a besarlo. Así estábamos cuando entró la Bibi al despacho.

—Salvó a mi hija —le dije disculpándome aunque no sabía yo quién era.

—Así es él —me contestó sin inmutarse.

—La señora es esposa del general Ascencio —explicó el doctor a la Bibi.

—¿Y eso qué se siente? —me contestó por todo saludo.

Alcé los hombros y las dos nos reímos ante la sorpresa del doctor.

No la vi mucho después de ese día. A veces nos encontrábamos en la calle, nos preguntábamos por nuestros esposos, ella elogiaba al mío y yo al suyo, nos preguntábamos por nuestros hijos, ella lamentaba la fragilidad del suyo, yo la barbarie de los míos. Luego nos despedíamos con esos besos de lado que le caen al aire mientras uno se roza las mejillas.

Años después me contó que esos encuentros la hacían sentirse importante.

Un día su marido tuvo a bien morirse. Sin hacer ruido, como era él, sin dejarle un centavo, como era él. Fui al velorio en agradecimiento por los moretones que les curó a mis hijos y porque en Puebla uno iba a todos los velorios del mismo modo que iba a todas las bodas, bautizos y primeras comuniones: para llenar el día.

Ahí estaba la Bibi con su hijo de la mano. Puse dinero en un sobre y se lo di después de abrazarla.

—Esto le debía yo a tu marido —dije con el aire de bienechora que disfrutaba tanto.

—Tú siempre tan delicada Catalina —me contestó.

No lloraba. La recuerdo preciosa vestida de viuda. Se veía más joven que nunca y le brillaban los ojos negros. Era muy bonita, tanto que no se aguantó como único futuro el de gastar su belleza paseándola por Puebla de la mano de un hijo que se haría adolescente mientras a ella le iban saliendo arrugas de tanto pensar qué vender para pagarle la colegiatura. Se fue a México con sus hermanos que trabajaban en el periódico del general Gómez Soto.

Y en casa de Gómez Soto la volví a ver.
Era una casa enorme y loca como la nuestra. Bibi
estaba en el jardín. Llevaba un vestido azul escota-
do por adelante y por detrás, tenía la sonrisa perfectamente bien puesta.

—Te ves linda —dije.

—Soy menos pobre —contestó.

—Te felicito —dije pensando en mi madre
que usaba esa respuesta cuando le daba gusto el
bien ajeno pero prefería no investigar de dónde
venía.

Nos sentamos frente a la alberca llena de
gardenias y velas flotantes.

—Se ve divina, ¿verdad? —me preguntó.

—Divina —dije y nos pusimos a platicar
de divinuras: de cómo había conseguido sus medias
del otro lado, de cuánto le gustaba el Angel de la
Independencia, de si yo consideraba correcto acep-
tarle flores a un hombre casado. Me reí. Qué pregunta más loca, como para mandarla a platicar con
cualquiera de las que le aceptaban a Andrés las
llaves de un coche envueltas para regalo y por supuesto el coche en la puerta.

—Antes del matrimonio, de un hombre ni
una flor, decía la tía Nico. ¿No pensarás atenerte
a su discurso? —le pregunté.

Por ahí empezamos y acabamos en su con-
fesión de que el general Gómez Soto le había pedido que fuera la señora de esa casa.

—¿De esta casa nada más? —dije.

—En las otras viven su mujer y sus hijos.
Esta todavía no la toman —me contestó.

La mujer del general Gómez estaba de pla-
no muy tirada a la calle. Era como de su edad, los

mismos cuarenta y cinco pero llevados por una mujer que casi la hizo de soldadera. Tenían nueve hijos, ya grandes, algunos hasta casados. Y ella era una abuelita que nunca esperó demasiado de la vida y a la que el marido se le había hecho rico. Como que conocía yo a los generales, que Gómez Soto no la iba a dejar públicamente para casarse con Bibi.

—Dile que sí, pero que ponga la casa a tu nombre —le aconsejé.

—Pero eso va a ser imposible Catalina. No me atrevo. El ya es tan bueno conmigo, ya me da tanto —terminó y se puso roja.

—Sobras te da —dije—. Sobras dan. Nada que les duela, querida. Te adorna la alberca, pero no te la escritura. ¡Qué chiste! ¿Vas a ser una arrimada?

—Al principio. Ya luego me lo iré ganando —dijo con voz de quinceañera.

Como al mes de esa conversación llegó a visitarme a Puebla. Se bajó feliz de un coche enorme igual a los míos. No llevaba al niño y usaba abrigo de pieles en marzo. Volví a hablar mal del General Soto y hasta lo relacioné con la muerte de Soriano, que no sólo le convino a Andrés sino también a él porque terminó comprando el periódico para su cadena. Ella no quería oír.

Estábamos paradas en la terraza, viendo la ciudad abajo, las docenas de iglesias encimando sus cúpulas brillantes. Me gustaba mirar desde ahí. Las calles de Puebla se veían perfectas y uno casi podía tocar la casa que más le gustara.

—Estoy harta de no tener protección, Catalina. Es horrible ser viuda pobre, todo el mundo te quiere meter la mano. Y casi nadie te deja nada.

Siquiera el general es generoso. Mira el coche que me regaló, mira qué sirvientes me paga. Ha prometido que me llevará a conocer Europa, me comprará lo que yo quiera, iremos a teatros, veremos lo que yo no vería jamás metida en este agujero o sobre una máquina de-escribir en los Estudios América, viendo pasar a María Félix con todo lo que se pone encima hasta que yo me haga vieja y ella siga preciosa. No, Catalina, ni me aconsejes. No te va.

—En eso tienes razón —dije—. Soy el peor ejemplo y no me quejo. ¿Por qué te habrías de quejar tú? Claro que yo no tuve con quién comparar, creo que ni elegir pude. Nunca supe de un marido común y corriente al que no le alcanzara para la sopa de letras. A veces pienso que me hubiera gustado ser la mujer de un doctor que sabe dónde les quedan las anginas a los niños. Aunque a lo mejor es el mismo tedio pero sin abrigos. ¿Por qué no te casas con el hermano de tu cuñado? Es simpático y está guapo —pregunté.

—Porque ya está casado. Es uno de los metemanos que abundan.

Nos hicimos amigas. Se acabó yendo a vivir con Gómez Soto, que le hizo bueno lo de los coches con ventanas oscuras y la casa con alberca y flores, pero lo de los viajes se lo quedó a deber. No la dejaba salir ni a comprar ropa. Todo le llevaban a la casa: vestidos, zapatos, sombreros de París. Como si la pobre necesitara sombrero de red para pasearse por los corredores de su casa. Hasta un teatro le hizo al fondo del jardín. Ahí le llevaba los artistas. Hacían funciones privadas. Invitaban a medio mundo, hasta Chofi que era tan puritana acabó ahí un día con todo y su marido. Se necesitaban los periódicos de Gómez Soto para las campañas y Fito estaba dispuesto a correrle todas las cortesías.

—No te preocupes —le decía Andrés cuando íbamos en el coche rumbo a casa de Bibi—. Gómez Soto sabe con quién estar y es hombre agradecido. Yo le presté para comprar sus nuevas máquinas.

—¿Dinero del gobierno del estado? —preguntó Rodolfo como si fuera tonto.

—Claro, hermano, pero la patria tiene nombre y apellido y una deuda es una deuda. El sabe que nos la debe. De todos modos conviene venir y son muy divertidas sus fiestas. ¿Verdad Catín?

—Sí —dije mirando a Chofi que iba tan furiosa que hasta se le paraba más la trompa.

—Pues a mí no me gusta tener que soportar a la querida —dijo.

—¿Qué le soportas? Si es gratísima —preguntó Fito. A Chofi le acabó de crecer la trompa.

Nos recibió la Bibi. Hacía como tres meses que no nos veíamos. Había dejado de ir a Puebla y cuando la vi supe por qué. Inevitablemente, el general le había hecho una barriga.

No se veía mal embarazada. Con su vestido largo y amplio parecía diosa griega. Los brazos le habían engordado un poco, pero la cara se le puso aún más joven.

—Te lo advertí. Después del retozo viene el mocoso —dije.

—Ni digas, estoy muy espantada, donde a la pobre criatura le salga la nariz de este hombre.

—Deja la nariz, las mañas. No sé cómo nos hemos atrevido a reproducirlos.

—No tienen por qué salir iguales —dijo la Bibi, acariciando su barriga—. Ya ves que Beethoven era hijo de un alcohólico y una loca.

—¿Quién te contó eso?

—Ya no me acuerdo, pero da esperanzas, ¿no?

—Y tu otro hijo, ¿cómo está?

—Bien. Odi quiso que lo mandáramos a estudiar fuera un tiempo y está en un internado precioso en Filadelfia.

—¿A los nueve años?

—Está muy contento. Es un colegio militarizado, carísimo. Tiene tres uniformes distintos y unos campos de fútbol hermosos. Le hacía falta convivir con otros niños, estaba muy pegado a mí.

—¿Eso lo crees tú o Gómez Soto?

—Los dos.

—¡Qué bonita pareja!, tan de acuerdo en lo fundamental —dije abrazándola.

—Bueno, ¿qué quieres que haga? —me preguntó.

—Quiero que no me trates como si fuera yo una pendeja. Esa historia de la felicidad de tu hijo cuéntasela a Chofi, si quieres hasta te ayudo con los detalles, pero conmigo podrías llorar, ¿o no tienes ganas?

—No, no tengo ganas. No por eso. A veces lloro, pero por la panza y el encierro.

—Son horribles las panzas, ¿no?

—Horribles. Yo no sé quién inventó que las mujeres somos felices y bellas embarazadas.

—Seguro fueron los hombres. Ahora, hay cada mujer que hasta pone cara de satisfacción.

—¿Qué les queda?

—Pues siquiera el enojo. Yo mis dos embarazos los pasé furiosa. Qué milagro de la vida ni qué la fregada. Hubieras visto cómo lloré y odié mi panza de seis meses de Verania cuando se llenó de nísperos el árbol del jardín y no pude subirme a bajarlos. Todos los años era la campeona, les ganaba a mis hermanos como por tres canastas, y de repente voy entrando a casa de mis papás y veo a mis hermanos trepados en el árbol concursando sin rival.

—Ya ves, hija, lo que te pierdes por argüendera —dijo mi papá. De ahí empecé a llorar y todavía no acabo.

—Mentirosa. Nunca te he visto llorar.

—Porque no estás en mi casa a media noche, y de día no es correcto, soy la primera dama del estado.

Nos habíamos ido caminando desde la puerta de la entrada por todo el jardín. Fito, Andrés y Chofi iban adelante de nosotros, cuando llegaron a la puerta de la casa los recibió el general y se pusieron a abrazarse y palmearse. Son chistosos los señores, como no pueden besarse ni decirse ternuritas ni sobarse las barrigas embarazadas, entonces se dan esos abrazos llenos de ruido y carcajadas. No sé qué chiste les verán. El caso fue que dejaron a Chofi a un lado y nosotras tuvimos que interrumpir el chisme y llamarla a nuestra conversación.

—Se ve usted muy linda embarazada —dijo Chofi. Se le endulzan tanto las facciones.

—Es que engordan —dijo la Bibi.

—Pues sí, hay cosas que ni remedio. ¿Cómo va una a estar esperando y delgada? Pero es muy noble la maternidad. Yo no conozco una sola mujer que se vea fea cuando está esperando.

—Yo, muchas —dije recordando a Chofi que desde que se embarazó la primera vez quedó como pasmada. Ya nunca se supo si iba o venía, se le puso una panza del tamaño de las nalgas, y unas chichis como de elefanta. Pobrecita, pero daba pena. Se iba a convertir en presidenta y ni así dejaba de comérselo todo.

—¿Tú muchas? ¿A quiénes conoces que se vean feas esperando un hijo?

—A muchas, Chofi, no vas a querer que te las nombre.

—Tú con tal de llevarme la contra.

—Si quieres te digo que todas las mujeres embarazadas son preciosas, pero no lo creo. Yo nunca me sentí más fea.

—Pues no te veías mal. Ahora estás demasiado flaca. ¿Y cómo se ha usted sentido señora? —le preguntó a Bibi.

—Muy bien —dijo Bibi—, estoy haciendo ejercicio que dicen que es bueno.

—Pero qué horror, cómo va a ser bueno. Ajetrea usted a la criatura. El embarazo se debe reposar. ¿No querrá usted que se le salga antes de tiempo como le pasó a Catalina con el último?

—No se me salió por el ejercicio, sino porque mi matriz no lo aceptó —dije.

— ¡Qué locura! ¿Desde cuándo las matrices no aceptan? Te fuiste a montar a caballo.

—Me dio permiso el doctor.

—Claro, ese Dosal está loco, da permiso de todo. Cuando lo oí diciéndote después del Checo que podías dejar los atoles y los caldos de gallina durante la cuarentena me pareció un loco. Un loco y un irresponsable. Seguro que no juega así con la vida de sus hijos. O será maricón. Los maricones odian a los niños y a las mujeres. Seguro es maricón.

—¿Qué le parecen las flores de mi alberca, doña Chofi? —preguntó la Bibi, oportunamente.

— ¡Ay qué bonitas! No las había visto. ¿Las siembran aquí cerca?

—Odilón las manda traer de Fortín todas las semanas.

—Qué hombre más detallista —dijo Chofi—. Ya no hay muchos como él. ¿A cuántas horas de aquí queda Fortín?

—A siete —dije yo—. Estamos todos locos.

—¿Por qué dices eso, Catalina? No seas envidiosa.

—Tendría que no ser yo. Pero es una locura traer flores desde Fortín. Es obvio que el general está loco de amor —dije.

—Eso sí —contestó Chofi que cuando se ponía romántica hinchaba los pechos y suspiraba como si quisiera que alguien, por favor, se la cogiera.

Fuimos a sentarnos a la sala que parecía el lobby de un hotel gringo. Alfombrada y enorme. Con razón invitábamos tanta gente a nuestras fiestas, había que llenar las salas para no sentirse garbanzo en olla.

A la fiesta de la Bibi y su general fue muchísima gente. Era para celebrar un aniversario del periódico, así que fueron todos los que querían salir retratados al día siguiente. A Bibi no se le daba la organización culinaria, mandaba a hacer todo con unas señoritas muy careras dizque francesas y nunca alcanzaba. En cambio había vinos importados y meseros que le llenaban a uno la copa en cuanto se empezaba a medio vaciar. Poca comida y mucha bebida: acabó la fiesta en una borrachera espectacular. Los hombres se fueron poniendo primero colorados y sonrientes, luego muy conversadores, después bobos o furiosos. El peor fue el general Gómez Soto. Siempre bebía bastante; al comenzar las fiestas era un hombre casi grato, un poco inconexo pero hasta inteligente, por desgracia no duraba mucho así. Al rato empezaba a agredir a la gente.

—¿Y usted por qué tiene las piernas tan chuecas? —le preguntó a la esposa del coronel López Miranda—. Las cosas que no hará que hasta se le han enchuecado las piernas. Este coronel Miranda es un cogelón, miren cómo ha dejado a su mujer.

Nadie se rió más que él, pero nadie se fue de la fiesta más que López Miranda y su señora con las piernas chuecas. Después de eso se puso a evocar a su padre, a decir que nadie había hecho tanto por México como él, y a nadie se le había reconocido menos.

—Sí, era porfirista mi padre, ¿qué querían, cabrones? Entonces no se podía ser otra cosa. Pero gracias a mi padre hay ferrocarril y gracias al ferrocarril hubo Revolución. ¿O no es así, cabrones? —gritaba subido en una mesa.

—¿Cuántas veces a la semana se te pone así? —le pregunté a Bibi que estaba junto a mí, viéndolo con más desprecio que horror como si fuera un extraño.

—Una o dos —dijo ella sin inmutarse—. Voy a bajarlo de la mesa no se vaya a caer porque es peor enfermo que borracho.

—No te creo.

—No sabes. Le da un catarro y se pone moribundo, no me puedo alejar de junto a su cama, se queja como un lagarto herido. No me lo quiero imaginar con una pierna rota.

Caminó hasta la mesa en la que estaba subido Gómez. No se me olvida su figura blanca extendiendo la mano hacia arriba.

—Bájate de ahí, papacito —le decía—. Es

peligroso. No te vayas a caer y te lastimes. Anda bájate.

—Tú no me hables así —le gritó Gómez—. ¿Crees que soy un idiota? ¿Crees que soy el idiota de tu hijito? Me tratas como si yo fuera él. A ver si no lo tratas a él como si fuera yo. Seguro que lo tratas como a mí, te he visto cuando lo llevas a acostar, cómo lo acaricias y le hablas, ya te lo has de haber cogido con más ganas que a mí. Vieja puta —dijo brincando de la mesa sobre la Bibi. Le puso las manos en el cuello y empezó a apretárselo.

—Haz algo —le dije a Andrés.

—¿Qué quieres que haga? Es su mujer, ¿no? —me contestó.

Chofi empezó a gritar como una histérica y Fito la abrazó para consolarla. Nadie intervenía.

Bibi sin perder la elegancia forcejeaba con las manos del general sobre su cuello.

—Ayúdala —dije jalando a Andrés de la mano hasta estar junto al general que sudaba y resoplaba.

—Gómez, no exageres tu amor —dijo Andrés, metiendo la mano entre las de Gómez y el cuello de la Bibi. En cuanto Gómez la soltó, yo la abracé.

—No es nada —me dijo—. Está jugando, ¿verdad, mi vida? —le preguntó a Odilón, que en segundos había cambiado la mirada de loco enfurecido por una de perro juguetón.

—Claro, Catita. ¿Usted cree que yo quiera lastimar a esta niña preciosa? Si la adoro. A veces jugamos un poco brusco, pero todo es juego. Perdonen ustedes si los asusté. Música, por favor, maestro.

El de la orquesta empezó a tocar *Estrellita*.

La Bibi se acomodó el vestido, puso una mano sobre el hombro izquierdo del general y le dio la
otra mientras apoyaba la cabeza contra su pecho
con mucha gracia para ponerse a bailar.

Al rato ya todo el mundo había olvidado el
incidente y otra vez Bibi y Odi eran una pareja
perfecta.

—Eres una genio —le dije al despedirme.

—¿Te gustó la fiesta, reina? —me preguntó como si nada.

CAPÍTULO XI

En casi todos los estados las mujeres no tenían ni el pendejo derecho al voto que Carmen Serdán había ganado en Puebla. Por primera vez éramos la avanzada, así que el 7 de julio amanecí más elegante que nunca y fui con Andrés a caminar y a presumir mi condición de su mujer oficial. No había mucha gente en las casillas, pero encontramos periodistas y les puse mi mejor sonrisa, fui hasta la urna de la mano de mi general como si no le supiera nada, como si fuera la tonta que parecía.

Voté por Bravo, el candidato de la oposición, no porque lo considerara una maravilla, sino porque seguramente perdería y era grato no sentirse ni un poco responsable del gobierno de Fito.

En Puebla las cosas estuvieron tranquilas. Quizá en mi papel de primera dama no pude verlas de otro modo, pero supimos que en México la gente había obligado al Presidente Aguirre a gritar ¡Viva Bravo! cuando estaba votando, y que los militantes del PRM tuvieron que salvar a la Revolución robándose las urnas en que perdía Fito. Para eso bajaban pistola en mano de autos organizados por sectores, a inventar pleitos que obligaban a cerrar las casillas antes de tiempo.

Bravo por prontas providencias se fue a Venezuela. A su plan para levantarse en armas la gente le puso el Plan de la Rendición. Sus adeptos se levantaron de todos modos y los mataron como chinches. Ni así regresó mi candidato. Resulté un desastre como electora, por eso me pareció correcto reconocer mi error y aplaudirle al Congreso cuando en septiembre declaró que el triunfo le pertenecía a Fito por 3.400.000 votos contra 151.000 de Bravo.

Como yo, el gobierno de los Estados Unidos optó por reconocer y apoyar el triunfo del gordo, avisó que a su toma de posesión mandaría como embajador extraordinario al secretario Bryan.

Al poco tiempo volvió Bravo. Nunca vi a Andrés reírse tanto como el día que leyó el discurso que mi excandidato pronunció y entregó a la prensa la misma tarde de su llegada.

—Este cabrón sí que es divertido. Oye esto —me dijo—: «Como en mi actitud inflexible para nada intervinieron la ambición ni la vanidad, vengo también a renunciar ante el pueblo soberano de México al honroso cargo de Presidente de la República para el que tuvo a bien elegirme el pasado 7 de julio.» Es divertido —decía pateando el suelo para acompañar su risa—. Está lleno de ardientes propósitos, de profundas devociones, de agradecimientos inextinguibles, de confianza en un México libre y feliz. Lleno de todo menos de güevos.

—¿Qué querías? —pregunté—. ¿Que se dejara matar?

—Pues sí. Era lo menos. Este sí que tanto pedo para cagar aguado —dijo y siguió riéndose toda la mañana.

Después se le ocurrió mandarme a acompañar a Chofi que estaba encargada de acompañar a la esposa del secretario Bryan durante la recepción de la embajada gringa.

Llegamos cuando un montón de gente apedreaba la estatua de Washington. Entramos a la embajada por la puerta de atrás y ya adentro oímos tiros y gritos, mientras unos meseros muy serios nos administraban panecitos con caviar y copas de champagne. La señora Bryan estaba pálida pero fingía un «no pasa nada» digno de la mejor actriz. Seguro estaba pensando que en mala hora habían mandado a su marido a un país de salvajes, pero sonreía de vez en cuando y hasta me preguntó cómo estaba el clima en Puebla.

—Álgido —le contesté.

—Álgidou, *how nice* —contestó.

Cuando salimos de la cena nos enteramos de que un mayor Luna había muerto al intentar aprehender a un grupo de terroristas que planeaba asesinar a los generales Aguirre y Campos.

—Pobre mayor Luna, murió sirviendo a la patria —le dijo Chofi al teniente encargado de custodiarla y de comunicarnos la mala noticia.

—Esta no se ha tardado nada en confundirse con la patria —pensé—. A todas les pasa, pero creí que era más lento —murmuré, mientras la oía hablar de la vocación de servicio y el profundo sentido del deber del mayor Luna.

Ya en Puebla la recordé cuando comentaba con Mónica y Pepa la payasada de Fito al manifestar sus bienes: dos ranchos, Las Espuelas y La Mandarina, una casa con huerta en Matamoros, una casa habitación con valor de 20.500 pesos en las Lomas de Chapultepec y otra cercana a la anterior con valor de 27.000 pesos. Ningún depósito numerario en ninguna institución de crédito.

—Son unos cursis —dijo Mónica—. Con tu

perdón, Cati, pero, ¿a quién quieren convencer de su honradez? Que no me digan que ni cuentas de cheques tienen. ¿Qué? ¿Chofi guarda las quincenas abajo del colchón?

—Ningún depósito en México —dijo Pepa—. Tu compadre es insufrible, nos esperan seis años de tedio: creyente y anticomunista, ya sólo quedaba mi marido —dijo riéndose con la frescura que le había brotado de las citas en el mercado de La Victoria.

—¿Ya sabes por qué le dicen a Rodolfo el *Income Tax*? —preguntó Mónica—. Porque es un pinche impuesto —se contestó.

Nos reímos. Como buenas poblanas mis amigas eran la purísima oposición verbal. Decían todo lo que yo quería oír y no tenía dónde. Me gustó verlas. Estuve tan feliz que hasta se me olvidó que al día siguiente era la toma de posesión de Rodolfo y yo no sabía qué ropa usar.

Mi papá me hizo el favor de evitarme esa decisión. Fui a verlo al salir de casa de Pepa. Estaba tomando su café con queso y un pan duro que rebanaba delgadito.

—¿Cómo ves lo de la guerra? ¿Nos pasará algo peor que la falta de medias? —le pregunté.

—No pienso vivir para saberlo —contestó. Hice chistes sobre su habitual pesimismo y me puse a lamentar mi condición de esposa de Andrés Ascencio, comadre de Rodolfo Campos, infeliz que no quería soplarse un discurso larguísimo, leído en el tono de retrasado mental que Fito imprimía a su oratoria en los momentos cumbres.

—Pobre de ti, chiquita —dijo sobándome

la cabeza—. Ya te irá mejor alguna vez. Te has de encontrar un buen novio.

—Te tengo a ti —le contesté frunciendo la nariz y levantándome a besarlo.

Nos pusimos a juguetear como siempre. Lo acompañé a ponerse la piyama y estuve acostada junto a él hasta que llegó mi madre con cara de ya es muy noche para que andes fuera de tu casa. Ella nunca estaba fuera de su casa después de las cinco de la tarde, menos sin su marido. Yo le resultaba un escándalo. Me levanté.

—No sé qué ponerme mañana —dije.

—Ponte algo negro, siempre es elegante —me contestó Bárbara entrando al cuarto.

—A ver qué encuentro, cuiden a mi novio —pedí.

Tuve que encontrar algo negro. Cuando amaneció, mi papá había muerto.

No me gusta hablar de eso. Creo que todos lo vimos como una traición. Hasta mi madre, que está segura de que lo encontrará en el cielo. Bárbara se encargó de organizar el funeral y todas esas cosas. Yo no me acuerdo qué hice aparte de llorar en público como nunca debió hacerlo la esposa del gobernador. Tampoco sé cómo pasaron los últimos meses de Andrés en el gobierno. Cuando me di cuenta ya vivíamos en México.

CAPÍTULO XII

Recorría la casa como sonámbula inventándome la necesidad de alguien. Tantas eran mis ganas de compañía que acabé necesitando a Andrés. Cuando se iba por varios días, como hizo siempre, yo empecé a reclamarle sin intentar siquiera los disimulos del principio.

—¿A ti qué te pasa? —preguntaba—. ¿Por qué frunces la boca? ¿No te da gusto verme?

Me faltaban reproches para contar mi aburrimiento, mi miedo cuando despertaba sin él en la cama, el enojo de haber llorado como perro frente a los niños y sus pleitos por toda compañía.

Me volví inútil, rara. Empecé a odiar los días que él no llegaba, me dio por pensar en el menú de las comidas y enfurecer cuando era tarde y él no llamaba por teléfono, no aparecía, no lo de siempre que quién sabe por qué empezó a resultarme tan angustioso.

Para colmo no estaban mis amigas a la vuelta de la esquina, y Bárbara era otra vez mi hermana que vivía en Puebla, ya no mi secretaria particular ni nada de esas tonterías. Pablo estaba en Italia, Arizmendi era un invento, lo único posible se volvió Andrés y él me dejaba días en la casa de Las Lomas, dando vueltas de la reja a la puerta de la estancia para verlo llegar, leyendo los periódicos sólo para saber si andaba con Fito y dónde.

Establecí un orden enfermo, era como si siempre estuviera a punto de abrirse el telón. En la casa ni una pizca de polvo, ni un cuadro medio chueco, ni un cenicero en la mesa indebida, ni un zapato en el vestidor fuera de su horma y su funda. Todos los días me enchinaba las pestañas y les ponía rímel, estrenaba vestidos, hacía ejercicio, esperando que él llegara de repente y le diera a todo su razón de ser. Pero tardaba tanto que daban ganas de meterse en la piyama desde las cinco, comer galletas con helado o cacahuates con limón y chile, o todo junto hasta sentir la panza hinchada y una mínima quietud entre las piernas.

Al final de alguna de esas tardes, cuando yo pesaba cuatro kilos más, lloraba un poco menos y hasta empezaba a estar entretenidísima con alguna novela, Andrés se presentaba con su cara de dormimos juntos. Yo quería insultarlo, correrlo de lo que con los días se había ido volviendo mi casa, regida por mis tiempos y mis deseos, para mi desorden y mi gusto. Llegaba muy conversador a burlarse de mis piernas gordas o a contar y contar su pleito con alguien al que no sabía cómo darle en la madre.

—Dame ideas —decía—, estás perdiendo el interés por mis cosas. Andas como sonámbula.

—Me abandonas —le contesté.

—Oye ya me estás cansando, siempre jode y jode con que te abandono. Te voy a abandonar de veras. Creo que me voy a quedar de fijo donde me atiendan mejor y sobre todo me reciban con gusto. Porque tú estás insoportable. Lo que necesitas es buscarte un quehacer. Se murió tu principal aliado, se te acabó la chamba de gobernadora

y no encuentras lugar en el mundo. Acostúmbrate.
Las cosas terminan. Aquí no eres reina y no te conocen en la calle, ni puedes hacer fiestas que todos
agradezcan, ni tienes que organizar conciertos de
caridad o venir conmigo a la sierra. Aquí hay muchas mujeres que no se asustan con tus comentarios,
muchas que hasta los consideran anticuados. Pobre
de ti. ¿Por qué no le hablas a Bibi la del general
Gómez Soto? O métete a la Unión Nacional de Padres de Familia. Ahí hay mucho trabajo. Ahora están
en una campaña contra el comunismo y necesitan
gente. Mañana te presento con alguno.

Sabía que andaba haciéndole al anticomunista para joder a Cordera, el líder de la CTM. Lo
había oído hablando por teléfono con el gobernador
de San Luis Potosí, ex presidente metido a indus-
trial, el día que declaró que sólo los oportunistas
y los logreros pensaban en el comunismo.

—Estuvo usted perfectamente. Qué buen
palo le dio a Cordera —decía—. Se lo merece. Cuen-
te conmigo si piensa seguir por ahí. ¿Qué le pa-
recería si la próxima vez que venga usted por México lo invito a cenar a mi casa? Mi esposa estará
encantada de verlo.

—¿A quién voy a estar encantada de ver?
—pregunté cuando colgó para saber qué tipo de
cena tendría que planear y para cuándo.

—Al general Basilio Suárez —dijo, y se
echó una carcajada.

—¿Yo voy a estar encantada de ver a ese
asno? Eres un mentiroso. ¿Y desde cuándo estás
encantado tú? ¿No decías que era un contrarrevo-
lucionario de mierda?

—Hasta ayer, hijita. Y hasta ayer a ti te
parecía un asno. Pero desde hoy es para toda la
familia un hombre prudente y casi sabio. Imagína-

te que se le ha ocurrido llamar a las chingaderas de Cordera «experimentos sociales basados en doctrinas exóticas». No puedes negar que es un hallazgo.

—A mí, Cordera me cae bien —dije.

—Tú no sabes lo que dices. Cordera es un ambicioso y un provocador. Está necio en que hay lucha de clases y en que los obreros al poder. Ya lo dijo bien el general, es un demagogo. Como él siempre fue riquito. Su papá rentaba las mulas en que acarreábamos maíz yo y mis hermanos. Tenían una hacienda enorme antes de la Revolución. El qué sabe de hambre, por favor, qué sabe de pobreza, qué sabe de todo lo que habla. Nada sabe, ni le importa. Pero qué bien se hace notar. Ya que no chingue. Ya nos chingó de pobres, que no quiera chingarnos de ricos.

—A mí me cae bien —dije.

—Vas a decir que te gusta su traje gris. ¿Tú también crees eso de que nada más tiene uno? Bola de pendejos. Tiene 300 iguales el cabrón, pero qué bien los engaña. El líder de los trabajadores. Va para afuera ese cabrón. Me canso que le quitamos la chamba de pobre reivindicador. Ya vas a ver cómo le va en la convención. Se las voy a cobrar todas, hasta esta pendejada tuya de «a mí me cae bien».

—Pues a mí me cae bien —dije feliz de encontrar algo con qué molestar. La verdad es que yo a Cordera lo había visto la vez del desfile y me gustaron sus pómulos salidos y su frente ancha, pero no hablé mucho con él.

—¿Por qué te cae bien, babosa? ¿Cuándo lo has tratado? No sabes lo que dices —contestó enfureciendo.

—Sé lo que miro —dije.

—Cállate la boca. ¿Qué le viste? Dirás que ¿qué?

—Eso mero.

—No inventes, Catalina. ¿Crees que me provocas? Tú de eso no has visto más que lo que yo veo.

—¿Tú también notaste lo bonito que se ríe? —pregunté.

—Vete a la chingada —dijo—. Vas a ver lo bonito que se va a reír en un mes.

Al día siguiente me llevó a presentar con los de la Unión de Padres de Familia. Llegamos a una casa grande en la colonia Santa María. Fuimos hasta la oficina de un señor Virreal. Estaba sentado tras un escritorio de madera oscura, era flaco flaco, empezaba a quedarse calvo. Después supe que su mujer era una gorda que se llamaba Mari Paz con la que tenía once hijos seguiditos.

—Ésta es mi señora, licenciado —dijo Andrés—. Está muy interesada en colaborar con ustedes —y luego a mí—: Te mando a Juan de regreso en una hora, y aquí que se esté para lo que se ofrezca.

Por un lado se fue Andrés y por el otro entró una señora de collar de perlas y medallita de la Virgen del Carmen. Delgada, bien vestida, con una sonrisa de beata conforme, que me incomodó desde el primer momento.

—Ven conmigo —dijo—. Te voy a llevar a conocer nuestro local y algunas de nuestras colaboradoras. Me llamo Alejandra y voy a tener mucho gusto en ser tu guía y tu hermana de hoy en adelante.

Pensé que era una cursi y la seguí. La casa

vieja y oscura tenía muchos cuartos seguidos con puertas que al mismo tiempo son ventanas y que los comunican entre sí. Todos estaban acondicionados como para dar clases, con mesas, sillas y pizarrones. Entramos a uno en el que se reunían varias mujeres.

—Estamos llenando bolsas de comida para la fiesta de los presos —dijo mi guía y hermana para que yo entendiera el porqué de esas quince mujeres sentadas alrededor de unas mesas y sin hablar entre sí. Sólo se oía el murmullo de sus voces contando: hasta tres las que echaban en las bolsas galletas con malvavisco y coco, hasta siete las que echaban galletas de animalitos, hasta cinco las que ponían puños de chochitos verdes, hasta dos las de las cajetillas de cigarros Tigres.

—Buenos días —corearon todas cuando nos vieron entrar.

Estábamos en los saludos y las presentaciones cuando llegó Mari Paz con tres niños prendidos a la falda y abrazando una caja.

—Traje los pambazos —dijo—. No sé si alcance para poner uno o dos. Hice doscientos. ¿Cuántos presos son?

—Ciento cincuenta —dijo una gordita bigotona que nunca dejó de echar galletas con malvavisco en sus bolsas. Se las iba amontonando a la que tenía que seguir con las de animalitos, que se había puesto a conversar con la de los seis caramelos de anís como si no la esperara una hilera de bolsas producto del empeño de la bigotoncita.

—Pues faltan cien o sobran cincuenta —contestó Mari Paz haciendo un esfuerzo matemático.

—Que sobren cincuenta. Los repartiremos entre los celadores y las esposas que estén de visita —dijo Alejandra.

—No alcanzan. Siempre hay más celadores y visitas que presos —volvió a decir la bigotona. Ya no tenía dónde poner sus bolsas así que de ahí se siguió—: Amalita, me da pena molestarla, pero si no se apura usted con los animalitos y Ceci con los anicitos, yo ya no voy a poder seguir trabajando.

—Ay, Irenita, usted perdone, nos atrasamos, pero orita le apuramos, no se preocupe, si las primeras que tenemos que acabar somos nosotras, están nuestras casas a medio recoger. Por venir temprano ni el quehacer acabamos.

—Así estamos todas —dijo Alejandra que a las claras se veía que no estaba en las mismas, en las manos y la cara se le notaban las cuatro sirvientas de planta. Después me enteré de que su marido tenía acciones del Palacio de Hierro y de la Coca Cola, era dueño de una fábrica de papel en Sonora y de una de hilos en Tlaxcala. Nadie le creía que su casa estaba a medio recoger mientras ella se entregaba a las obras pías, pero todo el mundo la oía hablar como si vendiera la verdad en paquetes.

Casi todas las otras mujeres se veían pobretonas, a lo mejor esposas de algún empleado del marido de Alejandra, de burócratas inconformes o hasta de obreros. Se pusieron a hablar de la parroquia y del padre Falito. Entendí que todas se conocían de ahí, y que a todas las confesaba el tal padre Falito.

Alejandra y Mari Paz eran las líderes. Pusieron la caja de pambazos sobre la mesa, me sentaron frente a ella con la instrucción de poner uno en cada bolsa de las que llegaban llenas después de dar la vuelta por las otras mujeres, y se fueron a cuchichear a un rincón cercano. Estirando la oreja era fácil oírlas.

—Es la esposa del general Ascencio —decía Alejandra.

—Hay que tener cuidado con ella. Dice el padre Falito que no son de confianza esas gentes —contestó Mari Paz.

—Falito exagera —dijo Alejandra—. Yo la veo buena persona, creo que debe tener su oportunidad de acercarse al bien. Además nos hace falta gente con clase, Mari Paz, necesitamos quien sepa alternar. Estas están bien para los presos, pero no las podemos llevar a platicar con las mamás del Cristóbal Colón.

—A la mejor tienes razón, pero desconfío —dijo Mari Paz.

Yo fingía contar. Una, una, una, decía echando las tortas como alumna aplicada.

Mari Paz se acercó con su frondosidad y sus tres mocosos.

—¿Cómo te huelen? ¿Me quedaron buenos? —preguntó coqueta.

—Ricos —dije—. Les va a ir bien a los presos.

—Yo creo que sí fíjate. Estos tienen tinga con chorizo y frijoles refritos. Me decían que no les pusiera yo carne pero pobrecitos un día al año que no coman las porquerías que les da el gobierno. ¡Ay, perdón! Tu marido es...

—Del gobierno, sí —le dije.

—Ay qué pena, perdón. Sí, yo imagino el trabajo que debe ser conseguir comida para tantos todos los días. Y hacerla. Bastante les dan considerando que están ahí de castigo, ¿verdad?

—No sé —dije—. Tampoco sé por qué a ustedes les preocupan.

—No creas que esto es lo único que hacemos. Esto fue una idea del padre Falito que es un

hombre muy bueno y muy impresionable. Un día
fue a la cárcel a confesar a un moribundo y regresó
tristísimo. Nos contó cómo estaba el edificio de sucio, cómo son las crujías en las que se aprietan de-
cenas de hombres solos en medio de sí mismos.
Hasta lloró de acordarse. Entonces se. le ocurrió
que pidiéramos permiso de ir a visitarlos, a rezar
con ellos y llevarles alguna golosina. Nos pareció
bien y nos dieron permiso, ya ves que este gobierno no está contra los católicos como los otros. Por
eso vamos a ir hoy en la tarde. Ya tenemos las pi-
ñatas, los rosarios, las estampitas, las bolsas de dulces y diez escapularios que el padre Falito quiere
rifar.

—¿Que se rifan los escapularios?

—No. Se venden, la gente que quiere los
compra y después va con el padre y le pide que se
los imponga. Pero estos diez, Falito los quiere rifar
y se los va a imponer a los que se los saquen.

—¿Y si no lo quieren? —dije, mirando la
puerta con la esperanza de que Juan apareciera.

—¿Cómo? —preguntó—. Claro que los
quieren, nada más faltaba que no los quisieran, son
un honor, al que se lo saque en la rifa será como
si Dios se lo enviara. No creerás que le van a decir
a Dios que no.

—Tienes razón —dije—. Ni modo que le
digan a Dios que no.

Juan apareció, él sí como enviado por Dios
y se paró en la puerta con su sonrisa de cómplice.

—¿Qué pasó, Juan, nos están esperando?
—dije. Sabía que a esa pregunta debía siempre responder: «Sí, señora, es muy urgente.»

Fingí sorpresa y me despedí apresurada pro-
metiendo estar en Lecumberri a las cinco en punto.

En la calle sacudí los brazos y estiré las

piernas. Había un tibio sol de febrero. Me quité el saco. Hacía más frío dentro de la casa que afuera. Afuera, de repente, todo me pareció más grato. El airón de la mañana había dejado el cielo azul y me gustaron los árboles.

—Lléveme a la Alameda, Juan —dije.

Como siempre que necesitaba reponerme de un mal rato, me compré un helado. Juan estacionó el coche y me bajé a caminar por la Alameda de Santa María. El quiosco brillaba con el sol y en las bancas había mamás, viejos, nanas, niños y novios.

Compré el periódico. Me senté a leerlo en una banca, lo encontré divertido. Los delegados de la reunión preparatoria del congreso de la Confederación de Trabajadores Mexicanos acusaban a don Basilio de recoger la cosecha de lo sembrado por el Sinarquismo y Acción Nacional y de levantar la bandera de la oposición contra Rodolfo. Declaraban que el discurso del general Suárez era un ataque al ex presidente Aguirre, le exigían a Fito que cumpliera su compromiso de llevar adelante la Revolución.

—Ya se armó un pleito —dije—. Y Andrés está, ya sé dónde está.

Lamenté el abandono de los periódicos, y otra vez quise saber cosas y meterme en todo lo que según Andrés no me importaba: desde que llegamos a México se acabaron mis funciones de gobernadora y me trataba como a sus otras mujeres. Yo me había dejado encerrar sin darme cuenta, pero desde ese día me propuse la calle. Hasta bendije a la pendeja Unión de Padres de Familia que durante un tiempo sería mi pretexto.

—Juan, enséñeme a manejar —le dije al chofer.

—Señora, me mata el general —contestó.

—Le juro que nunca sabrá cómo aprendí. Pero enséñeme.

—Ora pues —dijo.

Juan era un hombre de unos veintisiete años, ingenuo y bueno como pocos. Me pasé al asiento de adelante, junto a él. Y empezó a temblar.

—Si nos agarra el general me mata.

—Ya deje de repetir eso y explíqueme cómo le hace —dije.

La lección teórica duró toda la mañana. Dimos como cincuenta vueltas a la Alameda. Después me llevó a la casa y se fue a buscar a Andrés que estaba en Palacio Nacional.

—Vuélveme a prestar a Juan —le dije a Andrés a la hora de la comida—. Lo voy a necesitar mucho en la Unión.

—¿Para qué? —dijo—. Que te lleve y te recoja, yo lo necesito.

—¿Y cuando no estés?

—Ahorita estoy —contestó.

—Ya leí el manifiesto de los delegados a la reunión de la CTM —comenté.

—¿En dónde lo leíste?

—En *El Universal.* Lo compré aprovechando que salí. No sé por qué me dio por el encierro, pero ahora que volví a ver la calle me sentí otra. Si no me quieres dar a Juan, dame a otro chofer o deja que aprenda yo a manejar.

—Ay qué mujer tan chirrisca. Estaba seguro de que no aguantarías quieta más de 6 meses. ¿Cómo te fue en la Unión? ¿Vas a servir de algo?

Me quedé callada un momento. Costaba trabajo inventarle, era como un espía invisible pero siempre tras la puerta sabiéndolo todo.

—Claro que no voy a servir de nada. Para trabajar en eso me hubiera yo metido de hermana de la caridad y siquiera sabría yo mi lugar en el mundo. Pero entrarle a la confusión mental de las viejas esas, ni loca. Yo no necesito que el padre Falito me diga por dónde caminar y tengo mucho qué ver como para meterme a una casa fría a llenar bolsas de chochitos para unos presos a los que les van a rifar escapularios. Además a mí los comunistas todavía no me hacen nada y no me gustan los enemigos gratuitos. Yo creo que si se mete uno a eso de las caridades tiene que ser a lo grande, siquiera quedar como San Francisco: con los pobres tras uno bendiciéndola. Yo de pendeja en la grey del padre Falito soñando niños y rezándoles a los presos, primero muerta.

Andrés soltó una carcajada y sentí alivio.

—¿Cómo dices que se llama el cura? ¿Falito? Qué locura. Tienes razón, una cosa es que a mí esos pendejos me vayan a dar una ayudada en el asunto de chingar a Cordera, y otra que te haga yo la maldad de meterte ahí. A ésos les hubiera llevado a una de las niñas. A Marta que le da por ahí y hasta sería buena informante, pero a quién se le ocurre llevarte a ti. ¿Cómo te habré visto de loca? Eso te pasa por recibirme de mal modo —y volvió a reír—. Oye, ¿y conociste a Falito? ¿Cuántas de ahí crees que ya le hayan visto el nombre de cerca? Dónde te fui a llevar. Mereces un desagravio. Desde hoy vas conmigo a todas partes. Se acabó el encierro.

Así lo declaró y así fue porque él quiso, porque él así era. Iba y venía como el pinche mar. Y esos días tuvo a bien regresar.

—Tengo que volver a Palacio. El Gordo no

puede hacer nada solo —dijo—. Ven conmigo. Total, te vas al centro y a ver qué compras en tres horas. A las ocho que cierren vuelves por mí y te invito a cenar en Prendes. ¿Te parece mi plan?

Fui por mi abrigo y me subí al coche en tres minutos, no se me fuera a arrepentir de la invitación. Hacía frío, una de esas raras tardes de febrero en que uno puede ponerse abrigo de pieles sin sentir calor a media calle. Me puse un abrigo de zorro. El más bonito que he tenido. Porque las pieles a veces son cursis, pero ese de zorro, me lo ponía con botas y me sentía artista de Hollywood.

Llegamos al zócalo y le dimos la vuelta para entrar a Palacio Nacional. Desde que un valiente había tratado de asesinar a Fito, las precauciones y revisiones que había que sufrir para entrar eran un exceso. Se revisaban todos los coches incluyendo las cajuelas, todos los coches hasta el del mismo Gordo, no fuera a darse la casualidad de que en alguna esquina se le hubiera trepado alguien. Esa tarde los soldados revisaron hasta las bolsas de mi abrigo. Andrés se ponía furioso con el trámite.

—Qué culero es este Rodolfo —decía delante de los soldados y de quien quisiera oírlo.

Cuando logramos entrar, Andrés bajó del coche apresurado, me dio mucho dinero y la instrucción de que comprara lo que quisiera. Pero yo esa tarde sólo quería un helado y caminar lamiéndolo sin que nadie me estorbara.

CAPÍTULO XIII

Juan consiguió el helado de vainilla y me dejó en la puerta de Sanborn's de Madero. Ahí me sentía yo protegida porque las paredes son de talavera. Manías de uno. Donde hubiera talavera me sentía a salvo, por eso a todas mis casas lo primero que meto es la vajilla de talavera. Una de las amarillas con azul para cincuenta personas. Dicen que ahora cuestan una fortuna, entonces hasta se veían mal. Todo el mundo tenía porcelana de Bavaria no talavera poblana, tosca y quebradiza.

Me quedé un rato en la puerta de Sanborn's. Recargada contra la pared como una piruja, sintiéndome Andrea Palma en *La mujer del puerto*. Después atravesé la calle y pasé frente al Banco de México, que entonces dirigía un idiota de anteojos gruesos del que siempre se me olvida el nombre. Era tan pendejo y tan feo. Además le había quitado el puesto a un hombre inteligente y simpático al que yo quería mucho porque fue el único que no se rió de mí cuando en una comida Andrés comentó que yo me había puesto a llorar con el Himno Nacional después del informe.

Crucé la calle para ir a Bellas Artes. Me gustaba ese edificio que parecía pastel de primera comunión. Entré. Las puertas del teatro estaban cerradas, pero subí a buscar de dónde salía una música como queja larga y repetida.

Empujé la puerta y se abrió. El teatro estaba vacío de público, pero el escenario lo llenaba una orquesta. Frente a ella un hombre ordenó detener la música y empezó a hablar de prisa y con pasión, explicando algo como enfebrecido, como si le fuera la vida en que el músico al que señalaba con la batuta lo descifrara. No era muy alto, tenía la espalda ancha y los brazos largos.

Caminé hasta el frente y lo oí decir:

—Vamos, otra vez, desde la 24, todos. Vamos —y se puso a cantar la melodía.

La música volvió a sonar triste y extraña, aun más arrastrada. Nunca había oído algo así. Me senté sin hacer ruido. Miré al techo, a los palcos vacíos, y me dejé llevar por los sonidos que parecían salir de los brazos del director.

Qué extravagante quehacer tenían esos hombres, qué distinto a todos los que yo había visto de cerca. El director los detenía, les hablaba, otra vez soltaba los brazos, y la música volvía. De pronto suspendió con violencia. Miró a un violinista joven sentado en la tercera fila de atriles y le dijo:

—¿Dónde está usted, Martínez? No me sigue. Se sale de tiempo. ¿En qué está pensando que pueda importar más?

Martínez se me quedó viendo y no le contestó. Entonces él volteó y se encontró conmigo sentada en una de las primeras filas del teatro, apretando las manos sobre el abrigo, sin poder decir ni media palabra.

—¿Quién le dio permiso de entrar aquí? —dijo furioso.

No me quedó más remedio que convertirme en periodista.

—Vaya, qué desorden —dijo. Tenía los ojos oscuros, enormes, la piel blanca—. Espéreme allá atrás, y no se mueva que nos distrae.

Me levanté y caminé despacio por todo el pasillo.

—¿Ya? —preguntó él desde arriba.

—Ya —contesté y bajé los ojos. Cuando la música volvió, me levanté despacio y fui hasta la puerta caminando de puntas. La empujé y corrí por las escaleras. En un segundo estuve en la calle, fui a sentarme a una banca de la Alameda y traté de tararear lo que había oído pero no pude. En cambio pude llorar, sin saber por qué. Creí que me estaba volviendo vieja y que había heredado la capacidad de mi madre para presentir.

—Está encantado —dije.

Cuando Juan me encontró era tardísimo.

—El general ya está en la puerta de Palacio desde hace rato —dijo y me llevó a recogerlo.

—¿Dónde te metiste, lela? —preguntó Andrés, muy calmado.

—Fui a caminar.

—Has de haber recorrido todas las tiendas. ¿Qué te compraste?

—Nada.

—¿Nada? ¿Entonces qué hiciste?

—Oí música —dije.

—Apuesto que te encontraste una marimba en la Alameda. ¿Por qué eres tan cursi, Catalina?

—Fui a Bellas Artes. Estaba ensayando la sinfónica.

—¿Habrás visto a Carlos Vives entonces? Es el director.

—¿Lo conoces? —dije.

—Claro que lo conozco. Es el hombre más necio que conozco. Su papá era general, pero él salió medio raro, le dio por la música. Acaba de regresar de Londres con la idea de que este rancho necesita una Orquesta Sinfónica Nacional, y convenció a Fito. ¿Quién no convence al Gordo?

—¿Vamos a cenar? —dije y oí mi voz como algo que no me pertenecía. Como si otra me estuviera supliendo para hablar y moverme.

Llegamos al Prendes. Dejé el abrigo en uno de los percheros. Andrés dejó el sombrero y entró como al comedor de su casa.

—¿La misma mesa, general? —preguntó el capitán de meseros.

—La misma, mi capi —dijo.

Nunca supe por qué a Andrés le gustaba ese lugar, era horrible. Parecía el comedor de un noviciado. La comida era buena pero no para comerla en un sitio sin ventanas. Sobre todo un día y el otro, como hacía él.

Mis ostiones llegaron al mismo tiempo que su sopa de tortilla y empecé a comerlos aprisa mientras él hablaba:

—Quedó chingón el discurso que le escribí a Rodolfo. Cordera no va a saber por dónde contestar. Siempre se anda agarrando de la democracia para hacer sus fregaderas, por eso le puse ahí a Fito que la democracia debe entenderse como el encauzamiento de la lucha de clases en el seno de las libertades y de las leyes. Y como las leyes somos nosotros, pues ya se chingó. Mira quién viene ahí.

Tragué el último ostión y alcé los ojos para ver quién venía. El director de orquesta caminaba hacia nosotros con su espléndida sonrisa y un saco azul marino. Quise desaparecer.

—Me quedé esperando la entrevista, señora

—dijo como primer saludo. Después estrechó la mano de Andrés y se sentó.

—¿Qué tal? —dijo Andrés—. Catalina me contó que fue a oírte hoy en la tarde. ¿Por qué la dejaste entrar?

—Ella se metió.

—¿Qué te dijo?

—Que era periodista y quería entrevistarme.

—Ah qué muchacha mentirosa. ¿Y por qué no le dijo entré aquí porque se me dio la gana? —me preguntó como un papá divertido.

—Me dio miedo —confesé.

—¿Miedo éste? Pero si es un escuincle, debe tener dos años más que tú. Cuando la guerra tenía doce años. Su mamá y él vivían en Morelia y a veces su padre que era mi superior me llevaba a su casa aprovechando alguna tregua. Siempre encontrábamos al escuincle tocando una flauta de carrizo.

—Qué bien se acuerda usted, general.

—Antes me decías de otro modo.

—Antes no era usted quien es.

—Estaba yo empezando, como tú ahora. Pero no iba tan rápido. Claro que en la guerra y la política hay más enemigos que en la música. ¿Por qué te dio por la música? —preguntó Andrés—. Hubieras sido un buen político. Tu padre lo fue.

—Uno a veces no se parece a su padre.

—¿Lo dices por orgullo?

—Al contrario, general. Pero a cada quien le toca una guerra distinta.

—¿Lo tuyo es una guerra? Qué muchacho tan extraño. Tenía razón tu padre.

Se pusieron a hablar del pasado, de cómo el director niño se robaba las balas de la charretera de Andrés y las metía en una olla que después meneaba para oírla sonar, del día en que Andrés y su padre lo llevaron a ver a los ahorcados, lo pararon debajo de los postes y lo hicieron mirarles las caras moradas y las lenguas de fuera.

—¿No te asustaste? —pregunté.

—Mucho, pero no se los iba a demostrar a ese par de cabrones que eran mi padre y tu marido.

Ya no pude comerme el pescado ni el pastel. Pedí un coñac y me lo bebí en dos tragos.

—Y a ti qué te pasa —dijo Andrés—. ¿Desde cuándo bebes fuerte?

—Creo que me va a dar gripa —contesté.

—Tengo una mujer medio loca, ¿no te parece?

—Me parece linda —contestó Vives.

Después volvieron a hablar de ellos. De las diferencias entre la música y los toros. De cómo el padre de Carlos quiso a mi general y cómo peleó con su hijo que no hacía más que decepcionarlo con su terquedad de ser músico en vez de militar.

—Tu padre siempre tuvo razón —concluyó Andrés.

—Salud, general —dijo Carlos—. Salud, curiosa —me guiñó el ojo y palmeó mi mano que estaba sobre la mesa.

—Salud —dije yo, que de un trago desaparecí otro coñac y me dediqué a sonreír el resto de la noche.

Cuando salimos a la calle la luna brillaba amarilla y redonda sobre nuestras cabezas. En el quicio de una puerta, sentado como si fueran las cinco de la tarde y no las tres de la mañana, un ciego tocaba una trompeta.

CAPÍTULO XIV

Siempre creí que lo único necesario para vivir tranquila era tener a Andrés todos los días conmigo. Pero cuando la mañana siguiente en lugar de salir corriendo me anunció que pensaba quedarse y que iba a cambiar su oficina a nuestra biblioteca yo hubiera querido desaparecerlo. Era como tener un ropero antiguo a media casa, para donde uno volteara aparecía. No quedó lugar libre de su ruido. Para colmo, dio en estar cariñoso. Quería coger todas las mañanas y no ir a ninguna parte sin llevarme con él. Inventó nombrarme su secretaria privada y me hizo acudir a todas las juntas que organizó para planear cómo quitarle a Cordera la CTM, a todas las reuniones con políticos, y hasta cuando hacía pipí quería tenerme junto.

Dos días antes me hubiera hecho feliz. No sólo tener de nuevo su explosiva presencia, sino estar invitada a todo lo que tuve prohibido: a las reuniones y los acuerdos que siempre rehice tras la puerta, abrumando a Andrés con interrogatorios exhaustivos para medio saber lo que pasaba. Entonces pude presenciarlos todos, si se me hubiera ocurrido opinar me habrían dejado, sólo que yo acababa de subir los escalones de Bellas Artes y me había enamorado de otro.

Me volví infiel mucho antes de tocar a Carlos Vives. No tenía lugar para nada que no fuera él. Nunca quise así a Andrés, nunca pasé las horas tratando de recordar el exacto tamaño de sus manos ni deseando con todo el cuerpo siquiera verlo aparecer. Me daba vergüenza estar así por un hombre, ser tan infeliz y volverme dichosa sin que dependiera para nada de mí. Me puse insoportable y entre más insoportable mejor consentida por Andrés. Nunca hice con tanta libertad todo lo que quise hacer como en esos días, y nunca sentí con tanta fuerza que todo lo que hacía era inútil, tonto y no deseado. Porque de todo lo que tuve y quise lo único que hubiera querido era a Carlos Vives a media tarde.

Un día en el desayuno Andrés descubrió que me había crecido el pelo y que su brillo era lo mejor que había visto en años, encontró que mis pies eran más lindos que los de cualquier japonesa, mis dientes de niña y mis labios de actriz. En cambio yo nunca odié tanto mis caderas, mi boca, mis pestañas, nunca me creí más tonta, más tramposa, más fea.

Con las fealdades a cuestas pasé esa mañana oyendo a mi general inventar un grupo de diputados que se llamara Renovación, planeando cómo chingarse a uno y madrear a otro. Mientras yo sólo quería que llegara la tarde.

Tenía que ir a Palacio Nacional y fui con él.

—¿Ahora sí vas de compras? —me dijo al bajarse del coche.

—A lo mejor— contesté.

Nada más arrancó Juan y le pedí que me llevara a Bellas Artes. Cuando llegamos brinqué del coche.

—¿A qué horas regreso, señora?

—No regrese.

Como si no me hubiera oído volvió a decir:

—¿Está bien a las ocho?

Subí corriendo las escaleras. No oí la música. Seguro que no estaba.

Empujé la puerta:

—Todos, otra vez desde la diecisiete —dijo su voz.

La música empezó a sonar. Me deslicé como un gato. Fui a sentarme hasta atrás. Puse las manos sobre las piernas y sin darme cuenta froté la falda hacia arriba y hacia abajo. Lo miré de lejos. Otra vez los brazos y la voz ordenando:

—Ese sostenido es sostenido, Martínez. Márquelo, no tenga miedo. Suena así. Buenas tardes, señora, qué bueno tenerla de público —gritó—. Si evita el ruido de las manos contra la falda nos dará gusto.

Voy de un loco a otro, pensé, pero no salí corriendo. Me gustaba verlo de lejos. No podría imitarlo, pero lo recuerdo tan bien como al mar y la noche en Punta Allen.

Subí a los palcos del segundo piso. Me gustaba cómo movía las manos, cómo otros lo obedecían sin detenerse a reflexionar si sus instrucciones eran correctas o no. Daba lo mismo. El tenía el poder y uno sentía claramente hasta dónde llegaba su dominio. Iba por la sala, se metía en los demás, en mi cuerpo recargado sobre el barandal del palco, en mi cabeza apoyada sobre los brazos, en mis ojos siguiéndole las manos.

Dieron las ocho y la música no terminaba de ir y venir. Juan ya estaría en la puerta y Andrés furioso, pero yo no me moví de la butaca de terciopelo rojo hasta que los brazos de Carlos cayeron de golpe.

—Mejor, mucho mejor señores. Nos vemos mañana. Gracias por la tarde.

Se bajó del podio y desapareció por una de las puertas laterales del escenario. Estaba yo imaginando a dónde podría haber ido cuando llegó junto a mí.

—¿Quién acompaña a quién a tomar un helado?

—Yo a ti —le dije.

—Tú eres a la que le gustan los helados, yo prefiero un whisky.

—¿Cómo sabes que me gustan los helados?

—¿No comes helados cuando estás nerviosa?

—Sí, pero ahorita no estoy nerviosa, ¿y quién te dijo?

—Mis espías. También me dijeron que ayer querías bajarte del coche y venir a mi hotel.

—Te dijeron mal. ¿Quién crees que soy?

—Una mujer casada con un loco que le lleva veinte años y la trata como a una adolescente.

Bajamos las escaleras.

Juan estaba en la entrada, pálido como pan crudo.

—Señora el general nos mata —dijo abriendo la portezuela del coche.

—Dígale que vamos caminando, que no tardamos —ordenó Carlos.

—No —dijo Juan—. Yo sin la señora no regreso.

—Entonces quédese aquí porque vamos a caminar.

Me tomó del brazo y cruzamos la calle hacia Madero.

—Me gusta ese edificio —dije cuando pasamos junto al Sanborn's de los azulejos.

—Yo no te lo puedo comprar. ¿Por qué no se lo pides a tu general?

—Vete a la chingada —contesté.

—Sus deseos son órdenes —dijo empujando la puerta de Sanborn's y metiéndose justo en el momento en que Juan nos alcanzó y me puso la pistola en el costado:

—Lo siento señora, pero tengo familia, así que usted viene conmigo a recoger al general.

—Ándele pues Juan —dije y corrimos al coche. Llegamos por Andrés justo cuando se despedía de unos tipos en la puerta de Palacio.

—Hola princesa, ¿estuviste contenta? —preguntó.

No me acostumbraba a su nuevo tono, me hacía sentir idiota.

—Fui a ver a Vives —dije como si me desnudara.

—Qué bueno —contestó—. ¿Y dónde lo dejaste? ¿Por qué no vino a cenar con nosotros?

—Lo mandé a la chingada.

—¿Qué te hizo?

—Me trató como a una imbécil. Dijo que si me gustaba el edificio de Sanborn's por qué no te pedía que me lo compraras.

—¿Te gusta el edificio de Sanborn's?

—Es de talavera —contesté, y nos fuimos a cenar abrazados.

Al día siguiente comió en nuestra casa el general Basilio Suárez. A propósito dispuse mole poblano porque ya sabía que lo odiaba.

El general Suárez era tan simple como una carne con su tortilla de harina. Lo que le importaba era hacer dinero y para eso se unía con Andrés. Andaban buscando los contratos de unas carreteras pero no se les hacían porque el secretario de Comu-

nicaciones era un tal Jesús Garza, al que odiaban
por aguirrista y quien seguramente los odiaba también. Se pusieron a inventar cómo desprestigiarlo
y Suárez, que nunca daba para más, dijo:

—Yo creo que hay que acusarlo de comunista.
No será mentir, porque ese hombre es comunista. Y
nosotros no hicimos la Revolución para que vengan
los rusos a quitárnosla.

—Tiene usted razón, general. Hoy mismo
hablo con los de la Unión de Padres de Familia para
que le aumenten a su desplegado contra Cordera unas
cositas contra otros que nos la deben. Es hora de
empezar a nombrarlos. Así de una vez mañana le quitamos la CTM a Cordera, se la damos a Alfonso Maldonado que no come lumbre y empezamos a preparar el terrenito para chingarnos esas dos cuñas que
nos heredó Aguirre.

Iba yo a decir alguna cosa para contradecirlos
cuando entró Vives.

—Llegas tarde —dijo Andrés—. Estamos hablando de política, ¿no te importa?

—Me importa, pero me aguanto. Ya sé que
en esta casa todo es política, y acepté venir a comer.

—Quedamos que a las dos y son tres y media
—dijo Andrés

—¿Tú lo invitaste? —pregunté.

—No te dije para darte la sorpresa —dijo
Andrés.

—Me la das —contesté—. Lucina tráele un
servicio al señor —dije adoptando actitud de ama
de casa y señalándole a Vives un lugar junto al
general Suárez. Andrés estaba en la cabecera, yo a
su izquierda y el general a su derecha.

—Prefiero del otro lado si el general no se
ofende —dijo mirando a Suárez.

—El hijo de mi general Vives no ofende

nunca —dijo Suárez—. Menos si elige sentarse junto a una bella dama en vez de junto a un envejecido ex presidente.

—Ya siéntate y deja de interrumpir —dijo Andrés.

—Perdón Chinti, ahora mismo me disciplino.

—¿Cómo le dijiste? —pregunté riendo.

—No le digas, después quién la aguanta.

—Claro que no le digo, general. Además su señora y yo no nos hablamos. Ayer me dejó a media calle con la palabra en la boca.

—La molestaste —dijo Andrés— y es muy sentida.

—¿Por qué no acaban de comer? —pedí y le pregunté a Suárez: —¿Le sirvo más frijoles o pasamos al postre? Aunque si vamos a esperar a Vives falta un rato para el postre.

—Por mí podemos pasar directamente al postre —dijo Vives—. Prefiero ahorrarme el mole.

—Qué amigos tienes Andrés, este músico no sólo es metiche sino melindroso.

—¿Qué le voy a hacer? Es el hijo del único cabrón que me ha merecido respeto. No puedo mandarlo matar porque desaira tu comida.

—Por mí que se muera de hambre —dije—. ¿A usted general qué le damos?

—Yo quiero pay de manzana y queso de cabra —dijo Carlos—. Hace años que no como queso de cabra.

—Pobre de ti —dijo Andrés—. Se nos olvida que vuelves del autoexilio.

—Hay casos peores, hay quienes no pueden volver del exilio —dijo Suárez.

—Lo dice usted por el presidente Jiménez.

—¿Por quién más? —preguntó Suárez.

—Yo creo que Jiménez ya no tarda en volver

—dijo Andrés—. Hasta creo que hace falta un cabrón con sus huevos.

—Porque los tiene bien puestos es que va a volver para encerrarse en su casa y callarse la boca —dijo Carlos mientras untaba queso en un pan.

—¿Te parece? —le preguntó Andrés con un respeto que no era común en su tono al hablar de política, menos con neófitos.

—Te lo aseguro Chinti —dijo Carlos—. Confía en mi instinto. Y se puso a tararear *La barca de Guaymas* entre mordidas de queso y pay, cosa que a Andrés le produjo un ataque de risa.

—Salud Vives, por haberte encontrado —dijo—. Salud general Suárez, ésta es su casa.

En la puerta apareció un señor diminuto y jorobado cargando una libreta enorme y un montón de papeles.

—Con su permiso general —dijo Andrés haciéndolo pasar.

—Lo estábamos esperando —contestó—. Venga para acá. Párese aquí. No, mejor allá entre la señora y el señor —dijo señalándonos a mí y a Vives—. Lea por favor.

El hombre se colocó entre nosotros, abrió la libreta y se puso a leer: «Con fecha primero de marzo de 1941 la propiedad fulana...» Total: Andrés me compraba el Sanborn's de los azulejos.

—Nada más firme aquí señora —dijo el hombrecito y me extendió una pluma. Andrés nos miraba divertido.

—¿Cómo lo hiciste para que vendieran esa casa? —preguntó Carlos.

—Se la vendieron a mi señora. Ella es la que compra.

—Tu señora por sí sola no podría comprarse un chicle —dijo.

—Todo lo mío es suyo —contestó Andrés.

—Entonces debe estar millonaria.

—Nada que no se merezca. Fírmale Catín y haz con tu Sanborn's lo que quieras.

—Yo no vuelvo a tomar ahí ni un café —dijo Carlos.

—No seas rencoroso, Vives. A ti qué más te da quién es el dueño. Es un lugar agradable.

—Lo era. Ahora está comprado con un dinero que quién sabe.

—No vas a venir tú a decirme lo que opinas de mi dinero. ¿De dónde crees que sacaron los ingleses el dinero para pagar tu beca? ¿Me vas a decir que era dinero muy limpio? Todo el dinero es igual. Yo lo agarro de donde me lo encuentro porque, si no lo agarro yo, se lo agarra otro güey; si esa casa yo no se la regalo a Catalina se la regala Espinosa a Olguita, o Peñafiel a Lourdes. Tenía cinco hipotecas, la dueña estaba perdida de todos modos, de que la agarre yo a que la agarre el banco, pues mejor la agarro yo y hago feliz a mi señora, que hasta antes de que tú metieras tu cuchara tenía la cara más resplandeciente que le he visto en los últimos diez años. Eres un aguafiestas.

Me sorprendió Andrés dando explicaciones, tolerando que se dudara de su honradez, hasta aceptando que su dinero no era limpio. ¿Por qué no le gritaba a Carlos? Quién sabe. Nunca entendí bien lo que pasaba entre ellos.

—Ándele pues señora, firme —dijo Vives.

Yo tomé la pluma y puse mi nombre como lo ponía siempre desde que me casé con Andrés.

—Ya tiene usted su capricho —dijo Carlos—. ¿Ahora qué? ¿Se va a ir a dormir bajo la talavera?

¿Se va a sentir dueña? Le advierto que en esta ciudad hay pocos que no se sientan dueños de esa casa. Usted puede tener los papeles, pero mientras cualquiera pueda entrar ahí y sentarse a tomar café, la casa de los azulejos es de todo el mundo.

—Me gusta que sea así —dije.

—Claro, para ser benefactora, para que la quieran y la miren. ¡Cómo quiere que la quieran esta mujer! —dijo.

CAPÍTULO XV

Claro que yo quería que me quisieran. Toda la vida me la he pasado queriendo que me quieran. La noche del concierto como ninguna.

Bellas Artes estaba lleno cuando llegamos. Rodolfo y Chofi entraron adelante, dirían las notas del periódico que acompañados por nosotros. Subimos hasta el palco presidencial. Justo en medio del teatro. Toda la gente miraba hacia ahí.

En los palcos vecinos estaban los secretarios de Estado con sus familias. Abajo había invitados especiales y gente de esa que cuando uno mira de lejos no sé por qué imagina feliz.

Abajo estaba el lugar en que yo me senté la primera vez que vi a Carlos. Abajo él estaría cerca, hubiera podido mirarme.

La orquesta afinaba haciendo ruidos. Los músicos usaban trajes negros, tenían los zapatos limpios y los cabellos engomados, estaban distintos a como los vi en las tardes de ensayos con sus blusas de todos colores, los pelos alborotados, los zapatos viejos y los pantalones lustrosos. Acicalados parecían de mentiras, se veían todos iguales cuando eran tan distintos entre sí como sus intrumentos. Por fin apareció Carlos, con su saco de colas y su corbata de moño, con su varita en la mano y la cabeza recién peinada. La gente aplaudió mientras él caminaba hasta el podio. Cuando estuvo arriba volteó y nos hizo una caravana.

—Qué payaso es este Vives —dijo Andrés.

Yo me emocioné. Nos sentamos, y Carlos ordenó la música con los brazos.

Cuando terminó la primera parte el teatro se puso a aplaudirle como si fuera Dios. Yo me quedé quieta mirando hacia abajo.

—¿Qué te pasa Catín? ¿No te gustó? —dijo Andrés—. ¿Por qué tienes cara de que vas a parir?

—Sí me gustó —dije parándome como todos—. Es bueno este Vives.

—¿Cómo sabes que es bueno? Yo no tengo la menor idea. Es la primera vez que venimos a esto. A mí se me hace demasiado teatral. Las bandas de los pueblos son más frescas y dan menos sueño.

Salimos del palco a tomar una copa y a conversar. Chofi estaba orgullosa con el descubrimiento de su marido.

—Es un genio —decía frente a las esposas de los ministros que la rodeaban como pollitos a su gallina. Se había puesto una de esas horribles estolas de pieles que terminan en cabecitas de zorro. Como si no tuviera los hombros anchos, los brazos regordetes y los pechos saltones. Las cabecitas de zorro se agitaban como borlas sobre sus pezones mientras ella elogiaba a Vives.

Tanta llegó a ser su euforia que se acaloró. Entonces sacó un abanico y empezó a echarse aire encima de las pieles. Todo menos quitárselas. Las demás mujeres asentían y aumentaban los elogios.

—Es guapísimo —dijo la esposa del secretario de Gobernación.

—Eso es algo fundamental en lo que me parece que estamos de acuerdo —contestó la del secretario de Hacienda soltando una carcajada—. Ya lo de la música es una cualidad que hasta podría faltarle.

Todas se rieron con ella.

—Pero también es un gran músico —dijo poniendo los ojos en blanco la mujer del secretario de Relaciones Exteriores que era una hija de porfiristas nunca venidos a menos y que nos veía a todas como a unas recién llegadas al asunto de la cultura internacional. Ella que tuvo un padre embajador y «vivió en Francia toda la infancia».

—Sí, un gran músico —dijo Chofi abrazando sus zorritos.

Por suerte los intermedios terminan. No sé cómo hacían los ministros de Rodolfo para casarse con puras pendejas.

La segunda parte del concierto era una cosa triste triste y larga larga que siempre parece que ya se va a acabar y cuando uno cree que llegó el final vuelve como una maldición. Esa era la música que me había hecho subir los escalones buscándola, que se me había quedado pegada a las orejas, y que no podía tararear porque me daba miedo.

Los primeros veinte minutos vi a Andrés hacer esfuerzos para no quedarse dormido, después se puso a platicar con Fito.

Yo estaba mirando a Carlos. Le miraba la espalda y los brazos yendo y viniendo. Le miraba las piernas. Lo miraba como si él fuera la música, como si no fuera el mismo tipo capaz de conversar, burlarse de mí y bromear con Andrés durante una comida. Era otro, puesto todo en algo que no tenía nada que ver con nosotros, que le venía de otra parte y lo llevaba a quién sabe dónde.

—A este señor Mahler le hacía falta coger —dijo Andrés cerca de mi cuello.

Varias veces hubo quienes intentaron aplaudir creyendo que un estruendoso tamborazo había sido el último, pero la música volvía a empezar, bajando hasta hacerse inaudible, hasta que quedaba sólo un silbido al que después se unía un violín, luego un chelo y después todos hasta ensordecernos. Por eso cuando el final llegó de veras, sólo yo que lo había oído muchas veces supe que sí era el final y empecé a aplaudir sola.

Interrumpí la conversación de Fito con Andrés y las cabeceadas de Chofi. Se pararon a aplaudir y con ellos todo el teatro.

Carlos que había soltado los brazos y estaba quieto frente a su orquesta volteó por fin y pude ver su cara con el mechón de pelos caídos hasta los ojos. Hizo una caravana, se bajó del podio y desapareció.

—¿Quién acompaña a quién a tomar un helado? —quise que llegara a decirme mientras los aplausos seguían. Cuando apareció no fue al podio, con los brazos señaló a la orquesta y otra vez agachó la cabeza hasta las rodillas.

Tienen razón las muy pendejas, pensé, es guapísimo. Y eso que ellas no lo han oído hablar, no han caminado con él por Madero ni han querido insultarlo a media calle.

Seguí aplaudiendo, como todos, como Andrés que gritaba como si fuera 15 de septiembre.

—Algo bueno tenía que salir del general Vives. Este muchacho tiene aptitudes políticas, nadie sin aptitudes políticas puede sacar tantos aplausos de un teatro. Míralo nada más, parece que ha hecho el discurso de su vida. Esto ni en tu toma de posesión —le decía a Fito entre carcajadas.

—Vives, Vives, Vives —gritaba la gente mientras los de la orquesta sentados aplaudían o pegaban en los atriles con el arco de sus instrumentos.

Por la puerta lateral regresó Vives muy peinado.

Otra vez los aplausos crecieron al verlo aparecer. Subió al podio, alzó los brazos para levantar a sus músicos, se volvió hacia nosotros y volvió a inclinar la cabeza hasta casi tocar el suelo.

—Tiene que ser buen político —decía Andrés—, es un excelente actor, un teatrero. Lástima que eso de la caravana no se usa entre nosotros, pero tendría buen efecto. ¿Por qué no lo impones Gordo? —le dijo a Fito—. Nada más mira a nuestras mujeres, están enloquecidas. Yo voy a ensayar lo de la caravana si tú me prometes concederles el voto a las señoras. La Cámara tiene un proyecto de ley que nunca le aprobó a Aguirre. Te aseguro que ellas votando y yo caravaneando llego a Presidente y ni quien diga que es de mal gusto que sea yo tu compadre. A Vives lo nombro presidente del partido al día siguiente de mi designación y ándale, a recorrer el país con todo y orquesta. ¿Cómo la ves Catín?

Era la quinta vez que Vives desaparecía y volvía a aparecer, que la orquesta se sentaba y se paraba, pero nadie había dejado de aplaudir. Menos que nadie las mujeres. Todas las que estaban en los palcos de alrededor, las feligreses de Chofi, le aplaudían como si se las hubiera cogido.

—Ya vámonos —le dije a Andrés—. En la cena lo felicitamos pero esto ya es un exceso, ni que fuera qué.

—Eso digo yo, ni que fuera torero. Parece que se hubiera jugado la vida —dijo Andrés.

—No se vayan —pidió Rodolfo que era incapaz de ordenar—. Yo no puedo hacer la grosería.

—Pero nosotros no somos tú —le dije.

—Pero son su gente —dijo Chofi que se tomaba muy en serio el compadrazgo.

Mientras, Vives regresó a escena casi corriendo, subió al podio y con la cabeza y los brazos al mismo tiempo echó a sonar su orquesta casi sobre los aplausos. Como si les hubiera dicho «todos, otra vez, desde la 24». Sólo que la música era algo que se podía tararear, como si la hubiera pedido mi papá. Ya no sé cuántas mañanas lo oí levantarse tarareando eso, a veces se paraba en la puerta de nuestro cuarto y lo chiflaba durante un rato hasta que nosotros empezábamos a sacar las cabezas de bajo las sábanas y a maldecir al sol y al padre madrugador que nos había tocado.

Cómo no estaba mi papá para contarle, cómo no estaba para lamentar con él las equivocaciones de la vida, para ir a preguntarle qué hacer con el deseo fuera de sitio que me estaba creciendo.

Toda la orquesta era mi papá silbando en las mañanas, y yo como siempre que él estaba sin estar, que algo me traía la certidumbre de que sus palabras y su abrazo se habían muerto y no serían jamás otra cosa que un recuerdo, nada mejor que la terquedad de mi nostalgia, me puse a llorar hipeando y moqueando hasta hacer casi tanto ruido como la orquesta.

Dejé la butaca y me senté en el suelo para que nadie viera mi escándalo. Andrés, que nunca supo qué hacer en esos casos, me puso la mano sobre la cabeza y me acarició como si fuera yo un gato. Resultado: cuando la orquesta terminó de tocar yo tenía la cara sucia, los ojos hinchados y la melena revuelta.

—Ya m'ija —dijo Andrés—. En mala hora le conté a Vives que tú no sabías de música nada más que eso que tu padre cantaba todo el tiempo.

La gente se había levantado de golpe y aplaudía, gritaba, aplaudía, gritaba esta vez de veras como en los toros. Yo seguía en el suelo. A través del barandal de bronce del palco vi la risa de Carlos que levantaba la cabeza tras su última caravana. Así se reía mi papá algunas veces. Dejé de llorar.

La gente siguió aplaudiendo pero Vives no volvió a aparecer. Antes de que empezara el Himno Nacional y los honores a la bandera que se hacían siempre que Rodolfo llegaba y se iba de un lugar, yo corrí del palco al baño para hacer algo con mi aspecto.

La fiesta fue en Los Pinos. En un salón cubierto de madera y con enormes candiles en el techo. Ya había llegado Carlos cuando entramos nosotros con Rodolfo, Chofi y el Himno Nacional.

—Excelente Vives —dijo Fito apretando su mano.

—Maestro, no sé qué decirle —exhaló Chofi sobando sus zorritos.

—Vives, eres un talento político natural. No lo malgastes —dijo Andrés.

—Gracias —dije yo.

—Gracias a ustedes —dijo él, extendiendo su risa.

Me puse a temblar, era horrible lo que me pasaba. Creí que todo el mundo se daba cuenta.

Me cogí del brazo de Andrés y le dije que nos fuéramos.

—Pero si acabamos de llegar. No hemos cenado. Yo me estoy muriendo de hambre, ¿tú no? Además mira, vino Poncho Peña, me urge hablar con él —dijo y me dejó a medio salón y a medio metro de Vives y sus admiradores. Lo robaban. Hasta Cordera había ido a saludarlo. Vives lo abrazó y sobre su hombro me vio quieta, mirándolo. Lo tomó del brazo y caminó con él hasta donde yo estaba.

—¿Se conocen? —preguntó y no nos dio tiempo de responder.

—Mucho gusto —dijimos ambos prefiriendo olvidar de dónde nos conocíamos.

—¿Por qué no vamos al jardín? —dijo Carlos—, aquí sobra gente.

Me cogió de la mano y caminó rápido hasta la puerta. Cordera vino con nosotros. Al pasar junto a Andrés, Carlos le dijo:

—Me llevo a tu mujer al aire porque aquí nos estamos ahogando.

—A ver si se le quita el sueño, ya se quería ir —contestó Andrés—. Buenas noches, Álvaro —dijo cuando vio que estaba con nosotros, y me jaló hacia él—. Fíjate en lo que hablan —me sopló en el oído antes de besarme—. Hasta el rato —dijo en alto guiñándole un ojo a Carlos.

—¿Cómo te está yendo en el Congreso? —le preguntó a Cordera en cuanto estuvimos solos caminando entre los árboles del jardín.

—Muy bien —dijo Cordera mirándome.

—¿Te vas a reelegir? —preguntó Vives.

—No depende de mí, la asamblea decide —contestó.

—Pero, ¿quién tiene la asamblea? No me digas que están dejando actuar a la asamblea.

—¿Por qué no? Es lo correcto.

—No juegues, hermano.

—¿Qué quieres que te diga? —dijo Cordera abriendo los brazos.

Caminábamos hacia el centro del jardín, Carlos me había pasado el brazo por la cintura y antes de contestar me jaló hacia él.

—La señora también sabe que su marido es

una desgracia nacional. No lo dejes meterse, te quiere chingar, está clarísimo, le estorbas. Si te reeliges y puedes movilizar a los obreros como el sexenio pasado, a lo mejor hasta Presidente tienes que ser.

—Ascencio ya está metido. Le hemos dado guerra con los diputados en la Cámara, pero ¿quién crees que redactó el discurso que dijo el Presidente hoy en la mañana? ¿A quién crees que se le puede haber ocurrido eso de que un camino que avanza no se repite idéntico en todos los tramos? Todo para decir que su política no se separa de la de Aguirre pero que exhorta al proletariado a revisar métodos, apoyado en una actitud de autocrítica. Revisar métodos, para decir revisar personas y posiciones. Nos quieren chingar, mano, quieren que nos callemos. Están en el entreguismo más miserable. Están con Suárez que hace política para hacer negocios.

—Pero hay que darles el pleito, ¿o qué? ¿Ya te cansaste?

—No, no es eso, mano, es más complicado. ¿Hablamos mañana? —dijo mirándome otra vez con recelo.

—¿Tienes miedo a morirte? No lo tenías.

—Miedo no, pero tampoco tengo ganas. Además no depende de mí. Te veo mañana. Adiós, señora, gracias por la discreción.

—¿Cómo sabe que la tendré? —dije.

—Lo sé —contestó y se fue caminando para el otro lado.

—¡Qué país! —dijo Carlos—. El que no tiene miedo tiene tedio. ¿Tú tienes miedo?

—Yo tenía tedio —le contesté.

—¿Ya no?

—Ya no.

—¿Qué quieres hacer? —preguntó.

—¿Cuándo?

—Ahora.

—Lo que tú quieras. ¿Tú qué quieres hacer?

—Yo, coger.

—¿Conmigo? —dije.

—No, con Chofi —contestó.

Cuando desperté, Carlos estaba durmiendo junto a mí y hacía un puchero con la boca.

El departamento tenía una sala con un piano ocupando la mitad, una cocina que parecía clóset, una recámara con fotos en las paredes y una ventana grande desde la que se veía Bellas Artes. Quise quedarme. Carlos abrió los ojos y sonrió.

—¿A dónde nos vamos a ir? —le pregunté en el oído como si alguien pudiera escucharnos.

—Al mar —dijo todavía medio dormido.

—Vámonos entonces.

—¿Qué horas son? —preguntó bostezando y estirando los brazos.

—No sé. ¿Por qué no nos morimos ahorita? —dije.

—Porque yo tengo mucho que hacer todavía. Nunca he dirigido en Viena.

—¿Me vas a llevar a Viena?

—Cuando me inviten.

—¿Todavía no te invitan?

—Falta que acabe la guerra y que yo dirija mejor.

—Ya no me vas a querer cuando eso pase —dije.

—Te quiero ahorita —dijo y se puso a besarme. Después estiró un brazo por encima de mí tratando de alcanzar su reloj que estaba en el buró de mi lado—. Son las cuatro, creo que sí nos vamos a morir hoy. Seguro que a Juan se le olvidó.

—¿Qué se le olvidó?

—Que tenía que llamarnos cuando Andrés estuviera por salir de Los Pinos.

—¿Para qué?

—Para que tú llegues a tu casa antes que él.

—Pero si yo no quiero regresar a mi casa.

—Tienes que llegar. Ni modo que te quedes aquí.

—Soy una pendeja —dije levantándome a buscar mi ropa regada por todo el cuarto. Estaba tan furiosa que atoré el cierre del vestido y empecé a jalonearlo hasta que lo rompí. Busqué los zapatos, total, con el abrigo encima no se notaría la espalda abierta.

—Tú y Álvaro son unos culeros —dije.

—Para ser poblana tienes bonito pelo —contestó.

—Tú qué sabes de los poblanos —grité.

Sonó el timbre. Era Juan.

—Señora el general no quiere salir de Los Pinos. Dice que usted le dijo que estaría en el jardín y que por ahí debe andar, que no podemos dejarla.

—¿Y con quién está? ¿No se ha acabado la fiesta? —pregunté.

—Está con don Alfonso Peña —contestó Juan.

—¿Todavía? —pregunté.

—Hay que estar borrachísimo para aguantar a Peña tanto tiempo.

—Vamos, querida —dijo Carlos, ya vestido en la puerta.

Llegamos a Los Pinos. Juan se fue a estacionar el coche y nosotros nos bajamos cerca del sitio donde estuvimos con Cordera.

Caminamos. Carlos tenía su brazo en mi cintura y me jalaba. Entramos al salón. Ya no había casi nadie. Andrés y Peña estaban sentados al fondo, con un mesero de cada lado y una botella de coñac enfrente. Fuimos hasta ellos.

—¿Ya tomaron su aire? —preguntó Andrés arrastrando las palabras.

—No tardamos mucho. ¿Cómo te dio tiempo de beber tanto? Estás borrachísimo, Andrés, como nunca. ¿Por qué? —le dije sorprendida. Estaba acostumbrada a verlo beber durante horas sin parar y sin emborracharse.

—Porque para vivir en este país hay que estar loco o pedo. Yo casi siempre ando loco, pero ahora me quería ganar la cordura y no la dejé. ¿Verdad, hermano? —le preguntó a Peña que estaba más borracho que él, tenía los ojos bizcos y miraba al suelo.

—Lo que yo te advierto es que son unos pinches comunistas peligrosos —decía encimando las palabras—. No deberías dejar a tu mujer andar con ellos.

—A éste ya le llegaron las alucinaciones —dijo Andrés—. Cree que Vives es comunista, lo que sigue es que vea venir un elefante morado y a Greta Garbo en calzones. Llévatelo a su casa, Juan, nosotros nos vamos a quedar aquí platicando.

—Vámonos mejor todos a la casa —dije—. Aquí ya no es propio.

—Ay sí, mírenla, muy preocupada por la propiedad —dijo Andrés levantándose—. Me parece bien, vamos a la casa pero que Juan se vaya por unos cantadores al Ciro's.

—El Ciro's ya lo han de haber cerrado —dije.

—Pues ni que fueran las tres de la mañana, ahorita los alcanza. Juan, tráigase un trío que se sepa *Temor*.

—Pero primero que nos lleve a la casa —dije.

—¿Que no tenemos otro coche? ¿Y el tuyo, Vives? —preguntó Andrés.

Me brincó el estómago. El coche de Vives se había quedado en su casa.

—Se lo presté a Cordera que no traía en qué irse —contestó Vives, muy tranquilo.

—Cabrón Cordera, hasta con los coches de mis amigos quiere cargar. También tú vas a caer en la trampa del pobre Alvarito. Prestarle tu coche, si no tiene uno que camine, por qué se lleva el tuyo, no más vamos a perder tiempo. Si nos quedamos sin cancioneros lo mato, entonces sí, nada de concesiones políticas. Se muere por arruinarnos la noche y de paso le hago un favor al país.

Llegamos a la casa.

—Que Juan nos deje aquí en la reja y caminamos hasta adentro —dijo Andrés—. Cuando esté yo sentándome en la sala quiero que usted esté de regreso con los músicos, Juan. Y que sepan *Temor*.

Me bajé rápido y fui hasta la ventanilla de Juan.

—Tiene parado el reloj —le dije—. Ya no va usted a encontrar a nadie en el Ciro's. Váyase mejor a la casa del maestro Lara y ahí seguro todavía no terminan la fiesta. Dígale a Toña que venga de urgencia.

CAPÍTULO XVI

Conocí a Toña Peregrino cuando Andrés era gobernador. Fueron a Puebla ella y Lara. Los invité a cantar en el cine Guerrero, en una de esas funciones de beneficio social que me gustaba muchísimo organizar. Iban por dos días, pero se quedaron cinco. Los instalé en los cuartos de visita de la casa, los llevé al rancho de Atlixco, les hice toda clase de recorridos turísticos y estuvieron contentos, pero no más que yo. En las noches Agustín tocaba el piano y Toña se ponía a cantar como jugando.

Nos hicimos amigas. La llevé con Lupe, mi modista, que era un genio. Le hizo en dos días tres vestidos con colas y capas que le disimulaban la gordura. Ella era divina en cuanto abría la boca, pero los vestidos la ayudaban a llegar al centro del escenario sin sentir envidia por Ninón Sevilla. Yo en cambio las envidiaba a las dos. Desde que Lupe le hizo esos vestidos, Toña no volvió a salir a escena más que con ropa hecha por ella. Como no logró convencer a Lupe de que se fuera a México, entonces ella iba a Puebla con frecuencia. Siempre se quedó en nuestra casa. Le tocó de todo, hasta que un tipo se metiera en su cuarto con un cuchillo diciendo: «Muera Andrés Ascencio.» Por esos días a Andrés le había dado por no dormir nunca en el mismo cuarto. A veces se quedaba en el mío, a veces en el de Checo o en cualquier otro. Y la noche anterior la había pasado en el cuarto de visitas que Toña llegó a ocupar. El hombre se le fue encima a Toña con el cuchillo y a ella lo único que se le ocurrió fue gritar cantando con toda su voz: «Hay en tus ojos el verde esmeralda».

El tipo salió corriendo y ella lo dejó ir. No me contó nada sino hasta muchos años después.

—¿Pero cómo se te ocurrió cantar? —le pregunté.

—Qué otra cosa se me iba a ocurrir si me habías tenido toda la tarde con el estribillo ese del verde que brota del mar, y la boquita de sangre marchita que tiene el coral. Me dormí repitiéndola y de tanto decirla ya no sabía si las borrachas eran las ojeras o las palmeras.

Como nos queríamos, yo estaba segura de que si Juan le decía que era urgente, ella llegaría aunque fuera en camisón.

Apenas había yo puesto los hielos en los vasos para whisky cuando oí llegar el coche hasta la puerta. Abrí. Toña entró como un regalo, vestida de azul brillante y con los brazos pelones. Me dio un beso.

—Buenas noches, buenas noches —dijo con voz de diosa—. ¿Que aquí alguien quiere azuquitar?

—¡Toña! —dijo Andrés—. Cánteme *Temor*.

—Cómo no, general, pero primero presénteme a los señores —dijo, mirando a Vives como si quisiera recordarlo—. Ya sé —le dijo—, usted es el director de la sinfónica. Vi su foto. A mí no se me olvida una cara, ¿verdad, hermana? —me preguntó.

—Y éste es el diputado Alfonso Peña. Como

puedes ver ya lo aburrimos —dije señalando a Poncho que se había quedado dormido sobre el brazo de un sillón de terciopelo.

—Mucho gusto —dijo Toña, tomándole la mano y dejándosela caer—. ¿*Temor*, general? Lo malo es que no traigo pianista, así que como salga.

—¿Cómo ha de salir Toñita con su voz? —dijo Andrés.

—¿Quiere pianista? —preguntó Carlos sentado frente al piano.

—¿No me diga que usted sabe de estas músicas? —le dijo Toña.

Carlos le respondió tocando los primeros acordes de *Temor*.

—Qué fresco es éste, mira tú —dijo Toña.

—¿Ahí está bien? —preguntó Carlos.

Toña contestó alcanzando la canción donde iba el piano.

—Pero desde el principio Toña —dijo Andrés—. Temor de ser feliz a tu lado... —cantó.

—No eches a perder todo —le dije yo que me había sentado en un sillón redondo y oía fascinada.

—Va, general —dijo Vives y empezaron otra vez. Carlos seguía a Toña como si hubieran ensayado durante meses.

No sólo la seguía sino que cuando acababa una canción él unía el final con el principio de otra y Toña entraba en su tiempo como si nada. Estaban jugando, se entendían con los ojos.

«Por algo está el cielo en el mundo,
por hondo que sea el mar profundo,
no habrá una barrera en el mundo
que mi amor profundo no rompa por ti.»

—«Yo estoy obsesionada contigo y el mundo es testigo de mi frenesí» —canté con mi voz de ratón que no se aguantó las ganas de participar.

Toña asintió con la cabeza y con un brazo me hizo la seña de que me acercara.

Me senté en la banquita del piano junto a Carlos y él saltó de esa canción que imaginé escrita para mí a los acordes de *La noche de anoche.*

—«Ay qué noche la de anoche» —entró Toña—. «De momento tantas cosas sucedieron que me confundieron.»

—«Estoy aturdida, yo, yo que estaba tan tranquila, disfrutando de la calma que nos deja ese amor que ya pasó» —canté con todo lo que tenía de voz y me recargué en Carlos que por un momento quitó una mano del piano y me acarició la pierna.

—Ahora la que está echando a perder todo eres tú, Catalina —dijo Andrés—. Cállate, deja actuar a los grandes.

No le hice caso. Seguí: «pero ¿qué tú estás haciendo de mí?, que estoy sintiendo lo que nunca sentí?» Mi voz parecía un silbato junto a la de Toña pero yo la seguía. «Te lo juro, todo es nuevo para mí.»

Hasta llegué a sentir que era mía su voz sobre mi voz.

—«Que me hizo comprender que yo he vivido esperándote» —dijimos y yo dejé caer la cabeza sobre el piano. Pum, se oyó como final de *La noche de anoche.*

—Catalina, deja de estar chingando —decía Andrés—. El borracho soy yo. *Cenizas,* Vives —pidió.

—Sí, *Cenizas* —dije yo.

—Pero tú cállate, Catín —dijo.

—Sí, mi vida —le contesté.

«Después de tanto soportar la pena de sentir tu olvido» —cantó Toña.

—«Después que todo te lo dio mi pobre corazón herido» —seguí con ella, que se paró atrás de mí y me puso las manos en los hombros.

—Catalina no jodas —volvió a decir Andrés.

—Más jodes tú con tus interrupciones —le dije y alcancé a Toña en «por la amargura de un amor igual al que me diste tú».

—Papapapa —dije, parándome a palmear sobre el piano.

—«Ya no podré ni perdonar ni darte lo que tú me diste» —seguimos.

—«Has de saber que en un cariño muerto no existe el rencor» —sentenció lento Andrés desde un sillón, señalando con el dedo a quién sabe quién.

—«Y si pretendes remover las ruinas que tú mismo hiciste, sólo cenizas hallarás de todo lo que fue mi amor.» —terminamos.

—Mamadas —dijo Andrés.

—«Canta, si olvidar quieres corazón» —cantó Toña siguiendo la música de Carlos.

—«Canta, si olvidar quieres tu dolor» —cantó Carlos mientras tocaba dando golpes breves.

«Canta, si un amor hoy de ti se va.

Canta, que otro volverá.»

—Parará, parara, parará —canté yo y dejé el banco para bailar, dando vueltas.

Vives se reía y Andrés se quedó dormido.

—*Arráncame la vida* —pedí mientras seguía bailando sola por toda la estancia.

—«Arráncala, toma mi corazón» —cantó Toña siguiendo al piano de Carlos.

—«Arráncame la vida, y si acaso te hiere el dolor» —me uní a ellos sentándome otra vez junto a Carlos. Tenía razón Andrés, yo arruinaba sus voces pero no estaba para pensarlo en ese momento.

—«Ha de ser de no verme porque al fin tus ojos me los llevo yo» —dije recargándome en el hombro de Carlos que cerró con tres acordes a los que Toña rebasó sosteniendo el «yo» del final.

—¡Qué bárbara, Toña —dijo—, mis respetos!

—¿Y ustedes qué? —preguntó ella—. ¿Se quieren o se van a querer?

Dejamos a Andrés durmiendo y nos fuimos al jardín a ver salir el sol.

—Señora, ¿llevo al diputado a su casa? —preguntó Juan, que estaba parado en la puerta del recibidor.

—Por favor, Juan. Y al general a su cama. Es usted un santo.

—Después regrese por mí —dijo Toña—. No me quiero quedar al desayuno.

Había pasado como una hora desde que el sol salió anaranjado entre los árboles, cuando Checo llegó al fondo del jardín, descalzo y en piyama.

—¿Por qué estás vestida como ayer, mamá? —preguntó—. Ponte tus pantalones. ¿No vas a ir a montar?

—Vámonos, director —dijo Toña, palmeando el hombro de Carlos que se había puesto ojeroso y guapísimo—. Adiós, hermana, que montes bonito. Te va a caer bien el aire.

Carlos me dio un beso de lado mientras ponía sus manos sobre mis hombros:

—¿Mañana? —preguntó.

—Mañana —le contesté y nos separamos.

El y Toña caminaron hacia el auto. Checo y yo hacia la casa.

—Oye —gritó Carlos desde la reja—, ya es mañana.

Cuando volvimos de montar, yo estaba medio mareada. Me bajé del caballo queriendo un jugo de naranja. Lucina me lo llevó hasta la puerta del jardín en donde me había sentado a sobarme las piernas mientras le contestaba cualquier cosa a Checo.

—Dijo el general que en cuanto llegara usted subiera a verlo —avisó Lucina.

Subí los escalones de tres en tres, ensuciándolos con el lodo de las botas que no me quité hasta entrar a la recámara de Andrés. Ahí me senté sobre la cama destendida y empecé a jalonearlas.

—¿Puedo abrir las cortinas? No se ve nada.

—Ten piedad de un crudo estreñido —contestó Andrés, dando vueltas sobre la cama hasta alcanzarme la cintura. Cuéntame de qué hablaron ayer Cordera y Vives —dijo sobándome la espalda.

—Del concierto.

—¿Y de qué más?

—Vives le preguntó a Cordera por el Congreso, pero Cordera no le contestó nada importante.

—¿Cuánto tiempo hablaron? ¿Qué le contestó?

—Sólo le dijo que iba bien y que la elección del líder la decidían las bases.

—No me inventes. ¿Qué dijo de importante?

—Nada m'ijo. Se fue a los cinco minutos.

—Entonces tú y Vives qué hicieron todo el demás tiempo. No me inventes. Vives y Cordera hablaron más. Si ustedes regresaron como a las dos horas.

—Nosotros caminamos —le dije—. ¡Qué jardines hay en Los Pinos!

—Hablas como si ayer los hubieras descubierto. ¿Quieres vivir ahí? Cuéntame de qué hablaron Vives y Cordera.

—General, si alguna vez los oigo hablar te prometo reproducirte la conversación, pero ayer se dijeron cuatro cosas.

—Dímelas. Acuérdate exactamente qué dijeron, porque hablan en clave.

—Estás crudo o sigues borracho. ¿Cómo que hablan en clave?

—¿No quedaron de verse? —preguntó.

—Un día de éstos.

—Eso quiere decir que el jueves —dijo.

—Estás loco —contesté, forcejeando con la bota que se me atoraba siempre.

—¿No has dormido? —preguntó.

—Un rato.

—¿Y a qué se debe la euforia? Tú duermes tres días por cada desvelada y apenas te repones. ¿Cómo es que fuiste a montar?

—Me lo pidió Checo.

—Te lo pide todos los días.

—Hoy quise ir —dije, sacando la bota y estirando las puntas de los dedos.

—Estás muy rara.

—Me divertí ayer, ¿tú no?

—No me acuerdo. ¿Te dio por cantar o lo soñé?

—Me dio por cantar *Arráncame la vida*. Canté otra vez.

—Cállate. Te oigo multiplicada por cinco.

—Duerme. ¿Para qué despiertas? Es domingo.

—Por eso despierto. Torea Garza.

—Falta mucho para las cuatro. Duérmete. Yo te despierto a las dos.

—No me da tiempo. Invité a comer gente a la una. ¿Vas a venir en la tarde?

—Nunca me invitas.

—Te estoy invitando.

—No me gustan los toros.

—¡Qué aberración! Vienes.

—Como quieras —dije besándole la cabeza y tapándolo como si quisiera amortajarlo. Después fui de puntas hasta la puerta y lo dejé durmiendo.

En Las Lomas tenía un baño tres veces más grande que la recámara, con las paredes cubiertas de espejos y un tragaluz que hacía entrar el mediodía en el cuarto con la misma fuerza con que entraba en el jardín. Alrededor de la tina, en la que podían caber cinco gentes, había muchas plantas. El baño era mi rincón favorito, ahí me escapaba a estar sola.

Esa mañana entré corriendo, abrí las llaves del agua y me desvestí aventando la ropa. Recuerdo mi cuerpo de entonces metido en el agua caliente, entre las plantas, boca arriba, con la cabeza mojada y la cara fuera viendo pasar las nubes por el pedazo de cielo que cabía en los cristales del tragaluz.

—¿Y ahora qué hago? —dije, como si tuviera una confidente bañándose conmigo. Puedo salir corriendo. Dejar al general con todo y los hijos, la tina, las violetas, la cuenta de cheques que nunca se vacía—. Me quiero ir con Carlos —dije enjabonándome la cabeza—. Ahora mismo me voy. Lorenzo Garza ni qué Lorenzo Garza, a ver crímenes y a oír mentadas otro día. Hoy me cambio de casa, duermo en otra cama y hasta de nombre me cambio. ¿Y si no me acepta? Sí, me acepta. El preguntó ¿mañana? El dijo ya es mañana. Pero no quiso que nos fuéramos al mar, me devolvió, nunca tuvo en la cabeza quedarse conmigo. No me quiere. Le caigo bien, lo divierto, pero no me quiere. ¿Si toco y no me abre? ¿Si tiene una novia llegando de Inglaterra? A la chingada.

Salí de la tina, me envolví una toalla en la cabeza, caminé hasta el espejo y le sonreí.

CAPÍTULO XVII

Yo nunca vi a Andrés matar. Muchas veces oí tras la puerta su voz hablando de muerte. Sabía que mataba sin trabajos, pero no con su mano y su pistola, para eso tenía gente dispuesta a ganarse un lugar empezando por el principio.

Hasta que anduve con Vives, nunca se me ocurrió temerle. Las cosas con las que lo desafiaba eran juegos que podían terminar en cuanto se volvieran peligrosos. Lo de Carlos no. Por eso me daba miedo su pistola.

A veces en las noches despertaba temblando, suda y suda. Si nos habíamos acostado en la misma cama ya no me podía dormir, miraba a Andrés con la boca medio abierta, roncando, seguro de que junto a él dormía la misma boba con la que se casó, la misma eufórica un poco más vieja y menos dócil, pero la misma. Su misma Catalina para reírse de ella y hacerla cómplice, la misma que le adivinaba el pensamiento y no quería saber nada de sus negocios. Esos días, todas las cosas que había ido viendo desde que nos casamos se me amontonaron en el cuerpo de tal modo que una tarde me encontré con un nudo abajo de la nuca. Desde el cuello y hasta el principio de la espalda se me hizo una bola, una cosa tiesa como un solo nervio enorme que me dolía.

Cuando se lo conté a la Bibi, me recetó ejercicio y unos masajes que de paso enflacaban las caderas. A ella la iba a ver la masajista porque ni de chiste Gómez Soto la dejaba salir a encuerarse fuera de su casa, aunque fuera para que la sobara otra mujer. Pero yo preferí ir a la casa de la colonia Cuauhtémoc, regenteada por una mujer sonriente, de piernas bellas subidas siempre en enormes tacones, en la que daban masajes y clases de gimnasia.

Ahí me hice amiga de Andrea Palma, era muy chistosa, se quejaba porque no tenía nalgas la pobre. Cuando nos masajeaban en camas paralelas acabábamos platicando del tamaño de nuestras panzas y concluyendo que una mezcla de nuestros traseros hubiera hecho una mujer perfecta.

—Con que no fueras tan envidiosa y Dios quisiera hacernos el favor —me dijo un día.

—¿Hasta Dios quieres que te haga el favor, Andrea? No te basta con todos los hijos que pone a tu disposición.

—Eres una envidiosa. Nada más porque te tienen oprimida. ¿Que se siente ser fiel?

—Feo.

—También ser infiel se siente feo.

—Menos.

—Te pusiste roja —gritó—. Hasta el ombligo se te puso rojo. ¿Qué andarás haciendo? No me lo digas, capaz que tu marido me amenaza con cortarme la lengua si no le suelto el chisme.

—Me dan envidia tus pechos —le dije, como si no la hubiera oído.

—No te hagas pendeja, Catalina, cuéntame.

—¿Qué te cuento? No me pasa nada. ¿Tú te atreverías a engañar a mi general Andrés Ascencio?

—Yo no, pero tú sí. Si te atreves a dormir con él. ¿Por qué no a cualquier otra barbaridad?

—Por esa barbaridad me mataría.

—Como a la pobre que mató en Morelos —apuntó por su cuenta Raquel la masajista.

—¿A quién mató en Morelos? —preguntó Andrea.

—A una muchacha que era su amante y que un día lo recibió con el conque de que ya no —dijo Raquel.

—Eso es mentira. Mi marido no anda matando señoras que se le resisten —dije yo.

—A mí eso me contaron —dijo Raquel.

—Pues no se crea todo lo que le cuenten —dije, bajándome de la camita de masajes para quitarme de sus manos sobándome.

—Catina, no te pongas tonta —dijo Andrea—. Creí que tenías más mundo.

—Más mundo, más mundo. ¿Cómo quieres que me ponga? Me están diciendo que hace doce años vivo con Jack el destripador y quieres que me quede ahí acostada, ¿quieres que sonría como la Mona Lisa? ¿Qué quieres?

—Quiero que pienses.

—¿Que piense qué, que piense qué? —grité.

Nuestra conversación privada se había hecho pública y las mujeres de las otras camas y sus masajistas habían detenido todo para mirarme ahí desnuda, con los ojos llorosos y la cara encendida, gritándole a Andrea.

—Que te calles, primero —dijo ella bajito—, que te subas a la cama, te acuestes, me sonrías, acabes tu masaje y saliendo de aquí te pongas a investigar quién es Andrés Ascencio.

La obedecí. Su voz apresurada y sus ojos oscuros me fueron calmando. Estuve un rato callada, boca abajo, sintiendo como nunca de fuertes los pellizcos que Raquel me daba en las nalgas.

—Que investigue por ejemplo, ¿qué? —dije.

—Por ejemplo si es verdad o no lo que cuenta Raquel.

—Pero, ¿cómo va a ser verdad, Andrea? Es una pendejada. Mi marido mata por negocios, no va por ahí matando mujeres que no se dejan coger.

—Vaya, así te oyes mucho más inteligente. ¿Pero por qué no iba a hacer las dos cosas?

—Porque no.

—Muy razonable, porque no. Porque tú no quieres. Pues entonces no y ya.

—Pues sí. No y ya —le dije.

—Como quieras —me contestó con su media risa maligna—. ¿Sigues a dieta?

—No me cambies el tema. ¿Crees que soy tonta?

—La que le puso punto final al asunto fuiste tú. No me eches la culpa de tus miedos —dijo, levantándose para seguir a Marta que la llamaba al temazcal.

—¿Usted se va a meter al temazcal? —me preguntó Raquel.

—¿Dónde oyó eso de la asesinada en Morelos? —le contesté.

—Por ahí lo oí, señora, pero tiene usted razón, ha de ser una mentira.

Raquel se pintaba el pelo de güero rojizo, tenía los ojos chiquitos muy vivos y los labios delgados. Daba masajes con sus manos fuertes y pequeñas. Hablaba poco. Parecía estar para oír y callarse. Por eso me extrañó tanto que se hubiera metido en mi conversación con Andrea.

¿Y si deveras la mató?, me la pasé preguntándome mientras sudaba en el temazcal.

—No me quiero morir —le dije a la Palma que estaba enfrente sacando la cabeza del cuadro de ladrillo en que lo encerraban a uno con una lona de hule sobre los hombros. Nos veíamos como monstruos de cuerpo cuadrado y cabeza sudorosa y chiquita.

—Menos ahora que te estás poniendo tan guapa —me contestó.

—Andrea, no es juego, no me quiero morir.

—No te vas a morir, amiga, no seas tonta. Tú conoces mejor a tu marido que todas nosotras con todo y todos los chismes que hemos oído de él. Según tú no es un monstruo, ¿qué te preocupas entonces? Ni aunque lo anduvieras engañando te daría un tiro, ¿por qué otra cosa te lo ha de dar?

—Por ninguna. No es un matón de cuarta.

—Ya me convenciste querida, ¿ahora quieres que yo te convenza a ti de lo que me acabas de convencer? O ¿por qué me vienes con el lloriqueo de que no te quieres morir?

Cada vez hablábamos más cerca. Nos habíamos salido de los temazcales y nos secábamos una frente a otra con las caras y las bocas tan próximas que a veces se rozaban. Andrea era preciosa. Así, sin pintura, sudando, ávida de mi chisme y acompañándome en el miedo que le iba yo pasando mientras le contaba todo, desde las escaleras de Bellas Artes y la cena en Prendes, hasta el día que conocí su casa y la fui haciendo mía. Todo: las caminatas por el zócalo, las meriendas, las tardes en el cine, las noches de concierto, las madrugadas corriendo a meterme en mi cama eufórica y aterrada.

—¿Qué hago, Andrea? —le pregunté.

—Por lo pronto, gimnasia —dijo, y me dio un beso.

CAPÍTULO XVIII

Ese dos de noviembre caía en miércoles y Andrés decidió que pasáramos el puente de muertos en la casa de Puebla. Dijo que invitaría unos amigos, que organizara yo todo. Me puse furiosa sólo de pensar en esos días atendiendo a los invitados de Andrés y lejos de Carlos. Si por lo menos invitara gente grata, pero invitaría al subsecretario de Ingresos con la mensa de su mujer, siempre vestida como para que la retrataran para el *Maruca,* al secretario de Agricultura que no sabía ni hablar porque era lelo, y al político de última moda. Porque los políticos se ponían de moda y Andrés en cuanto uno andaba famoso lo invitaba a pasar el fin de semana con nosotros. Lo volvía el rey de la casa, el centro de las conversaciones, lo dejaba ganar en el frontón y me hacía complacer a su señora en todo lo que pidiera.

Conocía yo las vacaciones con quince invitados y tres comidas diarias, más aperitivos, galletas y café a todas horas. Me la pasaría visitando la cocina y el mal humor de Matilde.

Anduve maldiciendo todo el jueves. Andrés me avisó que saldríamos el viernes 28 al mediodía, para volver el miércoles dos en la tarde.

—¿No se le caerá el país a Fito si te vas tanto tiempo? ¿Qué hará sin su compadre asesor? —le pregunté pensando que a mí el mundo se me haría insoportable y aburridísimo sin Carlos.

Estuve con él la tarde del miércoles caminando por el zócalo y la avenida Juárez.

Cenamos en El Palace, viendo la plaza. Yo comí angulas y él ostiones, yo un pastel con helado y él un café express.

—Tengo un cuarto aquí abajo —me dijo.

—Puedo quedarme hasta la una —contesté y nos fuimos corriendo del restorán a un cuarto con un balcón que daba a la plaza y que abrí para sentir el frío, ver el Palacio y la Catedral.

—Siempre tenemos que coger a escondidas —dije.

—¿Para qué te casaste a los dieciséis años con un general que es compadre del Presidente?

—Yo qué sé para qué hacía las cosas a los dieciséis años. Tengo treinta, quiero mandarme, quiero vivir contigo, quiero que la bola de viejas que se vienen mientras te miran dirigir sepan que la que se viene de a deveras soy yo. Quiero que me lleves a Nueva York y que me presentes a tus amigos. Quiero que me saques del ropero y decirle todo al general Ascencio.

—Pero por lo pronto quieres que demos una cogidita, ¿no?

—Sí —dije, y se me olvidó el alegato.

Cuando nos despedimos lo volví a recordar, casi me gustó tener que decirle que me iría cuatro días al encierro de Puebla, sin él, con mi marido, con mis hijos y mis sirvientas, a mi casa, mezcla de gua-

rida y convento, llena de corredores y macetas, recovecos y fuentes.

—Qué pena —dijo muy calmado.

—No te importa, claro que ni te importa —le
grité—. Total te quedas muy cogidito y me mandas
con el otro. Maricón —dije cerrando la puerta del
coche y ordenándole a Juan que arrancara.

Pasé furiosa toda la mañana del viernes. Lilia
me lo notó desde temprano.

—¿No quieres ir? Antes te gustaba regresar
—dijo—. Es bonito Puebla.

—¿Vas a decirme qué te está pareciendo el
novio que te inventó tu papá? —le pregunté.

—Es buena gente —contestó.

Tenía 16 años, unos pechos perfectos, unas
piernas largas y duras, los ojos vivísimos y la risa
llena de certidumbre.

—Es un cabrón bien hecho. Enchinchó siete
años a Georgina Letona y ahora la deja para noviar
contigo, que eres muy linda y muy fresca, y casual-
mente la hija de Andrés Ascencio. ¿No te das cuenta de que eres un negocio?

—Qué complicaciones haces, mamá. Estás así
porque no quieres dejar a Carlos cuatro días.

—A mí qué me importa Carlos —dije.

—Se nota que nada.

—¿Vienes a montar? —me contestó riéndose.

—No puedo. No he organizado lo de las comidas ni sé cuántos vamos a ser.

—Cómo te complicas —dijo. Y se fue haciendo ruido con las botas.

Quince años antes, yo era como Lilia. ¿En
qué momento empezó a ser primero la comida de
los otros que mis ganas de correr a caballo?

Llamé a Puebla para hablar con Matilde la cocinera. Le pedí que hiciera lomo en chile pasilla para la noche.

—¿No será muy pesado para la noche, señora? —contestó en el tonito con que le gustaba corregirme. Casi siempre acababa dándole la razón y quitándome de problemas, pero esa mañana me empeñé en el lomo.

—¿No será mejor un pollo con hierbitas de olor? Ese le gusta mucho al general.

—Haga el lomo, Matilde.

—Lo que usted diga, señora —contestó.

Estaba medio enamorada de Andrés. Tenía mi edad y un hijo viviendo con su mamá en San Pedro. Se veía vieja. Le faltaban dos dientes y nunca se puso a dieta ni fue a la gimnasia ni se compró cremas caras. Parecía veinte años más vieja que yo. No me quería nada y tenía razón. Me quedé pensando en que tendría que lidiarla todo el puente.

Seguía yo sentada junto a la mesita del teléfono, mirándome la punta de los mocasines, cuando entró Carlos al hall con una maleta en la mano.

—¿La salida es a las doce? —preguntó.

No le contesté. Corrí a quitarme las anchoas que tenía en el copete. Me puse unos pantalones, perfume y rojo en los labios. Volví a la sala pero él ya no estaba ahí.

—Se fueron al bar del salón de juegos —explicó Lucina.

—¿Ya estás lista? —le pregunté—. ¿Y los niños?

—Todos.

El salón de juegos quedaba al fondo del jardín. Todas nuestras casas eran enormes, hubiera sido bueno recorrerlas en coche. Crucé el jardín y entré al salón, Andrés y Carlos jugaban billar.

—A ver a qué horas, señora —dijo Andrés—. Te doy hasta la una.

—Yo ya estoy. Lili no ha vuelto de montar. ¿A quién más invitaste?

—Nada más al diputado Puente con su seño-ra. Quiero ver gente de allá y descansar —dijo Andrés apuntándole a la bola. Tiró y falló—. Qué mal estoy jugando. ¿Qué haces ahí parada? Arrea a tus hijos. Vamos a necesitar tres coches, que vengan Juan y Benito. ¿Quién más está?

—Yo puedo manejar mi coche —dijo Carlos.

—Perfecto —contestó Andrés—. Tú, Catalina, vete con él, llévense a Lilia, a los niños y a la nana. Yo no quiero saber de pláticas domésticas. A Carlos le caen bien porque es un hombre libre. Las otras niñas y Octavio que se vayan con Benito. Pero que nadie salga después de las dos. Todos al mismo tiempo. Nos vamos siguiendo. Vigila que Lilia no lleve nada más trajes de baño y pantalones, que lleve algo de vestir porque la van a invitar los Ala-triste una noche.

—¿Ya organizaste? —le pregunté.

—Sí, ya organicé. Y no me lo preguntes en ese tono. Es mi hija y yo veo por su futuro. Tú no te metas.

—Cuando te conviene es tu hija, cuando no te conviene es nuestra hija. A los diez años me la entregaste con un discurso sobre la necesidad de que yo fuera como su madre. Ahora ya nada más es hija tuya.

—Porque ahora necesita alguien que le ase-gure el futuro, no quien le limpie los mocos y la ayude con las tareas.

—No voy a dejar que la cases a la fuerza —dije.

—No te preocupes, se va a casar por su gusto.

—¿Por qué no comprometes a una de las dos grandes?

—Porque dio la casualidad que ésta es más bonita.

—Ni que Emilito fuera una belleza. Perfectamente se puede casar con Marta.

—Porque a ella la quieres menos.

—Pues sí, la quiero menos y es más grande. Lili es una pobre niña boba.

—Tiene la misma edad que tenías tú cuando nos casamos.

—Pero el hijo de Alatriste es un pendejo. Tú serás lo que sea pero no porque tu papá te ordenó la vida.

—Mi papá qué vida me iba a ordenar, si no lo conocí. Mi pobre madre se las tuvo que ver negras, no me hagas volver sobre esa historia. Qué bueno que Milito tenga asegurado el futuro, mejor para mi Lili. ¿Vas a tirar alguna vez, Vives?

—Estoy esperando a que acaben de discutir.

—No esperes, cabrón, tira. Yo estoy discutiendo porque estoy esperando a que tires, si no ni pierdo el tiempo con esta señora que se la pasa terqueando. Debió ser abogado. «Gotita de miel» le decía su papá. ¿Tú crees, hermano? No sabía quién era su hija el pobre don Marcos.

—Menos quién era su yerno —dije.

—Ya tiré —avisó Carlos.

Le cerré un ojo mientras Andrés se concentraba en ponerle tiza al taco. Después me fui.

Salimos a las cinco. Andrés estaba rojo dizque del coraje, pero era del brandy. Todavía pasamos por el diputado Puente. Un coche detrás del
otro. Primero el de Carlos, con nosotros, después
el que manejaba Benito y llevaba a Lucina y las
niñas grandes con dos amigos, al último el de Andrés
que manejaba Juan.

Fue un viaje grato. Verania y Checo primero
cantaron las canciones del colegio, después se pelearon por un libro de cuentos y por fin se durmieron.
Lilia iba atrás con ellos. Nos platicó un rato.

—Le escribí a Loli —dijo.

—¿Quién es ésa?

—¿No sabes? La que da consejos en la re-
vista *Maruca*.

—¿Y qué le preguntaste?

—Ya sabes.

—¿Y qué te dijo?

—¿Te leo? Me puse Carmina de Puebla.
Así dice la respuesta: «Una simple simpatía puede llevarla al amor, todo se reduce a que usted en-
cuentre en él aquellas cualidades de que usted, en sus
sueños, ha adornado a su príncipe azul. Pero si hay
discrepancia entre el sueño y la realidad, cosa muy
común, no llegará el amor. Puede usted estar segura.»

—¿Tú tienes simpatía por Milito? —le preguntó Carlos.

—Algo —dijo ella.

—Pero no tiene nada que ver con el príncipe de tus sueños —dije.

—Poco —dijo ella.

—Entonces no va a llegar el amor —senten-
cié—. Lo que tienes que hacer es mandarlo a la chingada mañana mismo. Suavecito, sin groserías, pero
derechito a la chingada. Le dices que no sabes bien,
que tu mamá dice que estás muy chica, que quieres

conocer otros muchachos, que mejor nada más sean amigos por ahora.

—¿Y qué le digo a mi pa? —preguntó.

—Yo me encargo de tu pa —dije.

—¿Me lo prometes? El dice que es lo que más me conviene. No vas a poder.

—¿Qué sabe tu papá lo que más te conviene? Eso es lo que más le conviene a él. Así amarra sus negocios con don Emilio.

—Conste que tú le dices, ma —dijo de últimas y al rato se durmió también.

La tarde era clara y los volcanes se veían cercanos y enormes. En Río Frío, Andrés nos rebasó ordenando que nos detuviéramos. Nos estacionamos frente a la tienda-cantina del pueblo. Empezaba a oscurecer, los árboles parecían fantasmas detrás de nosotros. Los niños se bajaron haciendo ruido.

—El que quiera refresco que lo pida, el que quiera mear que mee. No desaprovechen la oportunidad porque no vamos a parar hasta Puebla —dijo Andrés.

Llegamos como a las nueve. Carlos me hizo notar que la casa no se veía de lejos, estaba escondida y sin embargo desde la terraza uno podía ver la ciudad a punto de irse a dormir. La gente en Puebla se encerraba temprano, se metía en sus casas de puertas grandes y no andaba en la calle dando vueltas después de las ocho.

Andrés llevó a los invitados a sus cuartos mientras yo veía cómo estaba la cena.

—Nada más pon diez lugares —le dije a Lucina. Metí el dedo en la cazuela del lomo—. Cenamos en veinte minutos. Me mandas tortillas calientes en cuanto las vayas teniendo.

Subí a ver qué cuarto le había tocado a Carlos. Le pedí a Juan que cargara una maceta grande con un helecho y la pusiera dentro. Después me fui a cambiar. Tenía ropa nueva en el clóset de Puebla. Nunca hacía equipaje para ir de una casa a la otra.

Me puse uno de los vestidos de gobernadora. Uno rojo de tela pesada, ceñida en el pecho y con pliegues hasta el suelo.

—¿Me vas a dejar que te lo quite? —dijo Carlos acercándose a mí cuando entré a la sala.

Empecé a pensar cómo le haría para escaparme al tercer piso a media noche.

Andrés facilitó la cosa porque en cuanto acabamos de cenar se fue a dormir.

El diputado Puente y su señora no tenían sueño, las hijas y sus amigos tampoco, así que nos quedamos frente a la chimenea platicando.

Cuatro noches pasé en el cuarto de Carlos, escapándome cuando Andrés se dormía, pretextando el catarro de Checo y la conversada con Lili hasta muy tarde.

Andrés jugaba frontón todas las mañanas. Carlos perdía con él el primer partido, luego nadaba conmigo y los niños. El domingo fuimos a tomar una nieve al zócalo de Atlixco. Ahí me presentó a Medina, el líder de la CTM, muy amigo de Cordera.

—Usted va a perdonar, señora, aunque dice Carlos que es usted de confianza, pero Andrés Ascencio es un cabrón. Nos quiere chingar nada más para demostrarle a Álvaro que él todavía manda aquí. Los de la CROM cobran en la presidencia, son sus chanates. Desde hace mucho, ni crean que de ahora. Son la gente que él metió en La Guadalupe después de la huelga esa que terminó a punta de pistola.

—¿Cómo estuvo eso? —preguntó Carlos.

—No quisiera contar delante de la señora. Aunque aquí todo el mundo lo sabe.

—Yo no —dije—. ¿Cómo fue?

Despacio, soltando las cosas de a poquito, Medina contó:

—La Guadalupe había estado en huelga un mes. Los trabajadores querían aumento de salario y plazas para los eventuales. Estaban confiados, era el sexenio del general Aguirre y como había huelgas por todas partes se les olvidó que en Puebla gobernaba Andrés Ascencio. Un mes estuvieron con sus banderas puestas. Hasta que llegó el gobernador.

—Échame a andar las máquinas —le dijo a uno que se negó—. Entonces camínale —ordenó. Sacó la pistola y le dio un tiro—. Tú échame las máquinas a caminar —le pidió a otro que también se negó—. Camínale —dijo y volvió a disparar—. ¿Van a seguir de necios? —les preguntó a los cien obreros que lo miraban en silencio—. A ver tú —le dijo a un muchacho—, ¿quieren morirse todos? No va a faltar quien los reemplace mañana mismo.

El muchacho echó a andar su máquina y con él los demás fueron acercándose a las suyas hasta que la fábrica volvió a rugir turno tras turno sin un centavo de aumento.

Lo mismo había hecho con la huelga de La Candelaria: veinte muertos. Las noticias hablaron de un herido accidental.

Medina tenía todas las historias por contar. Empecé queriendo escucharlas y terminé levantándome a corretear a los niños por el zócalo mientras él y Carlos hablaban. Cuando volvimos al quiosco calientes y chapeados, a pedir otra nieve, Medina se levantó, me dio la mano y las gracias anticipadas por mi silencio. No le dije que creía la mitad de sus historias, pero pensé que eso de Andrés matando personalmente obrero tras obrero era una exageración. Tampoco se lo dije a Carlos. Mejor hablé del

campo y canté con los niños el corrido de Rosita Al-
vírez. Llegamos a Puebla tardísimo. Andrés ya había
pedido la comida y se estaba sentando a presidir
la mesa.

—¿De dónde vienen cargados de mugre?
—preguntó.

—Fuimos a Atlixco a tomar nieve —dijo Verania que lo adoraba.

El lunes me quedé en la casa. Durante años
no había jugado con mis hijos, los encontré listísimos
y estuve segura de que no podía tener mejor compañía que sus juegos y sus ocurrencias mientras Carlos
visitaba otra vez a Medina.

Pasamos la mañana jugando serpientes y escaleras. Me dieron las dos de la tarde carcajeándome
y peleando como chiquita.

El martes organicé todo desde temprano y a
las diez no tenía más deber que ir con Carlos a donde
fuera. Nadie me vería dentro del Chrysler enorme,
escondida en el piso para salir de la ciudad y sus
calles llenas de mirones. Después venía el campo y
ahí no se metían con uno.

Lo convencí y nos fuimos por la carretera
a Cholula hasta Tonanzintla que estaba todo sembrado con flores de muerto. El campo se veía anaranjado y verde; cempazúchil y alfalfa crecían en noviembre. Entramos a la iglesia llena de angelitos
ojones y asustados.

—Dizque era yo la novia —le dije—. Dizque
iba caminando con la marcha nupcial a casarme contigo. La marcha nupcial tocada por tu orquesta.

—No puedo dirigir y casarme.

—Dizque podías —corrí hasta la puerta para
hacer mi entrada despacio: un paso, otro paso. Ta-

tatán, tatatán, caminé cantando hasta él que se había quedado frente al altar, junto a los reclinatorios de terciopelo envejecido.

—Qué loca estás, Catina —dijo, pero alzó los brazos hacia el coro para fingir que dirigía. Seguí caminando parsimoniosa hasta que llegué junto a él y le detuve los brazos.

—Tienes que recibir a la novia. Ven, nos hincamos aquí. La gente nos está mirando. Tú me prometes quererme en la salud y en la enfermedad, en lo próspero y en lo adverso, y todos los días de mi vida. Yo te acepto a ti como mi esposo y prometo serte fiel en lo próspero y en lo adverso, en la salud y en la enfermedad y amarte y respetarte todos los días de mi vida.

—Qué bien te lo sabes. Lo tienes ensayadísimo. Pero, ¿por qué lloras? No llores, Catalina, yo prometo serte fiel con marido y sin marido, en las carcajadas y el miedo, y amarte y respetar tus preciosas nalgas todos los días de mi vida.

Nos abrazamos todavía hincados en los reclinatorios, bajo el techo y las paredes doradas, frente a la virgen encerradita en su nicho. Nos abrazamos hasta que se paró frente a nosotros una vieja enrrebozada con la cara llena de arrugas y verrugas, tan chaparrita que nos quedaba a la altura de los ojos.

—¿Qué no les da respeto Dios? —dijo—. Si quieren hacer cochinadas vayan a hacerlas a un establo, no vengan aquí a ensuciar la casa de la virgen.

—Nos acabamos de casar —dije—. A Dios le gusta el amor.

—Amor ni qué amor. Pura calentura es lo que traen ustedes. Ándeles para fuera —dijo tomando su escapulario por una punta y levantándoselo hasta la cara. Se tapó con él desde la barba hasta la mitad de los ojos y empezó a rezar. Luego muy rápido,

mientras nosotros seguíamos mirándola como a una
aparición, sacó una botella de agua bendita y nos la
echó encima diciendo más jaculatorias con su voz
chillona.

—¿Dónde queda el establo? —le preguntó
Carlos levantándose y jalándome.

—¡Animas del purgatorio! Dios tenga cle-
mencia de sus almas, porque seguro que sus cuerpos
se van a chichinar —dijo.

Buscamos un lugar entre los sembradíos. Nos
acostamos sobre las flores anaranjadas, rodamos sobre ellas desvistiéndonos. A veces yo veía el cielo
y a veces las flores. Hacía más ruido que nunca, quería ser una cabra. Era una cabra. Era yo sin recordar
a mi papá, sin mis hijos ni mi casa, ni mi marido, ni
mis ganas del mar.

Nos reímos mucho. Nos reíamos como dos
mensos que no tienen futuro ni casa ni una chingada.
No sé de qué nos reíamos tanto. Creo que de nuestras ganas nos reíamos.

—Estás toda pintada de flor de muerto —dijo
Carlos—. Debe ser bonito que así huela la tumba
de uno y que la pongan toda de anaranjado en Todos
Santos. Cuando me muera te encargas de que me
entierren aquí.

—Te vas a morir en Nueva York, en un viaje
como ese del mes pasado, o en París. Tú eres muy
internacional para morirte aquí cerca. Además vas a
estar tan viejito que ya no te va a importar ni a qué
huela tu tumba.

—Me muera cuando me muera quiero que mi
tumba huela como tu cuerpo ahora. Y ya vámonos
que son las dos. Si no estás a la hora de presidir la
mesa nos mata tu marido.

—Ya me cansé de mi marido. Todos los días
nos va a matar por algo. Que nos mate y ya, nos

enterramos aquí y nos ponemos a coger debajo de la tierra donde nadie nos esté molestando.

—Buena idea, pero mientras nos mata vámonos yendo.

Nos levantamos y caminamos hasta el coche. Fui cortando flores, cuando llegamos a la casa las acomodé en una olla de barro en medio de la mesa.

—¿Quién puso ese horror ahí? —preguntó Andrés llegando a comer.

—Yo —le dije.

—Cada día estás más loca. Esto no es tumba. Quítalas que son de mala suerte y huelen espantoso. Perdonen a mi señora —dijo a los invitados—. A veces es una romántica equivocada —después distribuyó los lugares.

—¿Dónde te quieres sentar, Carlangas? —le preguntó a Carlos cuando ya no quedaba más lugar que uno junto a mí—. ¿Junto a mi señora?

—Encantado —dijo Carlos.

—No lo tienes que decir —contestó—. ¿De qué es la sopa, Catalina?

—De hongos con flores de calabaza.

—Vaya. Estás obsesionada con las flores. Pero es buena esta sopa, es reponedora, se la recomiendo, diputado —le dijo a Puente, el diputado de la CROM que pasaba esos días en la casa.

—¿Estuvo larga su desvelada de anoche? —preguntó Carlos.

—No más que otras —contestó Andrés—. Teníamos mucho que hablar, ¿verdad diputado?

—Y lo que nos falta general —dijo el diputado.

—Ay ya no —suplicó su señora—. Luego llegan muy tarde y una pasa muchos fríos.

Era una mujer chaparrita, de ojos grandes y pestañas muy negras. Con las chichis bien puestecitas y la cintura siempre apretada con lazos o cintos. Le gustaba su marido. Adivinar la razón, porque era espantoso, pero el caso es que ella siempre que se podía lo sobaba y cuando el tipo daba sus opiniones ella lo oía como a un genio, moviendo la cabeza de arriba para abajo. Quizá por eso el diputado terminaba sus más elocuentes intervenciones preguntando: «¿Cierto o no, Susy?», a lo que ella respondía: «Ciertísimo, mi vida», y por última vez movía la cabeza. Eran un equipo. Yo nunca pude hacer un equipo así. Me faltaba dedicación.

—¿Y qué tal el juego? —pregunté.

—Bien —dijo Andrés—. A ustedes no les pregunto cómo les fue porque me lo imagino. No sé cómo les gusta el campo. Se ve que no trabajaron ahí. ¿Visitaste a tu amigo Medina? —le preguntó a Carlos.

—No dio tiempo. Nos quedamos en Tonanzintla. La iglesia es impresionante, quiero dar un concierto ahí.

—Dalo. Mañana arreglamos eso en lugar de que pierdas tiempo visitando a Medina.

—Medina es mi amigo y tiene problemas.

—Pendejadas. El único problema que tiene es dejarse dirigir por Cordera y empeñarse en ser líder de la CTM en Atlixco. Porque en Atlixco la CTM se va a chingar, y Medina con ella, como que me llamo Andrés Ascencio.

—¿Por qué te metes, Chinti? Deja que los trabajadores decidan a quién quieren —dijo Carlos con el aire de hermano mayor que tanto irritaba al general.

—El que no se tiene que andar metiendo eres tú. Dedícate a tu música y tus intelectualidades, dedícate si quieres a las mujeres complicadas, pero no te metas en política, porque éste es un trabajo que hay que saber hacer. A mí no se me ocurre dirigir orquestas y te aseguro que es mucho más fácil pararse a mover las manos frente a una bola de mariachis que gobernar alebrestados y cabrones.

—Cordera y Medina son mis amigos.

—¿Y yo qué? ¿No soy tu amigo? ¿Ve usted, diputado Puente? Así le pagan a uno —me miró y siguió—. ¿No estás de acuerdo, Catalina? ¿Ya te convenció el artista de que «la izquierda unida jamás será vencida»? Son un desastre las mujeres, uno se pasa la vida educándolas, explicándoles, y apenas pasa un loro junto a ellas le creen todo. Ésta, así como la ve, diputado, está segura de que el cabrón de Álvaro Cordera es un santo dispuesto a echar su suerte con los pobres de la tierra. Y lo ha visto tres veces, pero ya le creyó. Con tal de estar en contra de su marido. Porque ésa es su nueva moda. La hubieran conocido ustedes a los dieciséis años, entonces sí era una cosa linda, una esponja que lo escuchaba todo con atención, era incapaz de juzgar mal a su marido y de no estar en su cama a las tres de la mañana. Ah, las mujeres. No cabe duda que ya no son las mismas. Algo las perturbó. Ojalá y la suya se conserve como hasta ahora, diputado, ya no hay de ésas. Ahora hasta las que parecían más quietas respingan. Hay que ver a la mía.

Andrés me conocía tan bien que sonrió antes de dar un bocado de mole y después, con la boca llena, dijo:

—Cuando digo la mía me refiero a usted, señora De Ascencio. Lo demás son anécdotas, necesarias pero no imprescindibles.

—Este general tan claridoso —dijo el diputado Puente.

Carlos puso su mano sobre mi pierna bajo la mesa.

La comida fue eterna. Cuando llegaron las tortitas de Santa Clara y el café, sentí alivio. En un rato todo el mundo se iría a dormir la siesta. Andrés nunca quería saber de mí a esas horas, después de la segunda o tercera copa de coñac se levantaba, caminaba hasta la cocina, les daba las gracias a las muchachas y estuviera invitado quien estuviera él decía:

—Me disculpan, por favor. Tengo un trabajo privado que me urge terminar. Luego se iba a un cuarto de atrás que se oscurecía por completo a media tarde. Ahí dormía exactamente una hora y media. Despertaba listo para el dominó, al que yo tampoco era requerida, bastaba con organizar que hubiera suficiente café, mucho brandy y una charola con chocolates y podía yo desaparecer tranquilamente hasta la hora de la cena.

—¿Vamos al zócalo? —le dije a Carlos.

—¿En qué cuarto queda el zócalo? —contestó.

Nos estábamos riendo cuando Andrés volvió de su demagógico agradecimiento a las sirvientas y se paró atrás de mí. Puso sus manos sobre mis hombros y los oprimió.

—Ustedes nos disculpan. Tenemos un trabajo urgente —dijo.

—Yo quedé con los niños de ir al zócalo por un globo y a los Fuertes a trepar árboles —dije.

—Eres una madre ejemplar. Diles que los llevarás cuando empiece el dominó.

—Ay mamá —dijo Verania—, cómo serás.

—Andrés, les prometí —dije.

—Me parece bien, el prometer no empobrece.

¿No has visto todo lo que yo prometo? Promételes que los llevas a las seis. Ahorita no puedes

—Aquí la esperamos, señora —dijo Carlos.

—¿Nos vas a contar de tu papá? —le preguntó Checo.

—De lo que quieran —les dije.

—No te tardes, ma.

—No, mi vida —contesté.

Andrés entró a nuestra recámara y cerró la puerta. Se sentó en la orilla de la cama, pidió que me sentara junto a él.

—¿A dónde fueron? —preguntó.

—Ya sabes. Me mandas seguir y después me preguntas —le dije.

—Mandé al pendejo de Benito y los perdió cuando salieron de la iglesia. ¿Qué recado les pasó la vieja enrrebozada?

Me reí.

—Dijo que iba a sacarnos el demonio, nos bañó con agua bendita.

—Y les dio un recado de Medina.

—No, qué recado de Medina ni qué nada.

—Dice Benito que habló de un establo.

—No la oí.

—¿Y tampoco oíste lo de las ánimas del purgatorio?

—Eso sí. Las llamó en una oración.

—¿Qué decía la oración?

—No me acuerdo, Andrés. Creí que estaba loca. Llegó a echarnos de la casa de la virgen y no sé qué más pendejadas.

—Pues acuérdate.

—No me acuerdo. ¿Ya me puedo ir? ¿Quién nos va a seguir hoy en la tarde?

—Hoy en la tarde tú te vas a quedar en esta cama, con tu marido. Porque como espía eres una pendeja y como novia te está gustando el papel.

Me quité los zapatos. Subí los pies a la cama y enrosqué el cuerpo metiendo la cabeza entre las piernas. Suspiré.

—¿Para qué quieres que me quede? ¿Para que me hagas el favor? Hace meses que no sé de ti.

—Te cae bien la distancia. Estás guapísima.

—¿Y Conchita? —le pregunté.

—No hagas preguntas de mal gusto, Catalina —contestó.

—Son de cortesía. Me interesa saber cómo están de salud las mujeres con que te acuestas.

—Qué vulgar te has vuelto —dijo.

—¿Desde cuándo nos vamos a volver finos? Esa ha de ser una maña que te pasó la sobrina de José Ibarra. Ellos siempre tan distinguidos. ¿La sigues teniendo en el rancho de Martínez de la Torre? Ya sé que le puso cortinas de terciopelo y muebles Luis XV para no sentirse perdida entre tanto indio. ¿Y qué hace cuando no estás ahí? ¿No se aburre? Seguro borda *petit poa*. Pobrecita. Ha de andar con sombrero de velito en la cara paseando entre peones y toros.

—Tuvo una hija.

—¿La vas a traer?

—Ella no quiere.

—Tampoco las otras querían.

—Pero las otras no eran buenas madres y ésta sí. Quiere a la niña y me pidió que se la dejara para no estar tan sola.

—Por mí, mejor que no te pongas generoso. En mis rumbos ya sobran niños, no digamos adolescentes.

—No te quejes. Ya se va mi Lilia.

—¿Tu Lilia? Ahora vienes a llamarla dulcemente mi Lilia. Se la han pasado gritándose desde que los conozco. Me quiere más a mí que soy su madrastra.

—No se pelea contigo, eso no quiere decir que te quiera —me dijo.

—Algo querrá decir. Me la trajiste cuando tenía diez años. Va a cumplir dieciséis.

—¿Es tu hechura?

—Yo no hago a nadie. Yo los alimento y los oigo, lo demás es cosa suya. Aquí cada quien crece como puede: tus hijos, nuestros hijos, ¿a poco crees que yo educo a Checo?

—Lo mal educas, pero no te pongas filósofa, quítate el suéter, acuéstate aquí junto —dijo y me jaló hacia él—. Te enflacó la cintura, ¿qué hiciste?

—El amor —le contesté.

—Majadera, no creas que me provocas. Sé que eres más fiel que una yegua fina. Ven para acá, te he tenido abandonada, ¿desde septiembre?

—No me acuerdo.

—Antes contabas los días.

Bostecé y estiré las piernas, me acomodé junto a él. Tenía yo puestos unos pantalones de pana y lo dejé acariciarlos.

—Es increíble lo bien que sigues estando. Con razón traes a Carlos hecho un pendejo.

—Carlos es mi amigo.

—También Conchita, Pilar y Victorina son mis amigas.

—Y las mamás de tus hijos.

—Porque así son las mujeres. No pueden coger sin tener hijos. ¿Tú no quieres tener hijos de Carlos?

—Tengo de sobra con los tuyos, y yo no cojo con Carlos.

—Ven para acá, condenada, repíteme eso
—dijo poniendo su cara casi encima de la mía—,
tomándome de la barba para que yo le sostuviera
la mirada.

—Yo no cojo con Carlos —dije mirándole a
los ojos.

—Está bien saberlo —me contestó y se puso
a besarme—. Quítate la ropa. Qué trabajo cuesta que
tú te quites la ropa —dijo tirando de mis pantalones.
Lo dejé hacer. Pensé en Pepa diciendo: En el matrimonio hay un momento en que tienes que cerrar los
ojos y rezar un Ave María. Cerré los ojos y me puse
a recordar el campo.

—¿No coges con Carlos? ¿Y qué estabas haciendo cuando te manchaste el cuerpo de amarillo?
—me preguntó.

—Rodar sobre las flores.

—¿Nada más?

—Nada más —dije sin abrir los ojos. Se metió. Seguí con los ojos cerrados, echada bajo él imaginando la playa, pensando en qué disponer de comida para el día siguiente, haciendo el recuento de
las cosas que quedaban en el refrigerador.

—Eres mi mujer. No se te olvide —dijo
después, acostado junto a mí, acariciándome la panza.
Y yo boca arriba, viendo mi cuerpo lacio, le dije:

—Ya no tengo miedo.

—¿De qué?

—De ti. A veces me das miedo. No sé qué
se te ocurre. Me miras y te quedas callado, amanece
y te sales con el fuete y la pistola sin invitarme a
nada. Empiezo a creer que me vas a matar como a
otros.

—¿A matarte? ¿Cómo se te ocurrió eso? Yo
no mato lo que quiero.

—Entonces, ¿por qué te pones la pistola todos los días?

—Para que la miren los que quieren matarme. Yo no mato, ya se me pasó la edad.

—Pero mandas matar.

—Depende.

—¿De qué depende?

—De muchas cosas. No preguntes lo que no entiendes. A ti no te voy a matar, nadie te va a matar.

—¿Y a Carlos?

—¿Por qué habría alguien de matar a Carlos? No coge contigo, no visitó a Medina, es mi amigo, casi mi hermano chiquito. Si alguien mata a Carlos se las ve conmigo. Te lo juro por Checo que tanto lo quiere —dijo.

Después se quedó dormido con las manos sobre la barriga y la boca medio abierta, con una bota sí y otra no, sin pantalones y con la camisa desabrochada. Me estuve junto a él un ratito, mirándolo dormir. Pensé que era una facha, recorrí la lista de sus otras mujeres. ¿Cómo lo querrían? ¿Porque tenía chiste? Yo se lo encontré, yo lo quise, yo hasta creí que nadie era más guapo, ni más listo ni más simpático, ni más valiente que él. Hubo días en que no pude dormir sin su cuerpo cerca, meses que lo extrañé y muchas tardes gastadas en imaginar dónde encontrarlo. Ya no, ese día quería irme con Carlos a Nueva York o a la avenida Juárez, ser nada más una idiota de 30 años que tiene dos hijos y un hombre al que quiere por encima de ellos y de ella y de todo esperándola para ir al zócalo.

Me levanté de un brinco. Me vestí en segundos. Carlos estaba afuera y yo ahí de estúpida contemplando al oso dormir.

—Adiós —dije bajito y fingí que sacaba de

mi cinto un puñal y se lo enterraba de últimas, antes de irme.

Salí al patio gritando:

—Niños, Carlos, vámonos. Ya estoy lista.

Oscurecía. Nadie estaba en el patio del centro. Fui al jardín de atrás. Subí las escaleras llamándolos. No los encontré. Las luces de sus cuartos estaban apagadas. Toqué en la recámara de Lilia que era la única encendida.

—¿Qué te pasa, mamá? Gritas como si se te escapara el cielo.

Estaba linda. Con una bata ajustada en la cintura, la cara infantil y limpia. Se quitaba las anchoas. Las iba soltando rápido y el pelo le salía rizado bajo los oídos.

—¿A dónde vas? —le pregunté.

—A cenar con Emilio —el mismo tono con que su padre me respondía: «a la oficina».

—Qué desperdicio, mi amor. Dieciséis años y ese cuerpo, y esa cabeza a la que tanto le falta aprender, y esos ojos brillantes y todo lo demás se va a quedar en la cama de Milito. El pendejo de Milito, el oportunista de Milito, el baboso de Milito que no es nada más que el hijo de su papá, un atracador como el tuyo pero con ínfulas de noble. Es una lástima, mi amor. Lo vamos a lamentar siempre.

—No exageres, mamá. Emilio juega bien tenis, no es simpático pero tampoco es feo. Es muy amable, se viste de maravilla y a mi papá le conviene que yo me case con él.

—Eso sí está claro —dije.

—Le gusta la música. Nos lleva a los conciertos de Carlos.

—Porque están de moda y porque son una buena oportunidad de sentarse dos horas sin que se le note que no piensa nada —contesté.

Los cuartos daban a un pasillo abierto con un barandal del que colgaban macetas.

—Hace frío. ¿Seguimos platicando aquí adentro? —dijo metiéndose al cuarto. La seguí. Se paró frente al tocador a cepillarse el pelo.

—¿Dónde estarán éstos? —pregunté—. ¿Por qué se fueron sin mí?

—Porque ya no te quieren —dijo extendiendo su risa todavía de niña—. ¿Ni un recado? —preguntó. Entonces recordé la maceta en el cuarto de Carlos.

—Que quedes preciosa mi amor. Voy a estar en el costurero. Pasa a verme —le dije y salí corriendo hasta la maceta con el helecho. Hurgué entre las hojas, encontré un papel, con su letra:

«Mi muy querida: Esperaba que vinieras pronto, aunque fuera vestida. Tuve que salir porque recibí un recado de Medina pidiendo verme a las seis en la puerta de San Francisco. Me llevé a los niños y la evocación exacta de tus redondas nalgas. Besos aunque sea en la boca. YO.»

Bajé corriendo las escaleras. Crucé el patio del centro al que Andrés se asomaba recién despertado.

—¿Quién está dispuesto para el dominó? —me preguntó.

—No sé. Carlos y los niños se fueron a San Francisco. Yo voy a buscarlos. No he pasado por el salón de juegos pero ya debes tener ahí clientela. Ahorita le digo a Lucina que te mande el café y los chocolates —dije todo eso rapidísimo y sin detenerme.

—¿Carlos se llevó a los niños? ¿Quién le dio permiso? —gritó Andrés.

—Siempre se los lleva —contesté también gritando mientras bajaba las escaleras rumbo al garage.

El coche que encontré cerca de la puerta era un convertible. Me subí en ése y bajé a San Francisco destapando. Cuando llegué al parque fui más despacio, pensé que la conversación con Medina no iba a ser en la puerta de la iglesia y que Carlos necesitaría que los niños jugaran en alguna parte mientras él conversaba. No los vi entre los árboles, ni caminando sobre los bordes de las fuentes, ni bebiéndose el agua puerca que unas ranas de talavera echaban por la boca. No estaban en los columpios ni en las resbaladillas, ni en ninguno de los sitios en que jugaban habitualmente. Tampoco vi a Carlos sentado en una de las bancas ni tomando café en los puestos de chalupas. Me entró furia contra él. ¿Por qué se metía en política? ¿Por qué no se dedicaba a dirigir su orquesta, a componer música rara, a platicar con sus amigos poetas y a coger conmigo? ¿Por qué la fiebre idiota de la política? ¿Por qué tenía que ser amigo de Álvaro y no de alguien menos complicado? ¿Dónde estaban? Hacía frío. Seguro se salieron sin suéter —pensé—. Les va a dar gripa a los tres y a mí pulmonía por andar en este pinche coche abierto. ¿Dónde están? ¿Se habrán ido al zócalo?

Estacioné el coche al pie de las escaleras del atrio, me bajé y corrí a ver si seguían en la puerta de la iglesia. A lo mejor se habían quedado ahí para esperarme.

El atrio es una explanada larga, sin rejas, al fondo está la iglesia con su fachada de azulejos y sus torres delgadas. Ahí, justo en la puerta ya cerrada, estaban los niños sentados en el suelo.

—¿Qué pasó? —dije cuando los vi solos, tan extrañamente quietos.

—El tío Carlos se fue con unos amigos y dijo que lo esperáramos aquí —me contestó Checo.

—¿Hace cuánto tiempo? ¿Y quiénes eran sus estúpidos amigos, Verania?

—No sé —dijo Verania.

—¿No era Medina? Acuérdense, el señor ese con el que estuvimos tomando nieves en el zócalo de Atlixco.

—No, no era ese señor mamá —dijo Verania que entonces tenía como diez años.

—¿Segura?

—Sí. Checo te dijo que eran sus amigos porque el que lo jalaba del brazo le dijo: «Vamos amigo», pero él no quería ir. Fue porque ellos tenían pistolas, por eso dijo que nos quedáramos aquí, que tú ibas a venir si él no volvía pronto.

—¿Por qué no llamaron a los curas? ¿Dónde estaban los curas? —pregunté.

—Acababan de cerrar la puerta —dijo Verania.

—Curas inútiles. ¡Curas! ¡Curas! ¡Curas! —grité golpeando la puerta de la iglesia.

Un fraile abrió.

—¿Se le ofrece algo hermana? —dijo.

—Hace una hora se llevaron de aquí a un señor que venía con mis hijos, se lo llevaron unos hombres armados, a la fuerza, y ustedes tenían la puerta cerrada a las seis de la tarde. Tanto que jodieron para abrir sus iglesias y las tienen cerradas. ¿Quién les avisó que cerraran la puerta? —dije echándome sobre el monje.

—No entiendo de qué me habla hermana. Cálmese. Cerramos la puerta porque oscureció más temprano.

—Ustedes nunca entienden nada de lo que no les conviene. Vámonos niños, al coche, rápido.

CAPÍTULO XIX

Entré a la casa dando gritos, con los niños colgados de mi saco sin decir una palabra. Corrí los cinco tramos de escaleras que llevaban al salón de juegos y llegué arriba con sus manos todavía prendidas a mi cuerpo, contagiadas de mi pánico.

—¿Qué te pasa? —preguntó Andrés abriendo la puerta. Mascaba un puro, tenía la copa de brandy en una mano y una ficha de dominó en la otra.

—Alguien se llevó a Carlos. Los niños estaban solos en la puerta de la iglesia —dije despacio, sin gritar, como si le estuviera contando algo previsto.

—¿Quién se lo va a llevar? El se ha de haber ido a meter donde ya le advertí que no vaya. ¿Y dejó a los niños solos? Irresponsable.

—Los niños dicen que se lo llevaron a la fuerza —dije otra vez aparentando frialdad.

—Tus hijos tienen mucha imaginación. Abrígalos y que se duerman, es lo que necesitan.

—¿Y tú que vas a hacer? —le pregunté.

—Abrir el juego, tengo la mula de seis —me contestó.

—¿Y tu amigo?

—Ya regresará. Si no, al rato le hablo a Benítez para que lo busque la policía. ¿Vas a ponerles la piyama a esos niños?

—Sí, voy a ponerles la piyama —dije como si otra me gobernara, como si me hubieran amordazado. Descansé mis brazos sobre los hombros de los niños y bajé las escaleras hasta el segundo piso.

Lilia iba saliendo de su recámara. Se había puesto un vestido negro con vivos rojos, tacones altísimos y medias oscuras. Se recogió el pelo con dos peinetas de plata y se pintó la boca. Vestida así no me decía mamá.

—Cati, ¿me prestas tu abrigo de astracán? Ayer manché el mío con helado. ¿Encontraste a Carlos? —preguntó.

—No —contesté mordiéndome el labio de abajo.

—Pobre mamá —dijo y me abrazó.

Quería gritar, salir a buscarlo, jalarme los pelos, enloquecer.

Lilia acarició mi cabeza.

—Pobre de ti —dijo.

Me separé despacio de su cuerpo perfumado.

—Estás guapísima —le dije—. ¿Ya te vas? A ver, camina, que te vea yo la raya de las medias. Siempre te las pones chuecas.

La hice caminar por el pasillo.

—Ven te enderezo la izquierda —dije—. Coge de mi cuarto el abrigo que quieras y no beses a Emilio. Que no te gaste antes de tiempo.

Me besó otra vez y bajó corriendo las escaleras.

Llevé a los niños a su cuarto. Cuando se durmieron apagué la luz y me acosté junto a Verania. Me tendí boca abajo, metí las manos entre los brazos y empecé a llorar despacio, unas lágrimas enormes.

Con que no esté sufriendo —me dije—, que no lo maten de a poco, que no le duela, que no le toquen la cara, que no le rompan las manos, que alguien bueno le haya dado un tiro.

—Señora —dijo Lucina entrando al cuarto— el señor ya quiere cenar.

—Sírvanle por favor —dije con una voz ronca.

—Quiere que usted baje. Me dijo que le avisara que aquí está el gobernador.

—¿Y el señor Carlos? —pregunté.

—No señora, él no está —dijo acercándose a la cama. Se sentó en la orilla—. Yo lo siento mucho señora, yo usted sabe que a usted la quiero mucho, que me daba gusto verla tan contenta, yo usted sabe...

—¿Lo mataron? ¿Te lo dijo Juan?

—No sé, señora. Juan se hizo el enfermo cuando le avisaron. Manejó Benito. Le quisimos avisar a usted pero cómo, si estaba encerrada con el general.

Volví a meter la cara entre los brazos. Ya no tenía lágrimas.

—¿Y Benito? —pregunté.

—No ha regresado.

Me levanté.

—Dile al general que no tardo y pídele a Juan que suba.

Me vestí de negro. Me puse los aretes y la medalla que Carlos me regaló. Eran italianos, la medalla tenía una flor azul y decía *mamma* de un lado y 13 de febrero del otro.

Entré al comedor cuando Andrés distribuía los lugares.

—A sus pies señora —dijo Benítez.

—No se lo merece gobernador, llega tarde —dijo Andrés.

—Lo siento, me quedé dormida con los niños —dije. Había más gente de la esperada.

—¿Conoces al procurador de Justicia del estado? —preguntó Andrés.

—Claro, gusto de verlo por aquí —dije sin extender la mano.

—¿Y al jefe de la policía?

—Mucho gusto —dije para joder con que no lo conocía.

—El señor gobernador nos hizo el favor de venir con ellos cuando le avisé de la desaparición de nuestro amigo Carlos Vives —dijo Andrés.

—¿No sería mejor que estuvieran buscándolo? —pregunté.

—Querían tener más datos sobre el asunto —dijo el diputado Puente.

—¿Que sus niños se quedaron solos en media calle? —me preguntó Susi Díaz de Puente—. Yo creo que a don Carlos lo secuestró una pretendienta.

—Ojalá— contesté.

—Señoras, esto es serio —dijo Andrés—. Carlos era amigo de Medina y Medina murió hoy en la mañana. ¿Ya saben ustedes cómo estuvo lo de Medina, gobernador?

—Más o menos. Parece que lo mataron sus gentes. Hay muchos radicales dentro de la CTM y Medina había convencido a sus bases de que lo conveniente era pasarse todos a la CROM. Algún loco se vengó de esta cordura que ellos consideraron traición.

—No creo que Medina haya querido pasarse a la CROM —dije.

—¿Por qué no has de creerlo? —preguntó Andrés.

—Porque conocí a Medina. Carlos lo quería bien.

—Pues ojalá no lo haya querido tanto como para meterse a defenderlo —dijo Andrés—. Siempre ha sido un irresponsable. Todavía hoy en la comida le pedí que se dedicara a la música y dejara de correr riesgos. Pero es un provocador.

—A mí me parece un buen tipo —dijo el procurador— y es un excelente músico.

—Esperemos que no le haya pasado nada —expresó el jefe de la policía, que era un tipo horrendo, subjefe cuando Andrés fue gobernador. Le decían el Queso de Puerco porque tenía mal del pinto. Lo que hubiera pasado, lo sabía todo.

Llegó la cena. Andrés dio en elogiar mis habilidades como ama de casa y la conversación se fue para quién sabe dónde. Lucina servía la mesa.

—¿Más frijoles señora? —dijo parándose junto a mí. Y después bajito—: Dice Juan que lo tienen en la casa de la noventa.

—Gracias, unos poquitos —le contesté.

—De veras de veras, qué rico todo, señora —dijo Benítez.

—Gracias gobernador —dije levantando la cara, y mirándolo. Junto a él encontré los ojos de Tirso el procurador, un notario respetado que nunca quiso trabajar para Andrés.

Me extrañaba que hubiera querido con Benítez. Era un hombre raro. Cuando me miraba yo tenía la sensación de interesarle.

—Está usted preocupada, ¿verdad? —preguntó.

—Estimo a Carlos —contesté.

—Le prometo que haré lo posible por dar con él —dijo.

—Se lo agradezco desde ahora —le dije, y a todos—: ¿Tomamos el café en la sala?

—Vamos pues —dijo mi marido levantándose. Tras él se levantaron todos, como monos de imitación. Caminamos hasta la sala y busqué acercarme a Tirso Santillana.

—Usted confía en su gobernador, ¿verdad?

—Por supuesto señora —me contestó. Sonreí como si habláramos del tiempo.

—Tienen a Carlos en la casa de la noventa. Sálvelo —dije.

—¿De qué habla usted?

—La casa de la noventa es una cárcel para enemigos políticos. Existe desde que mi marido era gobernador y no ha desaparecido. Ahí está Carlos.

—¿Cómo lo supo? —preguntó.

—Qué más da. ¿Va usted a ir? Diga que se lo dijeron en la calle. Váyase y mando a alguien a que se lo avise en su oficina. Pero apúrese por favor —dije riéndome otra vez y él se rió también para seguir el disimulo.

—Señor gobernador, me voy a retirar. Quiero ver si en mi oficina saben algo —dijo.

—Este Santillana tan eficaz. Yo siempre quise contar con él y no se dejó. ¿Cómo le hiciste Felipe? —dijo Andrés.

—Tuve suerte —contestó Benítez—. Vaya usted, señor procurador.

Pellico el jefe de la policía se incomodó. Si se iba el procurador tendría que irse también él, y no se le veían ganas. Estaba feliz con su brandy, su café y su sillón.

—¿Usted se queda, verdad Pellico? —le pregunté.

—Si usted me lo pide no voy a tener más

remedio, señora —dijo, se acomodó en su sillón y
empezó a comer mentas con chocolate.

—Lo acompaño, licenciado Santillana —dije
caminando del brazo del procurador hasta la puerta
de abajo. Andrés la había rodeado de escudos y le-
yendas de guerra. En el quicio estaba Juan escondido.

—¿Qué pasó Juan? —pregunté.

—Benito los dejó en la casa de la noventa,
no sabe más.

—Lléveme ahí —pidió Tirso.

—Voy con usted —dije.

—¿Quiere arruinarlo todo? —me preguntó.
Los dejé ir y volví a la sala temblando.

—¿Por qué hablas sola Catalina? —preguntó
Andrés cuando entré.

—Repito las tablas de multiplicar para no
quedar mal con Checo cuando se las repase —contesté.

—Si ésta hubiera sido hombre sería político,
es más necia que todos nosotros juntos.

—Tiene muchas cualidades su señora, general
—dijo Benítez.

—Voy a pedir leña para la chimenea. Hace
muchísimo frío —murmuré.

El Charro Blanco le decían al cantante que
Andrés invitó a tocar la guitarra esa noche. Era
albino, cantaba con una voz triste y lo mismo si se
lo pedían que si no, lo mismo si alguien quería oírlo
que si todo el mundo conversaba por encima de su
tonada.

Se sentó junto a mí en la orilla de la chimenea y empezó a cantar «por la lejana montaña, va
cabalgando un jinete, vaga solito en el mundo y va
buscando la muerte».

—Charro tócate *Relámpago* y deja de cantar esas penurias, ¿no ves que estamos preocupados? —dijo Andrés. El Charro nada más cambió de pisada y empezó:

«Todo es por quererla tanto, es porque al verla me espanto ya no quiero verla más. Relámpago furia del cielo, si has de llevarte mi anhelo...»

—Que chingonería de canción. Otra vez desde el principio —pidió Andrés.

Y desde el principio empezó el charro acompañado de todos los presentes porque cuando Andrés cantaba, ya nadie se atrevía a continuar su conversación, el charro se volvía el centro. Andrés empezaba a llamarlo hermano y a pedirle una canción tras otra.

—Canta Catalina —me dijo—. No estés ahí arrinconada contra la lumbre porque te va a hacer daño. Canta *Contigo en la distancia*.

—Vámonos con esa Catita —dijo el charro, pero cantó solo. Estaba terminando cuando entró Tirso a la sala.

—Encontré a Vives —dijo—. Está muerto.

—¿Dónde lo encontró? ¡Señor gobernador, exijo justicia! —gritó Andrés.

—¿Cómo estuvo Tirso? —preguntó Benítez.

—Quiero hablar con usted en privado señor, pero puedo presentarle mi renuncia ahora mismo. Lo encontré en una cárcel clandestina. La gente ahí dice recibir órdenes del mayor Pellico.

Se armó un desbarajuste. Pellico miró a Andrés.

—Pídele la renuncia —le gritó Andrés a Benítez—. ¿Qué casa es ésa? ¿Dónde está Carlos? ¿Quién lo llevó ahí?

—Tirso, justifique su acusación —dijo el gobernador.

—No sé de qué está hablando —gritaba Pellico.

La mujer de Puente se desmayó. Puente empezó un discurso para la Cámara. Yo me salí de ahí.

Junto al coche de Tirso, Juan abrazaba a Lucina.

—¿Dónde está? —pregunté.

—Aquí adentro, pero no lo vea usted —pidió Juan.

Abrí la puerta, me encontré con su cabeza. Le acaricié el pelo, tenía sangre. Le cerré los ojos, tenía sangre en el cuello y la chamarra. Un agujero en la nuca.

—Ayúdenme a subirlo —pedí.

Entre Juan, el chofer de Tirso, Lucina y yo lo subimos al cuarto del helecho. Lo acostamos en la cama. Les pedí que se fueran. No sé cuánto tiempo estuve ahí en cuclillas, junto a él, mirándolo. Se acabó cuando entró Andrés con Benítez.

—Te lo dije. ¿Por qué no me hiciste caso? —dijo acercándose a Carlos.

—Lo vamos a enterrar en Tonanzintla —dije levantándome de la orilla de la cama y caminando hacia la puerta.

Salí. El corredor estaba oscuro. De abajo llegaba sólo la luz suficiente para caminar junto a las macetas sin caerse. Los cuartos de huéspedes quedaban en el tercer piso, cerca del frontón y la alberca. Debía haber luz, pero Carlos y yo la habíamos descompuesto dos noches antes para que yo pudiera subir sin que me vieran. En el segundo piso dormían los niños, sólo Andrés y yo en el primero. De nuestro cuarto al del helecho había cinco minutos de escaleras y corredores. Caminé por la oscuridad con la experiencia de otras noches, fui al jardín, luego a mi cuarto. Me peiné, me puse un abrigo negro y busqué a Juan en la cocina. El me llevó a Gayosso.

—Hubiera llamado señora —dijo un hombre con sueño empeñado en ser amable.

—Quiero una caja de madera, color madera, sin fierro, sin moños negros y sin cruz —dije.

La caja llegó como a las nueve. A las once estábamos en Tonanzintla. Había sol y mucha gente. Benítez acarreó a los maestros, a los estudiantes del conservatorio, a los activistas del partido. Cordera llegó desde México y caminó conmigo detrás de la caja.

El panteón de Tonanzintla no tiene barda, está junto a la iglesia, a la orilla de un cerro. Era 2 de noviembre, mucha gente visitaba otras tumbas, las llenaba de flores, de cazuelas con mole, de pan y dulces. Mandé cortar toda la siembra del campo en que estuvimos el día anterior, salieron como quinientos ramos. Dije que los repartieran entre los acarreados de Benítez y. los obreros que iban con Cordera. Todos tuvieron flores para dejar en la tumba de Carlos.

Los enterradores pusieron la caja de madera cerca del hoyo que habían hecho en la tierra. Entonces Andrés se paró junto y dijo:

—Compañeros trabajadores, amigos: Carlos Vives murió víctima de los que no quieren que nuestra sociedad camine por los fructíferos senderos de la paz y la concordia. No sabemos quiénes cortaron su vida, su hermosa vida que les pareció peligrosa, pero estamos seguros de que habrán de pagar su crimen. La pérdida de un hombre como Carlos Vives no es sólo una pena para quienes como yo y mi familia y sus amigos tuvimos el privilegio de quererlo, sino que es principalmente una pérdida social irreparable. Quisiera hacer el recuento de sus cualidades, de las empresas en las que sirvió a la patria, de todos los trabajos con los que enriqueció nuestra Revolución. No puedo, me lo impide la pena, etcétera.

Después habló Cordera. Yo estaba como viendo una película, no sentía.

—Carlos —dijo—, siempre tendremos una ayuda en el recuerdo de tu honradez, tu inteligencia y tu valor. No vamos a pedir justicia, ya la buscamos. Ayudándonos a dar con ella perdiste la vida. Sabemos quiénes te mataron: te mataron los poderosos, los que tienen armas y cárceles. No te mataron los pobres, ni los trabajadores, ni los estudiantes, ni los intelectuales. Te mataron los caciques, los déspotas, los opresores, los tiranos, los que explotan…, etcétera.

Cuando terminó, los peones levantaron la caja para meterla al hoyo. Entonces eché mi ramo al fondo del agujero.

—Ya tienes tu tumba de flores, imbécil —y antes de ponerme a llorar di la vuelta y caminé rápido hasta el coche.

La semana siguiente fue de declaraciones. Estaba tan aturdida que oía iguales las de la CROM y las de la CTM, las del gobernador y las de Rodolfo, las de Cordera y las de Andrés. Todos estuvieron de acuerdo en que Carlos había sido un gran hombre, había que vengar su muerte, dar con los asesinos, salvar a la patria de los traidores y del peligro de la violencia. Sus amigos publicaron en el periódico una carta exigiendo justicia, hablando de las virtudes de Vives y de la irreparable pérdida que había sufrido el arte. Yo leí los nombres de gente con la que lo había oído hablar por teléfono, que mencionaba en las conversaciones con Efraín y Renato. No los conocía, él había dicho que era mejor no mezclar, que nadie iba a entender, que tendrían desconfianza, que Efraín y Renato sí porque eran sus cuates del alma y porque hacían tantas locuras con sus vidas que cómo no iban a entender las de otros. Recorté todo lo que salió publicado, lo fui echando en una caja de plata igual a la que tenía con llave en el último rincón de mi ropero y en la que guardaba sus recados, una foto que nos tomamos en la alameda y todos los recortes en que se hablaba de él después de los conciertos. Hasta los anuncios y las críticas malas le guardaba. Tenía una foto suya dirigiendo la orquesta, con el pelo sobre la frente y las manos exaltadas. Me dediqué a sobarla.

Tirso denunció lo de la casa de la noventa, el gobernador corrió a Pellico y declaró su pesar y su sorpresa. Pellico vino a la casa buscando a Andrés. Estaba yo recargada en el barandal del segundo piso cuando lo vi entrar al despacho.

A los pocos días, con mucho escándalo en todos los periódicos, con Benítez declarando contra la corrupción y Andrés ratificando su confianza en la justicia y las instituciones, metieron preso a Pellico.

Unos meses después, siete hombres escaparon de San Juan de Dios. Pellico entre ellos. Hasta hace poco todavía llegaba su tarjeta de Navidad desde Los Ángeles.

CAPÍTULO XX

Me quedé en Puebla. Volver a México me asustaba. En la casa del cerro tenía paredes y recuerdos tan revisados que me protegían. Ya no quería desafíos ni sorpresas. Mejor hacerme vieja vigilando los noviazgos ajenos, sentada en el jardín o junto a la chimenea, metida en la casita que compré frente al panteón de Tonanzintla, a la que iba cuando tenía ganas de gritar y esconderme. Era un cuarto de ladrillos en el que puse una mecedora y una mesa con mis cajas de fotos y recortes. No le entraba el sol porque en el patio había un árbol enorme sobre el que se enredó una bugambilia que pasaba del árbol al techo de la casa, cubría las tejas y se asomaba por las ventanas. Ahí berreaba yo hasta quedarme dormida en el suelo y cuando despertaba con los ojos hinchados volvía a Puebla lista para otra temporada de serenidad.

Después de la muerte de Carlos, Lilia entró en rebeldía contra su padre. Desconfiaba de él, y quería acompañarme todo el tiempo. Ibamos juntas a comprar fruta a La Victoria, me hacía llevarla al Puerto de Veracruz y escoger con ella los vestidos y los zapatos que se compraba cada dos días. Se puso de moda llenarse los brazos de pulseras de oro con enormes medallas colgando. Cuando se acercaba sonaba como vaca con cencerros.

No me gustaba comprar en El Puerto porque ahí compraban las mujeres de Andrés. El tenía una cuenta que arreglaba con los dueños, en la que firmaban lo mismo sus hijas que la última viva con la que andaba. Yo no. Sólo por Lilia fui de repente. Me gustaba, era curiosa y metiche como yo. Estaba dispuesta a todo. Las otras hijas de Andrés no eran así.

Después de un tiempo de obedecer a su padre y salir a cenar con los Alatriste cada vez que se lo pedían, decidió enamorarse de un muchacho Uriarte. Tenía una moto India y ella se iba a escondidas a correrla con él por la carretera a Veracruz. Yo la protegía y hasta me hice amiga del muchacho que me caía en gracia y me libraba de emparentar con los Alatriste.

Emilito volvió con Georgina Letona que le perdonaba todas, y le había aguantado un noviazgo de ocho años. Era bellísima y lo quería como una boba. No recuerdo a nadie con sus ojos. Tenía las pestañas apretadas y oscuras, unas cejas como dibujadas y en el centro dos bolas color miel idénticas al pelo que le caía hasta los hombros. Nunca la oí carcajearse: sonreía. Enseñaba los dientes pequeños y parejos bajo los labios abiertos con una espontaneidad que daba envidia.

Lilia y yo los encontramos una vez caminando por Reforma cogidos de la mano. Cuando estaba con ella, Emilito perdía el gesto de idiota con el que lo recuerdo.

—¿Te imaginas el ridículo de casarme con éste? Desde antes de la boda ya iban a vérseme los cuernos sobre la frente —me dijo Lilia después del encuentro.

Yo le pasé un brazo por el hombro y le dije que tenía razón y que bendita la hora en que Uriarte había aparecido a salvarla del ridículo.

Cuatro días después de nuestro encuentro en Reforma, Emilito le llevó a Lilia una serenata con piano que ocupó toda la calle. El piano era lo de menos, lo tocaba Agustín Lara y cantaba Pedro Vargas. Toda la XEW trasladada a la puerta de nuestra casa en Puebla.

Lilia bajó las escaleras de su cuarto al nuestro corriendo, con una bata rosa y descalza.

—¿Qué hago, mamá?

Su padre se había levantado a espiar por la ventana.

—Prende la luz, babosa, cómo que qué hago —le contestó.

—Si prendo la luz va a creer...

—Prende la luz —gritó Andrés.

—Si no quiere que no la prenda —dije—. Después quién aguanta al muchacho creyendo que ya lo aceptaron.

—Lo aguanto yo que voy a ser su suegro.

—Pero si Lilia no quiere —dije mientras afuera tocaban *Farolito* y la niña se asomaba entre las cortinas a mirar.

—Es tan feo —dijo—. Tiene cara de que sufre.

—Claro que sufre —dijo Andrés—. Lo andas cambiando por el pendejo de la moto.

—No sufre por eso. Tú sabes perfectamente que el muchacho está enamorado de Georgina Letona.

—Cállate, Catalina. No tienes por qué meterle insidias en la cabeza a la niña. Prende la luz Lilia.

—Conste que no estoy de acuerdo en eso —dije, saliéndome de la cama.

—Vente, hija —dijo Andrés—. No le hagas caso. Está amargada.

La niña fue a meterse en el lugar que yo dejé en mi cama. Se quedaron ahí, oyendo la música con la luz encendida, mientras yo bajaba a los cuartos de servicio a despertar a Juan. Le pedí que saliera por la puerta de atrás y le fuera a decir a Uriarte lo de la serenata.

Como que yo conocía a ese muchacho que en quince minutos apareció con diez amigos, una guitarra y un rifle de municiones.

Se armó un griterío.

—¡Lilia! Sal a decirle a este güey quién es el bueno contigo —pedía Javier Uriarte mientras sus amigos se iban sobre el piano, metían a Agustín Lara en un coche y empujaban a Pedro Vargas al asiento de junto. Un guarura protegió a Emilito con un abrazo de cuates y sobre él se fue Javier a trompones. Los amigos disparaban municiones al suelo y gritaban: «¡limpio, limpio! ¡Déjenlos solos!» Emilito se separó del guardaespaldas y se enfrentó a Uriarte. En un momento estaban trenzados, dando vueltas.

Andrés olvidó que tenía partido y se puso a ver el pleito como si estuviera en el box. Emilio se defendía, pero no era hábil. Lilia los miró acodada en la ventana junto a su padre, comiéndose las uñas.

—Usted qué llora. Póngase contenta —dijo Andrés. Pero ella no aguantó. Se fue de la ventana, se amarró la bata y apareció de pronto en la puerta, caminando hacia los muchachos. Sin más se metió entre los dos.

Emilito jadeaba con la corbata en las narices. Uriarte jaló a Lilia y la abrazó. Un segundo más tarde apareció Andrés en la puerta llamándola.

La niña se desprendió de Javier y volvió a la casa. Pasó junto a su padre y subió hasta el corredor desde el que yo miraba.

—Lo va a matar —dijo sin lloridos— como a tu Carlos, lo va a matar.

—Fuimos abrazadas de la cintura al cuarto en que dormía. Ahí estaban sus hermanas y los niños mirando por la ventana.

La recibieron con un aplauso. Vimos a Andrés palmearle la espalda a Emilito. Javier y sus amigos se fueron caminando hacia la fuente de los muñecos y en unos minutos la calle volvió a quedar muda.

La semana siguiente Uriarte llamó a Lilia. Desde el teléfono de la recámara ella le dijo:

—No puedo. Vino mi papá.

Al rato oímos la moto. Javier dio vueltas a la casa tocando el claxon hasta que ella le tiró un papel que cayó entre su camisa y su chamarra. «Te quiero», decía.

Pasaron como seis meses en los que se negó a hablar con Emilio. Seis meses anduvo como iluminada metida en un noviazgo que terminó cuando Javier se fue a una barranca con todo y moto. Nadie supo cómo, pero no salió vivo.

Los padres recogieron el cadáver y lo enterraron en el Panteón Francés. No hubo más escándalo. Yo acompañé a la niña al panteón y la dejé llorar y pedir perdones quién sabe por qué.

Al poco tiempo Emilito se presentó a hablar con el general Ascencio.

Andrés lo recibió en su despacho. Extraño despacho, largo como un pasillo, con sillas de montar de un lado y trajes de torero, charro y andaluz, del otro. Al fondo, el gran escritorio de cortina lleno de puros y encendedores. Tenía como cuatrocientos encendedores de todos los tipos y mientras oía hablar a quienes le trataban asuntos, los iba encendiendo uno por uno para entretenerse.

Cuando terminaron de hablar me llamó y dijo:

—Lili se va a casar con Emilio Alatriste en unos meses. Díselo y arregla todo.

Sonreí y tomé del brazo a Emilito. Fuimos hasta Lilia y el jardín.

CAPÍTULO XXI

Al año se casaron en el rancho de Atlixco. Fue todo México. Desde el padrino Presidente con los secretarios de Estado, hasta los jefes de zona militar, quince gobernadores, todos los poblanos ricos y Lucina y Juan que terminaron abrazados a media pista sin que nadie se metiera con ellos.

No se me olvida la Lili bailando con su padre, apoyada en él como si le gustara su protección, dejándose llevar de la cintura por todo el centro del inmenso jardín; árboles viejos de siglos y un río al que le echaron flores por la mañana en Matamoros para que a las tres de la tarde estuvieran pasando por el rancho de San Lucas, donde se casaba la primera hija del general Ascencio.

Me encargué del traje de Lilia. Estaba preciosa metida en todas esas organzas. Bailaba con su padre echando la cabeza hacia atrás, girando los pies rápido para seguirlo en el paso doble.

Luego la orquesta tocó *Sobre las olas* y Andrés se la entregó a Emilito para que la abrazara mientras oían «su canción». No sé cuándo inventaron que ésa era su canción, aunque a Lilia le daba lo mismo, se aferraba como la mejor actriz a los papeles que le iban tocando.

Daban vueltas por la pista mientras la gente aplaudía.

—¡Beso! ¡Beso! ¡Beso! —tras un rato de mirarse y mirar al suelo se tocaron las bocas un segundo y volvieron a bailar en silencio.

Andrés regresó a sentarse en la mesa que compartíamos con los consuegros. Pidió coñac, sacó un puro y empezó a echar humo.

—Mi querido consuegro —dijo—: ¿estamos en lo de las estaciones de radio?

—Cómo no vamos a estar, consuegro —le contestó don Emilio estirando la risa.

—Qué bonito ha salido todo, Catalina, la felicito —dijo mi consuegra.

—Es usted muy amable, doña Concha —contesté descubriendo la cara de un tipo guapísimo sentado en la mesa de la Bibi y el general Gómez Soto.

—Para nada —dijo doña Concha—. Meterse en todo este trabajo por una niña que no es suya. ¿Quién es la mamá de Lili?

—Hasta donde a mí me importa, yo soy su mamá, doña Concha —dije.

Bibi notó que miraba hacia su mesa con curiosidad y se acercó a salvarme de la consuegra. Fui con ella hasta el tipo elegantísimo como Clark Gable que se levantó y extendió la mano:

—Quijano, para servirle —dijo.

—Gracias —contesté.

—¿No conocías a Quijano, Catalina? —preguntó el general Gómez Soto—. Es poblano y se ha vuelto famoso como director de cine.

Empezamos una conversación sobre películas y artistas. Me invitó a ver el estreno de *La dama de las camelias,* su primera película, y acepté contando cuánto le gustaba a mi madre y lo que significó para mi casa la existencia de esa novela. Se rieron.

—De veras, era la biblia. En mi casa nadie
podía toser sin que se creyera que de ahí podía des-
lizarse fatalmente a la otra vida. Mi madre tenía ja-
rabe de rábano yodado en cada cuarto de la casa.
Uno tosía y ella sacaba su cucharada y la libraba de
la muerte terrible de Marguerite Gautier —dije.

Bailamos. Ante los conversadores ojos de Andrés pasé bailando abrazada de aquel hombre perfecto. No vi que se molestara, pero me hubiera gustado bailar así con Carlos alguna vez.

—¿Cambiamos? —dijo Lilia cuando estuvimos junto a ella y Emilito.

Solté a Quijano y traté de seguir los bailo-
teos de Emilito. Pensé en Javier Uriarte, en lo que
nos hubiéramos divertido, y sentí rabia. Volvió Lilia: —¿Cambiamos? —y soltando a Quijano se puso
a bailar conmigo mientras los dos hombres se quedaban parados a media pista.

—Está guapísimo. ¿De dónde lo sacaste?

—Lili, loquita, te quiero mucho —le dije.

—Para que lo digas —me contestó.

La besé y volvimos a bailar con nuestras parejas. Quijano me llevó dando vueltas por la pista,
y yo disfruté con lo bien que lo hacíamos. No per-
díamos nunca el paso, como si hubiéramos ensayado
toda la vida. La tarde empezó a enfriar y Lilia llegó
a decirme:

—Ya me voy. Emilio no se quiere quedar
hasta la noche y el pozole. ¿Me acompañas a cambiarme?

—La espero —dijo Quijano, acompañándome
hasta la orilla de la pista.

Le di las gracias y fui con Lilia a la casa
de la hacienda.

En su recámara había cuatro maletas a medio
hacer, todas abiertas en un desorden que parecía

irreversible. Le desprendí el velo y el tocado. Cuando se sintió libre de los pasadores agitó la cabeza y salieron volando los tules y las flores. Se soltó la melena negra hasta media espalda y respiró como si hubiera estado conteniendo el aire durante horas. Se bajó de los tacones y tironeó el vestido para salir de él. Quise ayudarla a desabrocharse cuando ya estaba en fondo a medio cuarto. Se lo trepó para sacarlo por la cabeza. Tenía las piernas largas y morenas metidas en unas medias claras. A la mitad de un muslo se había puesto una liga de las antiguas; un resorte forrado de satín blanco y encajes. Le conté una vez que en tiempo de mi abuela se usaba bajar la liga hacia el suelo y antes de que cayera hacer que otra mujer metiera el pie y la salvara de caer. Con ese juego la novia pasaba su buena suerte y la otra mujer encontraba novio y casamiento.

—Ven, te doy la liga —me dijo brincando en calzones y sostén.

—Yo ya tengo marido —dije.

—Para que tengas otro.

Dejó caer la liga, la recogí en el aire con la punta del pie. Un momento tuvimos los pies unidos por el resorte de encajes, luego ella dio un brinco y sacó el suyo. Trepé la liga hasta el muslo subiéndome el vestido.

—Siempre me han gustado tus piernas —dijo Lilia, metiéndose en la falda de su traje sastre. Era de tergal y le caía perfecto. Se puso una blusa de seda roja y encima el saco azul marino de la misma tela que la falda. Perdió un zapato. Lo encontramos abajo de una maleta.

—Tienes chueca la raya de las medias —dije.

—Tú siempre con que tengo chuecas las rayas —dijo, parándose de espaldas frente a mí para que yo se las enderezara como cualquier otro día. Me agaché hasta sus piernas.

—¿Entonces qué? ¿Me pongo y ya? —preguntó.

—¿Te pones dónde? —dije.

—Abajo de él.

—Abajo y que se dé de santos —dije, y la besé.

—Dame la bendición, entonces. Como cuando era yo chica y te ibas de viaje —dijo al oír a Emilio llamándola.

Era curiosa y mandona como su padre. Y como su padre una arbitraria perfecta.

Le puse la punta de la mano extendida en la frente y luego la bajé hasta su pecho y fui de un hombro a otro mirándola aguantar la risa y la emoción, los ojos húmedos y los cachetes rojos.

En el nombre del Padre, del Hijo y del Espíritu Santo, que te vaya bien con todo y sobre todo con el Espíritu Santo.

Me quedé sentada en el suelo hasta que un mozo entró a preguntarme si podía bajar las maletas. Entonces me levanté a cerrar el desorden que había dejado Lilia y salí del cuarto junto con las maletas.

Abajo en el jardín había un griterío por los novios que se irían en el Ferrari, regalo de Andrés a su hija. Lo habían pintado con bilé diciendo «recién casados» y tenía botes amarrados a la salpicadera para que fueran haciendo ruido al rodar. Lilia subió al coche y se despidió con la mano como artista de cine. Sus hermanos se acercaron a besarla. El único que parecía sobrar era Emilito mirando al fondo del jardín como si esperara algo.

—Adiós —dijo Lilia estirando la boca para besar a su padre que presidía el jolgorio de la despedida. Emilito señaló un Plymouth negro que se estacionó detrás:

—Nos vamos en aquél, mi vida. Ya están allá las maletas.

Los viejos Alatriste se acercaron a despedirse, besaron a su hijo y doña Concha se puso a llorar. Lili no se había movido del Ferrari.

—Bájate, Lilia —dijo Emilito.

—Me quiero ir en éste —contestó ella.

—Pero nos iremos en el otro.

—Si te pones así mejor cada quien en el suyo —dijo Lili. Se corrió al volante del Ferrari y lo hechó a andar. Los botes hicieron un ruido terrible y el Ferrari desapareció escandalosamente por el portón de la calle.

—Ésa es hembra, no pedazos —dijo Andrés para aumentar la ira de Milito que salió tras ella en el otro coche. Luego me ofreció el brazo, preguntó dónde había estado y fui con él a bailar. Cuando volvimos a la mesa principal, ya no estaban ahí doña Concha ni su marido.

—Vamos a dar las gracias —ordenó Andrés, tomando una botella de champaña y dos copas. Fuimos a brindar de mesa en mesa. Con un discurso especial para cada quien agradecimos la presencia y los regalos, Andrés era un genio para eso.

Cuando abrazó solemnemente a su compadre, Rodolfo dijo que debía volver a México. Estaba con él Martín Cienfuegos y se irían juntos. Lo dijeron y Andrés acentuó el gesto de cordialidad y brindó con el secretario de Hacienda. Se detestaban. Cada uno estaba seguro de que el otro era su peor rival en el camino a la presidencia, y en los últimos tiempos, Andrés mucho más seguro que Cienfuegos. Los acompañamos hasta la puerta del jardín.

—Este lamegüevos de Martín está convenciendo al Gordo de sus encantos. Y el Gordo que necesita poco, con la pura casa que le regaló tiene para darle la presidencia y las nalgas muerto de risa —dijo Andrés, cuando regresábamos a las mesas. Lo dijo con rabia, pero por primera vez también con pesar.

En la mesa de la Bibi, Gómez Soto estaba borrachísimo diciendo gracejos incomprensibles. Quijano se levantó al vernos.

—¿Se fue la niña? —me preguntó.

—Se fue —contesté.

—Qué bien bailan estos dos —le dijo Gómez a mi general señalándonos—. Yo y tú ya estamos viejos para bailar así.

—Viejo estarás tú —dijo Andrés—. Yo todavía cumplo como es debido. ¿Verdad, Catín?

Traté de sonreír con elegancia.

—¿Verdad, Catalina? —volvió a decir.

—Claro que sí —contesté sorbiendo mi champaña como si fuera refresco.

—¿Estará usted en México? —preguntó Quijano antes de besarme la mano.

—Iré pronto —contesté, mientras Andrés discutía con Gómez Soto quién tenía menos años y más hijos.

Bibi me miró con cara de «con estas mulas hay que arar» y yo pensé en ir viendo que se calentara el pozole antes de que todo el mundo trajera la briaga de su general.

Con el pozole llegaron los fuegos artificiales y otra orquesta. Eran como las cinco de la mañana cuando Natalia Velasco y María Bautista, dos de las que me veían menos en las clases de cocina, se acer-

caron medio arrastrando a sus maridos para darme
las gracias por la invitación.

Me despedí con una sonrisa y toda la cortesía que aprendí a manejar como reina después de
tantos años de padecerla. No tenía mejor venganza,
al menos para casos como ése.

Entré a la casa a ver que fueran preparando
los chilaquiles, la cecina, el café y los panes para el
desayuno. En la cocina había unas cuarenta mujeres
dedicadas a echar tortillas y ayudar en la guisada.
Me acerqué a la que cuidaba la cazuela en que hervía
la salsa de los chilaquiles.

—Que no vaya a picar mucho —dije, sin detenerme a mirarla.

—Alguito sí pica —contestó—. No se acuerda de mí ¿verdad señora?

La miré. Dije que sí y puse cara de que la
había visto alguna vez, pero se me ha de haber
notado que no sabía yo ni cuándo.

—Soy la viuda de Fidel Velázquez, aquel que
mataron en Atencingo. ¿Se acuerda que ese día me
llevó a su casa? Ahí conocí a doña Lucina y ella
me llamó para venir ahora. Seguido la veo y me
cuenta de usted.

—Y los niños, ¿cómo están? —dije para mos-
trar que recordaba algo.

—Grandes. Ya dentro de poco nada más voy
a trabajar para tres. Estoy de hilandera en una fábrica aquí en Atlixco. Y me ayudo con lo que voy pu-
diendo. Hoy vine aquí, la semana que entra voy a
cocinar higos para llevarlos a vender a Puebla.

—Yo te compro. Ve a la casa y me llevas los
que tengas —dije antes de probar el jitomate y pedirle a Lucina un té y una aspirina porque me dolía
la cabeza.

Fui a tomarlos al salón que empezaba a llenarse de gente con frío. Ordené que ofrecieran coñac. Tomé una copa y le di tragos rápidos. Luego me quedé dormida en un sillón hasta que alguien llegó a decirme que los invitados querían desayunar.

—¿Nos echamos una siesta? —preguntó Andrés cuando terminó de sopear un cuerno en su café.

—Nos la echamos —dije. Y me fui a dormir junto a él, por primera vez desde la muerte de Carlos.

CAPÍTULO XXII

Quería espantar los recuerdos, pero sin el ruido de la Lili era todavía más difícil. Iba de Puebla a Tonanzintla, de la tumba de Carlos al jardín de mi casa, incapaz de nada mejor que comerme las uñas, agradecer la compasión de mis amigas y pasar las tardes con Verania y Checo cuando volvían del colegio.

Con los niños todo era dar y parecer contenta. Los llevaba a la feria, a subir un cerro o a buscar ajolotes en los charcos cerca de Mayorazgo para quitarme de la cabeza lo que no fuera un juego o una demanda fácil de resolver. A veces me proponía el gusto por ellos, me empeñaba en la ternura y el alboroto permanentes, pero mis hijos habían aprendido a no necesitarme y después de un tiempo de estar juntos no se sabía quién estaba teniéndole paciencia a quién.

Cuando me sentaba en el jardín a chupar pedacitos de pasto con la cabeza casi metida entre las piernas en cuclillas, les daba pena acercarse, me dejaban sola y se iban lejos a buscar un pretexto para llamarme.

La mujer de Atencingo se lo dio. Una tarde llegaron corriendo a decirme que ahí estaba una señora que vendía higos, que yo había dicho que se los compraría todos.

La llevaron con todo y canasta hasta el rincón del jardín en el que yo estaba. Eran como las cinco de una tarde clara y así, parada bajo la luz con su canasta en el brazo, la cara como recién mojada y una sonrisa de dientes grandes, ella despedía seguridad y encanto.

Se sentó junto a mí, puso la canasta en el suelo y empezó a platicarme como si fuéramos amigas y yo la hubiera estado esperando. En ningún momento se disculpó por interrumpir, preguntar si molestaba o detener sus palabras para ver si mi cara estaba de acuerdo en oírla.

Se llamaba Carmela, por si yo no me acordaba, sus hijos tenían tantos y tantos años y su marido como ya me había dicho era el asesinado en el ingenio de Atencingo. Ella había juntado para ponerle a su tumba una cruz de mármol y lo visitaba para platicarle cómo iban las cosas en el trabajo y el campo. Porque yo no lo sabía pero a ella y a Fidel siempre les gustó pelear lo justo, por eso anduvieron con Lola, por eso ella entró al sindicato de la fábrica de Atlixco. Le regresó el odio cuando mataron a Medina y a Carlos, y no entendía que yo siguiera viviendo con el general Ascencio. Porque ella sabía, porque seguro que yo sabía, porque todos sabíamos quién era mi general. A no ser que yo quisiera, a no ser que yo hubiera pensando, a no ser que ahí me traía esas hojas de limón negro para mi dolor de cabeza y para otros dolores. El té de esas hojas daba fuerzas pero hacía costumbre, y había que tenerle cuidado porque tomado todos los días curaba de momento pero a la larga mataba. Ella sabía de una señora en su pueblo que se murió nomás de tomarlo un mes seguido, aunque los doctores nunca creyeron que hubiera sido por eso. Que se le paró el corazón, dijeron y ni supieron por qué, pero ella estaba segura que por las hojas había sido, porque así eran las hojas, buenas pero traicioneras. Me las llevaba porque oyó en la boda que me dolía la cabeza y por si se me ofrecían para otra cosa. Los higos ahí los dejaba para ver si me gustaban y ya se iba porque era tarde y luego no alcanzaba camión de regreso.

Yo la oí hablar sin contestarle, a veces asintiendo con la cabeza, soltando las lágrimas cuando habló de Carlos como si lo conociera, mordiendo un higo tras otro mientras acababa de recomendar sus hierbas. No parecía esperar que yo dijera nada. Terminó de hablar, se levantó y se fue.

Lucina entretuvo a los niños con un juego. Se les oía gritar sobre las palabras de Carmela, pero estuvieron alejados hasta que desapareció. Luego se acercaron a comer higos y a hacer preguntas. Se las contesté todas sin aburrirme y hablando de prisa, poseída por una euforia repentina y extraña. Después jugamos a rodar sobre el pasto y terminamos el día brincando en las camas y pegándonos con las almohadas. Me desconocí.

Las otras hijas de Andrés oyeron nuestro relajo sorprendidas. Las dos que aún vivían en la casa de Puebla eran prácticamente unas extrañas. Marta tenía veinte años y un novio para el que bordaba sábanas y toallas, manteles y servilletas. Se casarían en cuanto él terminara la carrera y pudiera mantenerla sin pedirle a Andrés ni la bendición. Pasaban las tardes en el estudio. Él alguna vez sería ingeniero, por lo pronto la que dibujaba los planos con tinta china era ella. Nunca peleamos Marta y yo, tampoco tuvimos mucho que ver una con otra. Cuando llegó a la casa ya no me necesitaba para amarrarse la cola de caballo, y supo siempre vivir sin hacer ruido y sin que nadie metiera ruido en su existencia. Hasta la fecha no la veo, se fue al rancho que le tocó heredar por Orizaba. El marido cambió la ingeniería por la agricultura y no salen casi nunca de ahí.

Con Adriana, la gemela de Lilia, tampoco tenía yo mucho que ver. Nunca congenió con su hermana a la que consideraba una frívola espectacular, menos conmigo. Entró a la Acción Católica a escondidas de su papá y el único desafío que le conocí fue contarlo una noche a media cena como quien cuenta que trabaja en un burdel cuando todo el mundo piensa que está en misa. A nadie le importó su militancia. Andrés hasta pensó que le serviría de enlace con la mitra en caso de necesidad. La dejamos ir a la iglesia y vestirse como monja sin criticarla.

No eran compañía Marta y Adriana, ni yo era compañía para Checo y Verania, así que volví a México.

En la casa de Las Lomas vivía Andrés, al menos oficialmente, y Octavio con la dulce Marcela. No les perturbó mi llegada. Casi me consideraban la madrina de la boda que nunca tendrían.

Busqué a la Bibi. Hacía apenas dos años que la mujer de Gómez Soto había tenido la generosidad de morirse y permitir que ella pasara de amante clandestina a digna esposa. El mismo día de la boda el general había puesto todas las casas a su nombre y dictado un testamento haciéndola su heredera universal.

Todo corrió sobre miel en la nueva unión. Los recién casados fueron a Nueva York y después a Venecia, de modo que a la Bibi por fin le pegó un sol que no fuera el del jardín de su casa. Recorrieron el país en el tren que el general compró para poder visitar sus periódicos, ella lució por todas partes el aire internacional que tanto tiempo cultivó entre cuatro paredes.

Un día llegó a mi casa muy temprano. Yo estaba en bata en el jardín. Me habían ido a dar pedicure, tenía los pies sopeando en una palangana y la cara sin pintar.

Bibi entró corriendo, con zapatos bajos, pantalones y una blusa de cuadros, casi de hombre. Se veía linda, pero extrañísima. No recuerdo si me saludó, creo que lo primero que hizo fue preguntarme:

—Catalina, ¿cómo hacías tú para querer a un hombre y vivir en casa de otro?

—Ya no me acuerdo.

—Ni que hubiera sido hace veinte años —dijo.

—Parece que más. ¿Qué te pasa? Te ves rarísima —le contesté.

—Me enamoré —dijo—. Me enamoré. Me enamoré —repitió en distintos tonos, como si se lo dijera a sí misma—. Me enamoré y ya no soporto al viejo pestilente con el que vivo. Pestilente, lépero, aburrido y sucio. Imagínate que trata sus negocios en el excusado, mete a la gente al bañito del tren y ahí la hace contar sus asuntos. ¿Ahora qué hago yo casada con él? ¿Lo mato? Lo mato, Cati, porque yo no duermo con él una noche más.

Estaba irreconocible, se había quitado los zapatos. Se sentó en el pasto y puso la planta de un pie contra la del otro, se palmeaba las rodillas cada tres palabras.

—¿De quién te enamoraste?

—De un torero colombiano. Llega mañana. Viene a verme y de paso a una gira. Nos conocimos en Madrid, una tarde que Odilón pasó hablando con un ministro del general Franco. Me quedé en un café y ahí llegó él: «¿me puedo sentar?», ya sabes. Hicimos el amor dos veces.

—¿Y con dos veces te enamoraste?

—Tiene un cuerpo divino. Parece adolescente.

—¿Cuántos años tiene?

—Veinticinco.

—Le llevas diez.

—Siete.

—Es lo mismo.

—Cati, si te vas a portar como mi mamá, ya me voy.

—Perdón, ¿tiene buena nalga?

—Buen todo.

—Ya no me cuentes. ¿Quieres cambiar a tu general por un buen prepucio? ¿Tiene dinero para llenarte la alberca de flores?

—Claro que no, pero estoy harta de albercas. Y él va a ser un torero famoso, es buenísimo.

—Con veinticinco años si fuera a ser famoso ya lo sería.

—Empezó tarde por culpa de sus padres. Tuvo que estudiar leyes antes de ser novillero, y por supuesto dejar Colombia. Creo que Colombia es como Puebla.

—¿Sabe quién es tu marido?

—Sabe que es dueño de periódicos.

—¿Y qué? —dije—. ¿Cómo le vas a hacer con Odilón?

—No sé. No sabía qué hacer para mandarlo al demonio sin quedarme en la calle, pero ayer Odi fue a una de esas fiestas que hacen para medirse. Ya sabes, unas a las que llevan putas y se encueran todos para ver cuál es el mejor y quién tiene la pija más grande. La masajista me platicó que una clienta le había platicado. Fui de puta incógnita y lo vi ahí haciendo el ridículo, ¿qué otra cosa va a

hacer? Eran casi puros viejos como él, tampoco creas
que se miden con adolescentes, pero daban lástima.

—¿Cómo entraste?

—Me llevó la dueña que también es clienta
de Raquel.

—Bibi. Te estoy reconociendo. Yo creí que
te habías vuelto pendeja para siempre.

—¿Qué hago? ¿Qué se te ocurre?

—Oféndete. Oféndete hasta las lágrimas.

—Crees que soy tú. Yo no sé hacer teatro.

—Escríbele una carta rompiendo por las ra-
zones que él sabe y lastiman tu pundonor.

—¿Me la escribes?

—Si esperas a que Trini acabe de cortarme
los pies. Es una salvaje, te encuentra un pellejito en
la uña del dedo gordo y de repente ya va con sus
tijeras en la espinilla.

—Va usted a ver, señora, ahora no le cuento
el último chisme de doña Chofi —dijo Trini, que
también iba con Chofi y le hacía de confidente.

—Dirás que iba a estar muy bueno. Es más
aburrida mi pobre comadre. Llevamos quince años
tratando de agarrarle una buena historia y no pasamos de sus pleitos con el chofer y la cocinera.

—De repente uno que otro con don Rodolfo
—dijo Trini.

—Esos son los más aburridos. Se pelean porque Chofi no cuelga los cuadros donde Fito le dice,
o porque deja tirados los centenarios que le dan a
él en sus juntas. Puras pendejadas.

—Usted se lo pierde. Yo le iba a contar que
el centenario ya apareció, que lo tenía el chofer y
que cuando lo interrogaron dijo que la señora se lo
había dado a cambio de un favor especial, pero que
él era hombre de palabra y que no iba a decir cuál
era el favor.

—No. No te creo, Trinita.

—Como le cuento. Don Rodolfo se puso furioso. Amenazó con sacar la pistola.

—Pero no la sacó.

—Ya iba, pero el chofer prometió confesar.

—Mira la Chofi, pobrecita gorda. Haciendo sus buscas.

—La hubiera usted visto. Le salió lo macha. Se puso las manos en la cintura, caminó hasta don Rodolfo, le quitó la pistola y dijo: Si te lo ha de decir alguien te lo digo yo. René me hizo favor de llevar a Zodíaco con el peluquero, a que le cortaran los pelos y lo bañaran, aunque tú te opongas porque dizque eso es de perros maricones.

—Ya ves cómo hay dramas de verdad —dije—. No como el tuyo, Bibi. Gran desafío enamorarse de un torero. Ven, te ayudo a redactar la carta.

—Primero en sucio —dijo Bibi—, porque se la quiero mandar en este papel que compré en Suiza y ya nada más me quedan una hoja y un sobre.

—Qué más te da el papel.

—Es que ya lo conozco, cuando no le conviene lo que digo me devuelve la carta en un sobre igual al que le mandé, lacrado y todo como si no lo hubiera abierto.

—Escritos, Bibi, escritos —me dice— yo veo muchos al día. Lo que quieras decirme de palabra estoy a tu disposición, tú mandas, mi amor —y se hace el que no leyó mis increpaciones. Por eso quiero este sobre del que ya sólo me queda uno y no hay en México. Si lo abre, y lo va a abrir, tiene que darse por enterado.

—¿Qué ponemos entonces? —pregunté.

—Pues eso, lo de la orgía en que lo vi.

—Cuéntame bien cómo estuvo. ¿Cómo es que fuiste?

—Raque me ayudó. Cuando regresé muy gorda de España lo primero que hice fue hablarle y en cuanto llegó, como me urgía contar le conté lo de Tirsillo y que me quería separar de Odi y todo. Entonces resultó que Raquel le da masajes a una señora que regentea una casa de ésas para medirse, ella le había contado a Raque que mi marido le contrató la casa para despedir de soltero al hermano del gobernador Benítez. Ya sabes, ¿no?

—Sí, claro. ¿A ese también le viste todo?

—A todos les vi todo. Sí, la Brusca se portó divina. Me disfrazó de puta enferma. Porque dice que siempre les gusta que haya atractivos caros. Inventó que tenía yo todo el cuerpo quemado y me vendó hasta la cara y desde las piernas, me sentó a media casa hecha una momia. Tuve que pasarme así todo el tiempo, apenas podía yo respirar.

—Estás inventando.

—Te lo juro. Llegaron todos juntos. Era su fiesta. Había mujeres pero no les hacían caso. Nada más estaban ahí como las copas. Yo fui la que más los atrajo. «Pobre putita y ahora de qué vas a vivir», me decían. Y yo muda nada más bajaba los ojos. Odilón no se fijó mucho en mí. Le dio coraje que me hubieran puesto en medio.

—Llévense esta miseria que nada más lo entristece a uno —acabó diciendo mientras le sobaba las nalgas a una chiquita—. A ver el novio, que enseñe el instrumento —ordenó—. Que te lo enseñe a ti —dijo jalando de la mano a una güera y se la puso enfrente. La güerita, ¿tú crees que se amedrentó?

—Enséñamelo, chulo —le dijo.

Y el novio ahí mismito se quitó los pantalones. Todos aplaudieron.

—A ver, que se lo pare, que se lo pare —gritaron.

La güerita como quien bate un chocolate se puso a sobarle el pito.

Muy bien. Tremendo chafalote, cuñado —dijo Victoriano Velázquez el hermano de la novia.

—Tre-men-do tre-men-do —gritaron los demás. Parecían niños a la hora del recreo.

—¿Y se encueraron todos?

—Todos. Hasta mi pobre marido que ya está de dar pena.

—¿Y tú viendo? ¡Qué maravilla!

—Ni creas. Eran demasiados pitos. Da emoción uno, pero no una bola de encuerados. Estaban ridículos. Se tentoneaban. Se paraban cadera con cadera y a ver a quién le llegaba más lejos la cosa. Muy tondo todo. No vi en qué acabó porque Odilón se puso terco con que yo daba pena y obligó a la Brusca a sacarme de ahí.

—¿Te sacaron? ¿Pero qué más viste? ¿Se cogen a las mujeres delante de los otros?

—Hasta que yo estuve, no. Nada más las tienen ahí para darse ánimos. La cosa es entre ellos, la hacen para jugar ellos, para verse los pitos ellos, y ponen ahí a las mujeres para que no se vaya a pensar que son mariconadas lo que están haciendo. Eso me explicó la Brusca. Hazme la carta.

—Bueno. ¿Qué es lo que quieres de Gómez?

—La casa, las sirvientas, los choferes y dinero, mucho dinero —dijo y se puso a bailar cantando «en cuanto le vi yo me dije para mí: es mi hombre».

—Entonces no pide mucha ciencia. Creo que debes ser breve, precisa y sustanciosa: «Odilón: yo era la putita herida del otro día. Quiero el divorcio y mucho dinero. Bibi.»

—No. Necesito conmoverlo, notarme triste. Pero ando tan contenta que no me sale nada dramático. Por eso te vine a ver, tú eres experta en dramas, no me salgas con que lo único que puedes hacer son recados como los míos.

—Yo creo que son los mejores. Seamos prácticas por una vez, Bibi. ¿Para qué gastar muchas palabras?

—¿Ya te volviste práctica?

—A buena hora.

—No empieces con que quieres que reviva Carlos porque eso sí no se puede, Catín, acéptalo.

—Lo acepto —dije poniéndome sombría.

—Te lo suplico, no te vaya a entrar la lloradera. Esto urge.

Nos pasamos la mañana tirando borradores: «Odi: tengo el alma destrozada.» «Odi: lo que vi me ha consternado de tal modo que no sé si lo que ahora siento por ti es odio o piedad.» «Odi: ¿cómo puedes buscar la felicidad en otra parte y herirme con un proceder tan indigno de ti?», etcétera.

Por fin, para las dos de la tarde logramos una carta dolida y sobria. Bibi la pasó en limpio y se fue encantada.

No la vi en tres días, al cuarto llegó a mi casa convertida otra vez en la señora Gómez Soto. Llevaba un sombrero de velito sobre la cara, traje sastre gris, medias oscuras y tacones altísimos.

Nos sentamos a conversar en la sala para ir de acuerdo con su atuendo. Se levantó el velo, cruzó la pierna, encendió un cigarro y dijo muy solemne:

—Por poco y me ven la cara de pendeja.

Solté una risa. Ella soltó otra y después empezó a contar.

El torero llegó la misma tarde en que ella le mandó la carta a su marido. Fue a recogerlo al aeropuerto y lo instaló en el Hotel Del Prado. No le gustó mucho que él trajera a una mujer joven con cara de gitana en calidad de su apoderado, pero tenía tantas ganas de coger que pidió un cuarto para cada quien y empujó al matador dentro de uno.

Después quedó tan eufórica y agradecida que se puso a hablar del futuro y terminó describiendo los pasos que había dado para conseguir cuanto antes el divorcio. El torero no lo podía creer. La mujer de mundo en busca de un amante esporádico y alegre al que podría agradecer sus cortesías con varias notas desplegadas en el periódico deportivo del marido, se le había convertido en una enamorada adolescente dispuesta al matrimonio y al martirio.

¿Pelearse con el general? ¿Cómo se le ocurría a la ingenua Bibi que uno pudiera torear en las plazas de México sin el apoyo de la cadena de periódicos de su marido? Además, si ella quería divorciarse, él no quería, y el apoderado era su esposa.

Con toda la dignidad de que pudo hacer acopio la Bibi se vistió y dejó el hotel. A pesar de su prisa tuvo tiempo para retirar de la gerencia su firma como aval de los gastos del torero.

Llegó a su casa buscando desesperada a la sirvienta con quien había mandado la carta al cuarto de su marido. Por desgracia era una mujer tan eficaz que había llegado al extremo de entregar la carta en la propia mano del general.

Bibi se encerró en su recámara a lamentar sin tregua el rapto de irresponsabilidad y cachondería que la había conducido a ese momento. Me odió por no haberla prevenido, por haberme hecho cómplice de su suicidio. No sabía qué hacer. Ni siquiera lloró, su tragedia no se prestaba a algo tan glamoroso y consolador como las lágrimas.

Al día siguiente bajó a desayunar a la hora en que su marido acostumbraba hacerlo.

Se encontró con el general simpático y apresurado bebiendo un jugo de naranja que alternaba con grandes bocados de huevo revuelto con chorizo. Cuando la vio aparecer se levantó, la ayudó a sentarse sugiriéndole que pidiera el mismo desayuno y se olvidara por una vez de las dietas y el huevo tibio. Ella aceptó comer chorizo en la mañana y hubiera aceptado cualquier cosa. No sabía si agradecerle al general que se hiciera el desenterado o si temblar imaginando los planes que él tendría guardados tras el disimulo.

Optó por el agradecimiento. Nunca fue más dulce y bonita, nunca más sugerente. El desayuno terminó con la cancelación de una junta muy importante que el general tenía en su oficina, y con el regreso de ambos a la cama.

En la noche tuvieron una cena en la embajada de Estados Unidos y al volver ella encontró sobre su tocador la carta sin abrir. ¿No la había visto su marido? ¿O de dónde había sacado un sobre igual si no quedaba otro en el país? Se durmió con las preguntas y abrazando el papel suizo, lacrado, con sus iniciales sobre el sello azul.

Despertó a tiempo para organizar un romántico desayuno en el jardín cerca de la alberca. Cuando el general bajó, ella tenía puesto un delantal de organdí blanco y la sonrisa de esposa mezclada con ángel que tanto le había servido en la vida y de la que no quería separarse jamás. Cocinó el desayuno y lo sirvió. Después, con el mismo pudor que si se desnudara, se quitó el delantal y fue a sentarse junto al satisfecho general.

Estaban terminando el café cuando llegó el asistente menudo y nervioso que iba siempre tras su marido recordándole compromisos y apuntando detalles. Bibi le preguntó si quería café y se lo sirvió mientras Gómez Soto iba al baño antes de salir. Se habían hecho amigos, a veces hacían chistes sobre las obsesiones del general.

—Estás ojeroso —le dijo Bibi.

—Todavía no me repongo del viajecito. Fui a Suiza y regresé en treinta horas. A comprar unos sobres, ¿me crees?

—Para que no andes jugando con lo de comer —le dije cuando terminó su historia.

—Después de todo, estuvo rico —me contestó—. Si se te antoja dar una jugada, el martes Alonso Quijano estrena su película. Me pidió que te invitara.

Lo consulté con la Palmita que siempre me pareció una mujer sensata y acabé yendo con ella. La película era malísima. Pero Quijano volvió a gustarme; tanto, que fui primero al coctel y después a su casa y de ahí a su cama sin detenerme siquiera a pensar en Andrés. Hasta que empezó a amanecer desperté medio asustada. Escribí en un papel: «Gracias por la acogida» y me fui.

Llegué a la casa cuando el sol entraba apenas por los árboles del jardín. Igual a la mañana en que lo vi salir junto a Carlos.

Estaba tan lejos y la recordaba como si fuera el mismo día. ¿Miedo a Andrés? ¿Miedo de qué?

Entré a nuestro cuarto haciendo ruido, con ganas de que me notara. Tampoco había llegado.

CAPÍTULO XXIII

Sin decidirlo me volví distinta.

Le pedí a Andrés un Ferrari como el de Lilia. Me lo dio. Quise que me depositara dinero en una cuenta personal de cheques, suficiente dinero para mis cosas, las de los niños y las de la casa. Mandé abrir una puerta entre nuestra recámara y la de junto y me cambié pretextando que necesitaba espacio. A veces dormía con la puerta cerrada. Andrés nunca me pidió que la abriera. Cuando estaba abierta, él iba a dormir a mi cama. Con el tiempo hasta parecíamos amigos otra vez.

Aprendí a mirarlo como si fuera un extraño, estudié su manera de hablar, las cosas que hacía, el modo en que iba resolviéndolas. Entonces dejó de parecerme impredecible y arbitrario. Casi podía yo saber qué decidiría en qué asuntos, a quién mandaría a qué negocio, cómo le contestaría a tal secretario, qué diría en el discurso de tal fecha.

Dormía con Quijano muchas veces. El se cambió a una casa con dos entradas, dos fachadas, dos jardines al frente. Uno daba a una calle y otro a la de atrás. El entraba por un lado y yo por el opuesto. Los dos llegábamos exactamente en el mismo tiempo al mismo cuarto lleno de sol y plantas. Quijano era un solemne. Intentaba describir lo que dio en llamar «lo nuestro» y hacía unos discursos con los que parecía ensayar el guión de su próxima película. Hablaba de mi frescura, de mi espontaneidad, de mi gracia. Oyéndolo me iba quedando dormida y descansaba de todo hasta horas después.

Andrés compró una casa en Acapulco a la que no iba nunca porque el mar le parecía una pérdida de tiempo. Yo me la apropié. Íbamos ahí muchos fines de semana. Invitaba otros amigos para disimular, llevaba a los niños, iba Lilia cuando quería descansar de Emilito, por supuesto venían Marcela y Octavio. Para todos era más o menos obvia mi relación con Quijano, hasta para Verania, que nunca le dijo nada a su padre pero se dedicó a patear las espinillas de Alonso y a soplarle a Checo intrigas cada vez que podía.

La casa quedaba entre Caleta y Caletilla, la rodeaba el mar y las tardes ahí se iban como un sueño. Hubiera podido pasarlas todas sentada en la terraza mirando al infinito como vieja empeñada en los recuerdos. El mar era Carlos Vives desde que nos escapamos tres días a una playa desierta en Cozumel. Lo miraba tratando de recuperar algo. ¿Qué sería lo mejor? Tanto tuvimos. ¿Por qué no la muerte?, me preguntaba, si hasta los días que pasamos en el mar resultó inevitable jugar con ella.

—Me voy a morir de amor —dije riendo una tarde que caminábamos mojando los pies en el agua tibia.

En mi miedo de siempre la muerta era yo y hasta me parecía romántico dejarlo con la ausencia, inventando mis cualidades, sintiendo un hueco en el cuerpo, buscándome en las cosas que tuvimos juntos.

Muchas veces imaginé a Carlos llorándome, matando a Andrés, enloquecido. Nunca muerto.

Horas pasaba en Acapulco mirando al mar, con la mano de Alonso sobre una de mis piernas y recordando a Vives:

—Nadie se muere de amor, Catalina, ni aunque quisiéramos —había dicho.

Me hubiera quedado a vivir ahí si para poseer ese lugar no hubiera sido necesario regresar a México a ganárselo oyendo las rabietas de Andrés contra su compadre, los planes para ser Presidente que se le frustraban cada tres mañanas, los discursos de héroe de la patria que cada tiempo le pedían en Puebla.

Además estaba Fito con sus frecuentes llamadas para pedir mi presencia en lugares extraños. Un día tuve que acompañarlo a poner la primera piedra de lo que sería el Monumento a la Madre. Echó un discurso sobre el inmenso regocijo de ser madre y cosas por el estilo. Después me invitó a comer a Los Pinos.

Chofi, que alegó jaqueca y se libró del sol y los apretujones de la inauguración, me preguntó qué me había parecido el discurso de Fito. En lugar de responder que muy acertado y callarme la boca, tuve la nefasta ocurrencia de disertar sobre las incomodidades, lastres y obligaciones espeluznantes de la maternidad. Quedé como una arpía. Resultaba entonces que mi amor por los hijos de Andrés era un invento, que cómo podría decirse que los quería si ni siquiera me daba orgullo ser madre de los que parí. No me disculpé, ni alegué a mi favor ni me importó parecerles una bruja. Había detestado alguna vez ser madre de mis hijos y de los ajenos, y estaba en mi derecho a decirlo.

Nos despedimos al terminar el café, y por un tiempo no me invitaron ni supe de ellos. Chofi me llamó cuando la muerte de doña Carmen Romero Rubio, la esposa de Porfirio Díaz, para preguntar si yo iría al entierro y lamentar que su marido se lo hubiera prohibido. A ella le pareció siempre que la pobre Carmelita era una víctima. Ese día sí le di por su lado: —Tienes razón, pobre Carmelita —dije— pero, ¿dónde estaríamos tú y yo si la injusticia no hubiera caído sobre ella de manera tan infame? —Colgó con la certidumbre de que su marido había hecho muy bien prohibiéndole ir al entierro.

En cambio Alonso sí acompañó el duelo. Hacía cosas extrañas. Nunca supe qué tenía en la cabeza. Lo mismo iba al entierro de Carmelita Romero Rubio, que celebraba toda una noche la liberación de París, o pasaba semanas junto a los antropólogos que descubrieron unas esculturas toltecas en el centro de la ciudad. Alegaba que todo cabía en el cine.

Andrés por esos días anduvo metido en un montón de líos. A su amigo el secretario de Economía un periodista lo acusó de complicidad con los acaparadores y de enriquecimiento mientras el pueblo padecía la escasez. El periodista era amigo de Fito y mi marido consideró que el artículo era idea de su compadre y estaba dirigido contra él. Intenté convencerlo de que era medio complicada su teoría, pero estaba tan seguro que ni me oyó.

A los pocos días la CTM hizo desfilar ochenta mil personas en protesta contra la carestía culpando también al amigo de Andrés. Para completar, la iniciativa privada exigió que se eliminaran las facultades de control que tenía la Secretaría de Economía Nacional. Andrés confirmó su tesis de que lo que Fito planeaba era renunciar a su amigo, entre otras cosas porque era su candidato. Esa vez ya no alegué nada porque Fito firmó un decreto que eliminaba las facultades de la Secretaría para controlar la producción de cemento, varilla y quién sabe qué más cosas. Sin autoridad, el candidato de mi general prefirió renunciar.

Andrés pasó días mentando madres contra Fito, contra la izquierda y contra Maldonado el líder que él inventó para quitar a Cordera. Estaba tan furioso que no quería ir al informe del primero de septiembre. Todavía esa mañana tuve que rogarle que se vistiera y que si tenía algo que pelear con Rodolfo lo peleara en privado.

Fuimos a uno más de los tediosos informes de su compadre y para nuestra sorpresa nos divertimos, porque el diputado que contestó el informe habló de la responsabilidad que tenía un gobernante ante Dios de salvar a la patria, criticó el modo en que se realizaban las elecciones y de paso acusó a la derecha de desprestigiar la Revolución y a la izquierda de propiciar la inmoralidad y la anarquía. No quedó bien con nadie. Cuando Fito salió de la Cámara, los diputados se le fueron encima al tipo del discurso y lo destituyeron. Andrés salió muerto de risa con el espectáculo. Le gustaba prever que su compadre tendría problemas y estar seguro de que lo llamaría porque solo no podía con los pleitos. Para eso lo había nombrado su asesor, para los pleitos. Pero esa vez Fito no quiso necesitarlo.

Después de las felicitaciones en Palacio hubo una comida con todo el gabinete. Para su estupor, Andrés no tuvo lugar a la izquierda de su compadre.

La tarjeta con su nombre estaba en una orilla de la mesa, al final de la hilera de ministros. No como siempre, antes que ninguno. A la derecha de Fito quedó el viejo general secretario de la Defensa y a su izquierda Martín Cienfuegos.

Andrés lo odió como nunca, como nunca lamentó haberlo ayudado cuando era sólo un abogadito tramposo, como nunca enfureció contra su madre que al conocerlo se encantó con él y lo quiso como a un hijo adoptivo.

Ya no se acordaba en qué momento Martín Cienfuegos había dejado de ser su aliado y subalterno para pretender caminar solo, quizá la misma mañana en que Andrés le presentó a Rodolfo hacía muchos años, quizá sólo hasta que siendo gobernador de Tabasco fue el primero en manifestarle su apoyo al general Campos para de ahí convertirse en jefe de su campaña, y todas esas cosas que Andrés recordaba interrumpiendo siempre para llamarlo oportunista de mierda.

A la izquierda de Rodolfo, más sonriente y bien peinado que nunca vio Andrés a Cienfuegos durante toda la comida. Regresó maldiciendo a su compadre porque era tan pendejo que acabaría dejándole la presidencia a ese hijo de la chingada farsante que era Martín Cienfuegos. Porque así era su compadre, se dejaba caer, lo bien impresionaban los finos, entre menos militares mejor, entre más elegantes más lo deslumbraban al pendejo.

Llegó a la casa y empezó a beber y a despotricar todavía esperando que Fito lo llamara. Pero Fito no lo llamó. A los pocos días logró que el líder de la Cámara revocara los acuerdos del día primero y restituyera en la presidencia al que contestó su informe.

Andrés no se aguantó las ganas de ir a verlo.

Volvió de Los Pinos vomitando verde y con un
dolor de cabeza que lo hacía gritar. No soportaba
ni la luz. Se encerró en un cuarto en penumbras a
repetirme una vez tras otra los elogios que el Gordo
había hecho de la intervención de Cienfuegos en la
solución del conflicto. Lo que más rabia le daba era
que su compadre le hubiera dicho que no lo había
consultado a él para no molestarlo. No quería creer
que Fito pudiera sobrevivir sin sus consejos y su
ayuda. No lo podía creer aunque cada día las cosas
estuvieran más claras, y más asuntos se arreglaran
o descompusieran sin que nadie lo llamara ni siquiera para pedir sus opiniones. Rodolfo parecía
dispuesto a decidir él solo quién se quedaría en su
lugar, y estaba resultando claro que su compadre le
estorbaba en eso.

Con nada perdía Andrés el dolor de cabeza
que se le encajó en esa última visita a Los Pinos. Un
día le ofrecí el té de Carmela. Lo bebió remilgando
contra las supersticiones de los campesinos y cuando
el dolor se le convirtió en ganas de ir a la calle y
enfrentarse a Rodolfo, se quedó mirando la taza
vacía:

—Estoy seguro de que es una casualidad, pero
en qué sobra tomarlo —dijo.

—En nada —contesté sirviéndome una taza.

Era un líquido verde oscuro que sabía a hier-
babuena y epazote. Después de tomarlo salí a cenar
con Alonso y estuve con él hasta la madrugada. Me
reí mucho y en ningún momento tuve sueño. A mí
también me sentó el té de Carmela, pero a la mañana siguiente no lo tomé. Andrés sí quiso más, esa
mañana y muchas otras hasta que llegó el día en
que sólo eso pudo desayunar.

Despertaba mentando madres contra su compadrazgo y el tiempo que se dedicó a complacer al

Gordo Campos, y se estaba tirado en la cama rumiando la derrota del día anterior y planeando algo nuevo contra Martín Cienfuegos hasta que yo endulzara su té de hojas verdes.

Un día, después de beberlo, le pidió a su ayudante los periódicos porque, según dijo, tenía un presentimiento. Algo ha de haber sabido desde antes pero fingió sorprenderse al mostrarme lo que aparecía en todas las primeras planas. La Procuraduría General de la República a cargo de un licenciado Rocha que era súbdito fiel de Cienfuegos, había desenterrado el caso de la desaparición y muerte del licenciado Maynez en Puebla. Según decía la información, a solicitud de su hija Magdalena quien aseguraba que el autor del crimen era el entonces gobernador del estado, general Andrés Ascencio.

Todos los testigos que años antes se contentaron con ir a los rosarios aparecían declarando cómo era el coche que secuestró al licenciado cerca del cine, cómo el tono de su voz pidiendo auxilio por la ventana, cuántos los casos que había ganado litigando en contra de los intereses del gobernador. Magda contaba la mañana que nos encontramos en Cuernavaca, asegurando que había visto discutir a su padre con Andrés Ascencio y lo había interrogado sobre las causas. Su padre le había hablado del interés que el gobernador tenía por los terrenos del hotel y balneario Agua Clara y le había prohibido defender a los dueños del embargo. Decía Magda que el licenciado no sólo rechazó la prohibición sino que se negó a aceptar el treinta por ciento del costo de los terrenos que el gobernador le ofreció por perder el pleito. Entonces —concluía— fue cuando lo amenazó de muerte.

Andrés se levantó gritando maldiciones y yo todavía estaba con los periódicos sobre las piernas cuando el ayudante entró con un citatorio de la Procuraduría.

—Estos son más pendejos que cabrones —dijo Andrés—. Como si no les supiera yo ninguna.

Se sirvió otra taza de té y fue a bañarse chiflando. Salió de la regadera eufórico y enrojecido. Por supuesto no se dirigió a la Procuraduría sino a buscar a Fito.

Quién sabe qué hablarían, el resultado fue que al día siguiente los periódicos publicaron una entrevista con el procurador general de justicia en la que el tipo exoneraba a Andrés de cualquier cargo y se refería a él varias veces como el respetable jefe de asesores del señor Presidente de la República.

Menos Magdalena, a la que nadie volvió a preguntarle nada, todos los testigos declararon haberse equivocado en sus juicios, y a los pocos días aparecieron como culpables los miembros de una banda de criminales a sueldo imposibilitados para declarar porque murieron en el tiroteo mantenido con la policía antes de ser atrapados.

De todos modos Andrés quedó lastimado y no volvió a ver al Gordo, pero tampoco tuvo necesidad de renunciar a su cargo. Compró una fábrica de cigarros y se propuso convertirla en la más importante del país. Volvió a decir a todas horas que el verdadero poder es de los ricos y que él se iba a convertir en banquero para que le hicieran los mandados todos los cabrones que de ahí en adelante se fueran subiendo a la silla del águila, en la que sabiamente Zapata no había querido retratarse.

No me apenó verlo perder fuerza. Salía con Alonso como si fuéramos novios. Cenábamos en el Ciro's casi todas las noches. Lo acompañaba a las funciones de gala y pasaba horas con él en las filmaciones. Una noche, después de una botella de vino, hasta lo besé en público.

Volvía a mi casa de madrugada y durante semanas no abrí la puerta de mi cuarto. Sólo a veces, como quien visita a su abuelo, tomaba té con Andrés en las mañanas.

Todo diciembre lo pasé en Acapulco sin ningún remordimiento. Los niños estaban de vacaciones, su papá siempre había dicho que la Navidad era un invento para pendejos, ¿por qué teníamos que pasarla juntos?

Sólo hasta unos días antes del Año Nuevo lo llamé para pedirle de dientes para fuera que lo pasara con nosotros. Cuál no sería mi sorpresa cuando lo vi aparecer la mañana del 31. Había adelgazado como diez kilos y envejecido como diez años, pero caminaba erguido y no perdía la sonrisa irónica que le era tan útil. Verania le gritó desde la terraza y bajó corriendo a besarlo. Llegaron con él Marta y Adriana con sus novios. Ya estaban en la casa Lilia con su aburrido esposo y Octavio con Marcela. Toda la familia del general.

Por supuesto Alonso estaba instalado conmigo. También eran mis invitados Mónica con sus hijos, la Palma y Julia Guzmán. En la noche debían llegar Bibi con Gómez Soto y Helen Heiss con sus hijos. Octavio y Marcela habían invitado tres parejas de amigos y Lilia llevó a Georgina Letona, la ex novia de su marido, para ver si la casábamos con mi hermano Marcos. Como si no supiera que Milito seguía cogiendo con ella, o a lo mejor porque lo sabía.

Total, éramos más de cincuenta para cenar. Creí que con todos ésos no se notaría la presencia de Alonso y fui tan dulce como pude con Andrés. Hasta me disculpé por haber llenado la casa de gente cuando él esperaba sólo una reunión familiar. Pasamos la tarde en la terraza, bebiendo ginebra con agua de limón mientras Alonso paseaba en la playa con Verania feliz y Checo empeñado en matar cangrejos.

Andrés estuvo mucho rato callado y por fin dijo:

—A Armillita lo cogió el toro en San Luis Potosí, a Briones en El Toreo. ¿Dónde me agarrará a mí?

Su voz era tan sombría que casi me apenó. Según él una pitonisa le había dicho que cuando en la misma quincena de un año cayeran dos toreros, no estaría lejos su muerte.

—Pues ya te salvaste porque se acabó este año —dije riendo—. Como no te mueras hoy en la noche, de aquí a que haya otra vez dos toreros cogidos en la misma quincena nos entierras a todos.

—Todavía eres mi rayito de luz —contestó con una voz extraña.

No supe si se estaba burlando o si la ginebra se le subía más rápido que antes. De todos modos me puse nerviosa y le di un beso.

CAPÍTULO XXIV

El año no empezó bien para Alonso. La presencia de Andrés en Acapulco le pareció intolerable. Era lógico. A pesar de la perfecta figura y el atuendo de magazine que él tenía siempre, a pesar de su cara joven y su trato agradable, Andrés se notaba más que él. No hacía más que entrar a un cuarto o acercarse a la conversación de un grupo y todo empezaba a girar a su alrededor. Era el héroe de sus hijos, el atractivo de mis visitas, el dueño de la casa y de remate mi marido.

Una tarde en que inventé ir a Pie de la Cuesta a ver meterse el sol, Quijano no quiso acompañarnos. Al regresar, Lucina nos dijo que se había ido a la filmación urgente. Luego ella misma me entregó una nota breve, diciendo: «Me voy. Supongo que entiendes la causa. Con todo, te quiero, Alonso».

Durante la cena Andrés hizo más de veinte chistes sobre el «arregladito» que había hecho el favor de dejarnos, por fin, en familia. Sus hijos se los rieron todos, yo algunos.

La primera noche me sentí culpable por Alonso, la segunda me cambié al cuarto de Andrés. Nunca tuvieron los hijos una sorpresa como la que les dimos ese fin de año mostrando una reconciliación llena de besos públicos y cortesías de novios.

Volvimos a México ya muy empezado enero. No busqué a Quijano. Me entretuve con las rabietas de Andrés y lo ayudé a criticar al Gordo y a sobrellevar la inminente candidatura de Cienfuegos.

A principios de febrero fuimos a Puebla, donde tomaba posesión el tipo que él había querido como gobernador. En Puebla, Andrés seguía siendo autoridad y le encantó recordar los honores y el trato de cacique respetable que se le daba. Ahí se sentía tan cómodo y seguro, que se le olvidó su cargo de asesor presidencial. Yo tampoco tuve ganas de volver a México y compartí con él la inmensa casa vacía cuando los niños regresaron a sus colegios acompañados por Lucina.

Se iba poniendo viejo, un día le dolía un pie y al otro una rodilla. Bebía sin tregua brandy de la tarde a la noche y té de limón negro durante toda la mañana. Me hubiera dado piedad si el jardín y el cuarto del helecho no revivieran insistentemente a Carlos.

Lilia me visitaba todos los días, me contaba los últimos chismes y me hacía reír. A mis amigas las veía algunas tardes. Mónica trabajaba con tal furia que a veces sólo podía darnos un beso y desaparecer. En cambio Pepa tenía el jardín toda la tarde y la placidez que sus encuentros en la bodega del mercado le dejaban en la cara y las palabras. También recuperé a Bárbara mi hermana que era como un ángel de la guarda, mejor que un ángel porque no me juzgaba, sólo se moría de la risa o se echaba a llorar y, como yo, pasaba de las carcajadas a las lágrimas sin ningún esfuerzo. Ella estaba conmigo la tarde que Andrés llegó a la casa sintiéndose muy mal. Volvía de Tehuacán donde le habían hecho

285

un homenaje. Uno de esos homenajes a los que iba rodeado de autoridades formales que públicamente le rendían cuentas y lo trataban como a un patrón. Ese día lo habían acompañado el nuevo gobernador del estado, el presidente municipal de Puebla y por supuesto el de Tehuacán, donde lo declararon hijo predilecto de la población.

Eran como las cinco cuando oímos el ruido de los autos ·llegando hasta la puerta.

—Qué tedio Bárbara —dije—, ya regresó. Va a llamarme para que lo escuche hacer el recuento de sus glorias.

Se había pasado el desayuno recordándome cómo estaban los obreros peleados entre sí cuando él llegó al gobierno, cómo durante su administración aumentaron los caminos, se construyeron escuelas, se terminó el descontento.

—Voy a decirles —me adelantó—: No vengo como gobernante, mi labor como tal ha terminado, vengo como hijo del estado de Puebla, como ciudadano y como hombre que sabe entregar el corazón. ¿Qué te parece? No me dices qué te parece Catalina, ¿para qué crees que te tengo?

En su locura de los últimos meses me había vuelto a nombrar su secretaria privada y yo quise seguirle la corriente para pasar el tiempo. Le extendí un papel en el que había escrito su posible discurso y señalé un párrafo cualquiera. Lo leyó en voz alta: «Estaré siempre al servicio de todos ustedes, aquí y fuera de aquí, como funcionario y como simple ciudadano. Les pido que desechen rencillas, que eliminen dificultades, que sigan trabajando con entusiasmo, como hermanos, como hombres que fueron a la Revolución con un programa social bien definido y por cuyo rescate si llegara a ser necesario iría con ustedes nuevamente a la lucha, sin llevar conmigo ninguna ambición personal política, porque ya como gobernante he cumplido, pero sí iría con el deseo de velar por la tranquilidad y el progreso de nuestro querido estado».

Terminó de leer y me dijo:

—No me equivoqué contigo, eres lista como tú sola, pareces hombre, por eso te perdono que andes de libertina. Contigo sí me chingué. Eres mi mejor vieja, y mi mejor viejo, cabrona.

Antes de irse pidió su té y me invitó una taza. La bebí despacio, esperando que llegara de a poco la extraña euforia que producía.

Matilde no había regresado a la cocina. Puso el té sobre la mesa, nos vio beberlo y le dijo a Andrés:

—Usted va a perdonar que yo me meta general, pero está usted tomando muy seguido esas hierbas y seguido hacen daño.

—Qué daño ni qué nada. Si no fuera por ellas ya me hubiera muerto. Son lo único que me quita el cansancio.

—Pero a la larga perjudican. Yo veo que usted se está desmejorando.

—No por las hierbas Matilde. ¿No me digas que sigues creyendo en esas cosas? —le contestó Andrés antes de dar el último trago—: Mira cómo está de rozagante la señora y ella también lo toma.

CAPÍTULO XXV

El presidente municipal de Puebla entró corriendo al cuarto del helecho:

—Señora, parece que el general se emocionó demasiado —dijo—. Venga usted pronto, no está bien.

Bajé hasta la que había sido nuestra recámara. Andrés estaba echado en la cama, aún más pálido que otros días y jalando aire con dificultad.

—¿Qué te pasa? ¿No estuvo bien? ¿Por qué no te quedaste a la comida? —pregunté.

—Me cansé y no quise morirme a media calle. Llama a Esparza y a Téllez.

—No seas exagerado —dije—. Todo el mundo se cansa, llevas meses del tingo al tango. Deberías ir a Acapulco más seguido.

—Acapulco. Ese horror sólo lo soportas tú. Y lo soportas con tal de escaparte, de abandonarme con el pretexto de que te hace bien el mar. Lo que te hace bien es dejarme.

—Mentiroso.

—No te hagas pendeja. Los dos sabemos para qué está la casa de Acapulco.

—Tú parece que no lo sabes, casi nunca quieres ir.

—No tengo tiempo para andar chapoteando y

no descanso ahí. Me molesta el mar, no se calla nunca, parece mujer. A donde voy a irme es a Zacatlán. Ahí entre los cerros se descansa bien y los días duran tanto que da tiempo de todo.

—Pero no hay nada qué hacer. ¿De qué te sirve el tiempo ahí? —dije.

—Siempre has de intrigar contra mi tierra, vieja desarraigada —dijo tratando de sacar un pie de la bota.

—Voy a llamar a Tulio para que te ayude, no hagas esfuerzo, de veras estás cansado.

—Te digo que llames a Téllez pero quieres que me muera sin ayuda.

—Llamamos a Téllez cada vez que estornudas, ya me da pena.

—Pena es lo último que tú vas a sentir. Llámalo. Ahora sí te la voy a hacer buena, me voy a morir, llámalo de testigo no vayan a decir que me envenenaste.

Me senté en el borde de la cama y le di unas palmadas en la pierna. Siguió hablando con una suavidad que alguna vez le conocí en destellos. Estaba extraño.

—Te jodí la vida, ¿verdad? —dijo—. Porque las demás van a tener lo que querían. ¿Tú qué quieres? Nunca he podido saber qué quieres tú. Tampoco dediqué mucho tiempo a pensar en eso, pero no me creas tan pendejo, sé que te caben muchas mujeres en el cuerpo y que yo sólo conocí a unas cuantas.

Se había ido poniendo viejo. Durante las últimas semanas lo vi adelgazar y encogerse de a poco, pero esa tarde envejecía en minutos. De pronto el saco resultó enorme para él. Tenía los hombros enjutos y la cara inclinada, la barba se le perdía entre el cuello duro de la casaca militar y los galones parecían más tiesos que nunca.

—Quítate esto —le dije—. Te ayudo.

Empecé a desabrochar aquella cosa dura, a lidiar con los botones dorados que siempre eran más grandes que los ojales. Jalé una manga y di la vuelta por su espalda para jalar la otra. Lo besé en la nuca.

—¿De veras te quieres morir? —pregunté.

—¿Cómo me voy a querer morir? No me quiero morir, pero me estoy muriendo, ¿no me ves?

Esparza y Téllez, los dos médicos más famosos de la localidad, los médicos de Andrés para los catarros y las diarreas que le daban de vez en cuando, y para todas las enfermedades mayores que se inventaba cada tres días, entraron con la misma parsimonia de siempre y con la misma certidumbre de que saldrían del asunto como siempre, dándole al general aspirinas pintadas de un nuevo color. Estaban acostumbrados al juego. El último mes los llamábamos cada vez que mi marido se quedaba sin quehacer o sin con quién conversar. Necesitaba tanto tener gente alrededor, oyéndolo y acatando cualquiera de sus ocurrencias, que desde que nos fuimos a México y con nosotros la mayoría de sus escuchas habituales, en Puebla siempre acabábamos llamando a Esparza, a Téllez, o a los dos y al juez Cabañas para que la tertulia creciera y la enfermedad terminara en partida de póker.

—¿De qué se nos muere ahora, general? —preguntó Téllez y siguió con Esparza el ritual de siempre. Le oyeron el corazón, le tomaron el pulso, lo hicieron respirar y echar el aire muy despacio. Lo único distinto eran los comentarios de Andrés. Habitualmente mientras lo revisaban hacía el recuento de sus sensaciones que eran muchas y contradictorias. Le dolía ahí y ahí, y ahí donde el doctor tenía la mano en ese instante le dolía también. Esa tarde no se quejó ni una vez.

—Hagan su rito cabrones —dijo—, me les voy a morir de todos modos. Espero que lloren siquiera un rato, siquiera en recuerdo de todo lo que me han quitado. Espero que me lloren ustedes porque esta vieja que se dice mi señora ya está de fiesta. Nomás mírenla, ya le anda por irse con quien se deje. Y se van a dejar muchos porque está entera todavía, está hasta mejor que cuando me la encontré hace ya un chingo de años. ¿Cómo cuántos Catalina? Eras una niña. Tenías las nalgas duras, y la cabeza, ah qué cabeza tan dura la tuya. Y ésa sí no se te ha aflojado para nada. Las nalgas un poco, pero la cabeza nada. Lo bueno es que va a estar Rodolfo para vigilarla. Mi compadre Rodolfo, tan pendejo el pobre.

—Necesita descansar —dijo Téllez—. ¿Tomó algún excitante? Parece que lo afectó la emoción del homenaje. Descanse, general. Le vamos a dar unas pastillas que lo relajen. Todo lo que tiene es cansancio, mañana será otro.

—Claro que seré otro, más tieso y más frío. También más descansado, por supuesto. Todos quieren que me muera. No se dan cuenta de la falta que hago, hacen falta los hombres como yo. Van a ver cuando se queden en manos de `Fito y el pendejo de su candidato. ¿Yo cansado? Cansado el Gordo que ni para pensar es bueno. Tener de candidato a Cienfuegos.

—Seguro es Cienfuegos, ¿quién te lo dijo? —pregunté.

—Nadie me lo dijo, yo lo sé. Yo sé muchas cosas, y conozco a mi compadre, le da las nalgas al primero que se las pide. Martín se las ha pedido en mil tonos, sobre todo engañándolo. Ya hasta lo hizo creerse inteligente.

Cienfuegos era el peor enemigo de Andrés porque no podía tocarlo. No porque Andrés lo hubiera protegido, ni porque fuera el ministro consentido de Fito, sino porque era un conquistador profesional que se ganó a doña Herminia en una tarde, y doña Herminia que no había tenido más hijos que Andrés tuvo siempre la manía de andar buscándole hermanos. De chico lo hermanó con Fito al que hasta llevó a vivir un tiempo en su casa, y de grande se encantó con la risa y los halagos del costeño Martín Cienfuegos.

—Este muchacho va a ser como otro hijo para mí, como el que se me murió. Y tiene que ser como un hermano para ti, ¿me oyes Andrés Ascencio? —dijo doña Herminia.

Entonces Andrés empezó a desconfiar de los encantos de Cienfuegos y a convertirlo en el rival inevitable que acabó volviéndose.

—Otro hermano te estoy dando —dijo la vieja— y más te vale cuidarlo, Andrés Ascencio, porque hasta creo que me recuerda a tu padre. ¿Aceptas ser como otro hijo mío? —le preguntó a Martín que la oía con más atención que a la Cámara de Diputados.

—Será un honor señora —dijo abriendo los brazos, dejándose ir sobre la mecedora, besando a doña Herminia en la frente para después abrazarla, acariciar sus mejillas y terminar hincado besándole las manos. —

No recuerdo mejor puesta en escena del amor filial. Hasta lágrimas de agradecimiento echó. Ni Andrés que idolatraba a la vieja hubiera podido hacer algo semejante. Volvió de Zacatlán furioso. Todo el camino de regreso fue llamándolo hijo de la chingada farsante. Dizque en broma, pero no lo bajó de ahí.

—Esa mi madre —empezó a decir sentado en la cama— qué hermanos me dio. Ni uno que más o menos entendiera dónde estamos parados. Primero la enterneció el Gordo Campos y luego este hijo de la chingada farsante de Martín. Es pendeja mi madre, una ignorante que con que le dieran sonrisitas y besos hasta la maternidad regalaba. Siquiera yo no heredé su pendejez, pero a Campos lo adoptó y lo heredó. Nada más hay que verlo. Agarra todas el imbécil, con tal de pavonearse y dárselas de fino y de legal. Como si con leyes y caravanas fuera a lograr algo. Para todo hace leyes, ¿no hasta inventó una que obliga a cada mexicano a enseñar a leer y a escribir a otro? Y según él, así ya acabó con el problema. En cosa de un rato no queda un indio incapaz de escribir su nombre, el del país y por supuesto el de su benemérito Presidente. Es un genio el Gordo, no más hay que verle la cara. Y su «hermano» Martín, su candidatito, va a acabar de chingarse lo que quede de país. Ese cabrón hasta las esperanzas va a subastar. En un ratito enlata el suspiro de tres mil desempleados y se los vende a los gringos para cuando quieran sentirse deprimidos. Va a vender el Ángel de la Independencia, el Hemiciclo a Juárez y si se descuidan hasta la Villa de Guadalupe. *Mexican souvenirs:* las olas de Acapulco, pedacitos de La Quebrada en relicarios y nalgas de vieja buena en papel celofán. Todo muy moderno y muy nais, que no se nos note lo rancheros, lo puercos, lo necios, lo ariscos. Otro Mexsicou. Lástima que me vaya a morir, porque conmigo vivo ese cabrón no se trepa a la silla del águila más que a balazos y a balazos le gano, a él y a todos los cabroncitos bien peinados que dizque lo hacen fuerte. Y me iba a perdonar mi santa madre pero ese hijo de la chingada farsante le quitaba yo la madre a madrazos. Las dos madres, la puta que lo parió y la pendeja que dio en adoptarlo.

—Ya deja eso de que te vas a morir —dije—. ¿Por qué no le haces caso al doctor Téllez, te tomas las pastillas y se juegan un póker antes de acostarse?

—Si acostado ya estoy, y mal acostado: viendo al techo y sin nadie encima.

—Nosotros nos vamos —dijo Esparza.

—Ya era hora cabrones —contestó Andrés.

—Descanse general, no tome café, ni coñac, ni excitantes. Vengo mañana temprano a jugarle la del arranque.

Me dejaron sola con él. Fui a sentarme en la orilla de la cama.

—¿Quieres más té? —dije sirviéndoselo.

Se incorporó para tomarlo y volvió a preguntarme:

—¿Qué quieres tú Catalina? ¿Vas a coquetear con Cienfuegos? ¿Quién es Efraín Huerta?, ¿y cómo sabe que de un seno tuyo al otro solloza un poco de ternura?

—¿Dónde encontraste sus poemas? —pregunté.

—En mi casa no valen los cerrojos.

—¿Qué vale?

—Era amigo de Vives, ¿verdad? Te conoce mal, tú ya no tienes sollozos ni en los senos ni en ninguna parte, ni fingirlos podrías, ¿y ternura Catalina? ¡Qué tipo tan ingenuo! No en balde está en el Partido Comunista.

Caminé hasta la ventana. Ya muérete, murmuré mientras él seguía habla y habla hasta quedarse dormido. Luego fui a acostarme junto.

Al rato despertó, puso la mano sobre mis piernas y empezó a acariciarme. Abrí los ojos, le guiñé uno, fruncí la nariz.

—¿Por qué no te levantas y le hablas a Ca-Cabañas? —dijo—. Me duele una pierna.

—A Téllez, ¿no?

—A Cabañas Catalina, no estoy para perder el tiempo.

Cuando Cabañas llegó, Andrés tenía entumidas las dos piernas y hablaba despacio.

—¿Trajiste el dos Cabañas? —dijo haciendo un esfuerzo.

—Sí general, los traje todos.

—Dame el dos.

—¿Qué es el dos? —pregunté.

No me contestó. Empezó a firmar con su eterna pluma fuente de tinta verde.

Un rato después se murió.

CAPÍTULO XXVI

Llamé a sus hijos. Alguien le avisó a Rodolfo que llegó como a las once de la noche. Entró con su barriga, su lentitud y su cauda a querer dirigir:

—Vamos a llevalo a Zacatlán.

—Como tú quieras —contesté.

—El así ordenó.

—Le creo señor Presidente, vamos a llevarlo a Zacatlán.

—Te agradezco la colaboración. Ya sé del testamento.

—No hay qué agradecer. Espero hacerlo bien.

—Si tienes problemas cuenta conmigo —dijo.

—Quiero contar contigo para no tenerlos —contesté.

—No te entiendo, era como mi hermano, eres su mujer ¿Qué quieres que haga?

—Que no te metas, que no me ayudes, que no hagas tratos con las otras viudas. Todas recibirán lo suyo, pero tendrán que venir conmigo para recibirlo.

—¿Quiénes son las otras viudas?

—Compadre, no estás hablando con tu mujer. Sé perfectamente quiénes son las otras viudas y cuántos son los hijos que no han vivido con nosotros. Sé qué haciendas son para unos, qué casas para otros.

Sé qué negocios, qué dinero, hasta qué reloj y qué mancuernillas son para quién.

Se quedó callado, asintió con la cabeza y fue a pararse a un lado de la caja gris. Intentó una cara de pena pero le ganó el gesto de aburrimiento que llevaba a todas partes.

La gente llenó mi casa. A empujones llegaban hasta Rodolfo. Los hombres le daban abrazos acompañados de palmadas en la espalda, las mujeres apretaban su mano.

Yo estaba parada del otro lado de la caja, no quise sentarme. Pasé ahí toda la noche estrechando manos y recibiendo abrazos. No lloré. Hablé sin parar. Con cada gente hablé de él, recordé dónde se conocieron y cuándo había sido la última vez que nos vimos.

Como a las dos de la mañana Fito se fue a dormir. Lucina me llevó un té. Me senté un rato. En la silla de junto, encontré a Checo. Me pareció tan niño.

—¿Cómo estás, mamá? —preguntó.

—Bien, mi vida, ¿y tú?

—Bien también —y no hablamos más.

Verania se había ido a dormir más temprano. A Marta el doctor tuvo que atenderla porque le dio un mareo.

—Veo que tu novio no vino a darte el pésame —me dijo Adriana cuando estuvimos juntas.

—No hables así —le ordené.

—No pretendas educarme ahorita. Es un poco tarde —me contestó—. Además todo el mundo sabe lo de Alonso. Estoy segura de que medio velorio vino nada más a verlo entrar con cara de yo era amigo del difunto.

Tenía razón. Y odio. Qué bien puesto tenía

el odio esa niña. Lilia, Marcela y Octavio me acompañaron hasta que amaneció.

Toda la noche duró el desfile de dolidos con los dolientes. Yo no me moví de mi lugar de viuda.

—Admiro su entereza, señora —me dijo Bermúdez, un hombre que hacía de maestro de ceremonias en los actos políticos cuando Andrés era gobernador.

—La felicito, doña Catalina —dijo la esposa del presidente municipal.

Hubo de todo. Creo que me divertí esa noche. Era yo el centro de atención y eso me gustó. Al entrar todos me buscaban con los ojos, casi todos querían abrazarme y decir cosas, pero lo mejor fue lo que me dijo Josefita Rojas, que entró con los pasos apresurados y la cabeza erguida con que recorría las calles de la ciudad como si quisiera agotarla. Nunca se subía a un coche, a todas partes llegaba caminando. Vivía en el cerro de Loreto y desde ahí bajaba al centro, a Santiago o a donde la invitaran, dando esos pasos que todavía la mantienen viva. Josefita me abrazó fuerte, después me tomó de los hombros y me miró a los ojos.

—¡Vaya! —dijo—. Me da gusto por ti. La viudez es el estado ideal de la mujer. Se pone al difunto en un altar, se honra su memoria cada vez que sea necesario y se dedica uno a hacer todo lo que no pudo hacer con él en vida. Te lo digo por experiencia, no hay mejor condición que la de viuda. Y a tu edad. Con que no cometas el error de prenderte a otro luego luego, te va a cambiar la vida para bien. Que no me oigan decírtelo, pero es la verdad y que me perdone el difunto.

Como a las seis de la mañana pensé que debía ir a cambiarme de ropa y de aspecto. Casi no había nadie en la sala a esas horas. Me acerqué a la caja abierta y vi la cara de Andrés muerto. Quise encontrar alguna dulzura en los rasgos de su cara, algún guiño de complicidad de esos que a veces me hacía, pero le vi el gesto tieso de cuando se enojaba, de cuando pasaba días sin hablarme porque algo lo andaba preocupado y ni el buenas noches podía interrumpir el enredo de su cabeza.

—Adiós, Andrés —le dije—. Van a venir por ti para llevarte a Zacatlán. Te querías ir ahí a descansar, y Fito está empeñado en darte gusto. Ahora sí lo que quieras, pídele lo que quieras. Anda listo para lo que se te ofrezca. Qué feo estás. Me chocas con esa cara. Siempre me has chocado con esa cara. Ve a ponérsela a otra, yo tengo demasiados líos como para cargar con tu cara de reproche. ¿No querrás que me suicide de pena? Ya oíste lo que dijo Josefita, voy a estar mejor que nunca sin ti. No quiero ir a tu entierro, seguro me van a subir en el mismo coche que Rodolfo y lo voy a tener que aguantar todo el camino hasta Zacatlán. Y tú metido en tu caja, muy quitado de la pena mientras yo lo aguanto. ¿Así va a ser para siempre? ¿Cuándo me lo voy a quitar de encima? Justo encima más le vale no querer ponerse. Tú porque eras simpático y me agarraste niña. ¡Cómo me hacías reír, cómo me dabas miedo! Cuando ponías esta cara me dabas miedo. Esta cara pusiste cuando te insulté por matar a Lola. Que a mí que me importaba, dijiste. Así que me dejas todo para que yo lo reparta. Lo que quieres es joder, como siempre. ¿Quieres que vea lo difícil que resulta? ¿A quién le toca qué según tú? ¿Quieres que lo adivine, que siga pensando en ti durante todo el tiempo que dure el horror de ir dándole a cada quien lo suyo? Quieres ver si me quedo con todo. ¿Qué te crees tú? ¿Que no me vas a dejar en paz, que me vas a pesar toda la vida, que muerto y todo vas a seguir siendo el hombre al que más horas le dedico, que para siempre voy a pensar en tus hijos y tus mujeres? Eso querrías, que te siguiera yo cargando. ¿Qué le toca a quién, desde mi justicia? ¿Crees que les voy a dar el gusto de quedarme con todo? ¿Para que puedan ir diciendo que tenían razón, que siempre supieron que yo no era más que una ambiciosa? ¿O crees que me voy a quedar a media calle, pidiéndole a Fito una caridad? No, Andrés, los voy a llamar a todos a echar volados y a ver quién se gana esta casa tan fea, a ver a quién le tocan los ranchos de la sierra, a quién el Santa Julia y a quién La Mandarina, a quién los negocios con Heiss, a quién el alcohol clandestino, a quién la Plaza de Toros, a quién los cines y a quién las acciones del hipódromo, a quién la casa grande de México y a quién las chicas. Puros volados, Andrés, y el que ya esté metido en alguna parte pues ahí se queda, no voy a sacar a Olga del rancho en Veracruz, ni a Cande de la casa en Teziutlán. Ni loca voy a querer meterme en casa ajena. Yo quiero una casa menos grande que ésta, una casa en el mar, cerca de las olas, en la que mande yo, en la que nadie me pida, ni me ordene, ni me critique. Una casa en la que pueda darme el gusto de recordar cosas buenas. Tu risa de alguna tarde, nuestros juegos a caballo, el día en que estrenamos el Ford convertible y lo corrimos a toda velocidad camino a México por primera vez. En la noche me dijiste «deja que yo te quite la ropa» y me la fuiste quitando despacio y yo quieta hasta que me quedé desnuda mirándote. Entonces siempre te miraba con agradecimiento. Empecé a temblar porque hacía frío y todavía me daba vergüenza estar desnuda a medio cuarto. Te chupaste un labio y caminaste hacia atrás: «qué bonita eres», dijiste como si me vieras por primera vez y no fuera tuya. No soporté seguir ahí parada, te dije «ya, Andrés, ya no me veas así», y corrí a meterme bajo las sábanas. Entonces te acercaste y me pusiste el dedo en el ombligo: «¿qué guardas en este agujerito?», preguntaste, y yo te dije «un secreto». Toda la noche buscamos el secreto, ¿te acuerdas? Tengo sueño, ganas de irme a mi cama toda para mí, sin tus piernas cruzándose a media noche en mi camino, sin tus ronquidos. Me iría a dormir, pero quiero ir a Zacatlán. Detesto ese lugar tan mojado, tan lleno de recovecos, pero quiero ir a ver a la gente parada en las puertas de sus casas esperando que pasemos contigo muerto, por fin. Pondrán cara de pena tus empleados, los que siembran tus ranchos y cuidan tu ganado. Pero estarán felices, en la noche beberán licor de fruta y se reirán de nuestra suerte. Ahí va la viuda —dirán—. Tan piruja. Apenas y le medio pagaba con la misma moneda. Viejo rabo verde, cabrón, ratero, asesino. Simpático —dirá alguno—. Loco, murmurará doña Rafa, la amiga de tu mamá. Con sus ciento veinte años te verá pasar desde su mecedora de palo. Loco —dirá—, yo siempre le dije a Herminia que ese niño le había salido medio loco. Atrabancado, contestaría tu madre, por atrabancado me gusta. También a mí me gustaste por atrabancado, ¿cómo fue que me gustaste si estás tan feo? Te hubiera imaginado así la tarde que nos conocimos y no me hubiera metido en tanto lío, no estaría yo aquí sola viendo salir el sol, con una flojera espantosa de ir a enterrarte. Pero ni modo. Ya me voy a vestir. ¿Qué me pondré? Velo de viuda, no. Tú a veces me dabas buenas ideas. ¿Te acuerdas cuando me compré el vestido de seda roja en esa tiendita de Nueva York? Yo no lo quería, tú lo escogiste y me

gusta ponérmelo. Una viuda de rojo se vería mal.
Pero con ese vestido aguantaría mucho más fácil todo
el teatro que me falta. Rodolfo se portaría bien conmigo. Me acuerdo cuando me lo puse para El Grito
el año pasado. Ya muy noche, después de varios brindis, con la banda presidencial cuatrapeada me jaló
hasta el balcón y lo abrió, me hizo salir con él a la
plaza que empezaba a quedarse vacía. «Con ese vestido pareces una parte de la bandera, te traigo entre
los ojos desde que llegaste, me costó trabajo no gritar después del Viva México, Viva la Independencia,
Viva mi comadre que está tan guapa como la misma
patria.» Se me echó encima, salí corriendo a buscarte. El fue atrás de mí: «le decía yo a tu mujer que
está muy guapa. No te ofende, ¿verdad?», dijo como
si temiera que yo te contara. No sabía quién eras,
no sabía que tú estarías de su lado, que de fanta-
siosa no me hubieras bajado si te cuento su ridículo.
Ya es muy tarde, tengo poquito tiempo para cambiarme, ¿no voy a ir así de fea? Habrá fotógrafos, estará
Martín Cienfuegos.

Me puse un vestido de jersey negro y abrigo
de astracán. No encontré zapatos bajos. Tenía como
noventa pares de zapatos y no pude encontrar unos
negros cómodos. De negro sólo me vestía para ir
a fiestas. Siquiera encontré unos cerrados porque con
el abrigo y el frío sólo Chofi usaría sandalias. Me pinté
poco: rímel en las pestañas y crema en los labios,
chapas no. El pelo recogido en un chongo. Andrés
hubiera dicho que era yo una viuda de buen ver.
Salimos a las nueve. Una caravana como de
cuarenta coches. Los íntimos, se dijo. Yo me quería
ir con el Checo y con Juan mi chofer. Aproveché
que Fito inventó cargar la caja junto con el gober-

nador, Martín Cienfuegos y un líder obrero para sacarla de la casa a la carroza.

—Vámonos tú y yo en el Packard —le dije a Checo—. Llama a Juan.

Nos subimos al Packard y Juan lo acomodó atrás del coche de Fito, que estaba justo atrás de la carroza. Pensé que era mejor no tener que ir todo el camino viéndola.

Nos sentamos solos en el asiento de atrás. Estiré las piernas, le di un beso al niño. Estábamos muy a gusto cuando llegó el secretario particular de Rodolfo diciendo que decía el Presidente que yo me fuera con él en el otro coche.

—Dígale que gracias, que estoy bien aquí, que no quiero dejar solo al niño.

Se fue y regresó más contundente:

—Dice que se traiga usted al niño.

Iba a poner otro pretexto cuando apareció Fito. Su secretario le abrió la puerta y él se metió a nuestro coche como a su casa.

—Perdón, Catalina —dijo—, no sabía que ya estabas instalada. Lo que no quiero es que vayas sola. Tú y yo debemos ir juntos tras la carroza. No tienes por qué ponerte detrás de mi coche, en este momento somos nada más su familia. Hoy no soy Presidente.

—Pues si te quitas ese chiste, ¿cuál te queda? —quise decir, pero sólo sonreí haciendo una mueca de pena, como de que agradecía las atenciones aunque la tristeza no me dejaba expresarlo en palabras.

Me corrí para que pudiera sentarse junto a nosotros. Ese coche era enorme, en el asiento de atrás cabían fácil cinco personas. Un vidrio se levantaba entre los de atrás y el chofer. Yo nunca lo cerré, me gustaba platicar con Juan y que me cantara canciones. Rodolfo lo primero que hizo fue in-

tentar subirlo. Estaba duro por la falta de uso, su
secretario pujó hasta que la palanca quiso dar vueltas y el vidrio fue subiendo. Me dio pena con Juan,
él no estaba acostumbrado a esas groserías. Checo
lo notó. Era buen amigo de Juan. Juan fue su papá
y su mamá durante mucho tiempo. Dijo que quería
irse adelante para ver. No lo consultó, abrió la puerta, se bajó y fue a sentarse junto a Juan en tres segundos. Desde ahí volteó a mirarme. Condenado muchacho, me dejó con Rodolfo y el secretario.

—Dígale a Regino que se quite de ahí y nos
deje el sitio. Usted váyase con él —ordenó Fito, y
nos quedamos solos. Yo me puse las manos en la
cabeza, y la agaché suspirando. Me caía tan mal el
señor Presidente.

Los coches empezaron a caminar despacio,
como si nada más fuéramos al Panteón Francés.

—A esta velocidad no vamos a llegar ni en
dos días —le dije a Rodolfo cuando por fin salimos
de la ciudad. El volteó hacia atrás. No se veía el fin
de la hilera de autos que nos seguían.

—Tienes razón —me contestó, y bajó el vidrio para ordenarle a Juan que llamara al chofer de
la carroza en que iba Andrés a su último homenaje.
Hubiera gozado con tanta gente. Después de hablar
con Rodolfo, el que manejaba la carroza llevó a la
comitiva a una velocidad menos fúnebre.

—¿Así te parece bien? —preguntó Fito acariciándome la mano enguantada.

Empezamos a cruzar por pueblos grises de
tierra. Así son todos los pueblos del camino antes
de subir a las montañas. Pueblos a los que difícil-
mente les crece algo verde. Son sólo tierra y campesinos terrosos. En algunos, el gobernador organizó
contingentes del partido que se paraban con flores
en la orilla de la carretera. Al encontrarlos nos de-

teníamos, los más importantes venían hasta el coche
y nos daban la mano. Los demás ponían las flores
en la carroza y luego se iban a parar cerca con el
sombrero entre las manos.

Me entró un sueño espantoso. Por más que
hacía para no cabecear, de repente los ojos se me
cerraban.

—Ponte cómoda y duerme —dijo Fito.

Nada más de oír la sugerencia desperté. Pensar que pudiera verme perdida, hasta babeando mientras dormía. No quise imaginar la humillación. Preferí platicarle. De él, de Andrés, de los hijos, del
país, de la guerra.

Nunca habíamos hablado tanto tiempo. Era
menos tonto de lo que imaginé. Y menos aburrido.
O quizá me lo pareció porque acabamos hablando
de la sucesión y de lo que él pensaba sobre cada uno
de los precandidatos. Logré sacarle que su elegido
era Cienfuegos. Habló de él hasta que llegamos a
Zacatlán, como a las cinco.

Las calles estaban llenas de mirones. «Todos
los que me ven son ojos», decía un camión de carga
que nos rebasó en la carretera. Y yo pensé tomarlo así.
Ojetes, diría Andrés, ojetes todos los que me están
mirando y me critican.

Llegamos hasta la plaza principal a recoger
a doña Herminia. Fito la abrazó.

Ahí en la calle, prendida de Rodolfo, parecía más vieja y frágil que nunca, pero en cuanto entró
al coche recuperó su actitud fuerte y desapegada. Ni
una lágrima ni una palabra. Noventa y cuatro años.

En el panteón hubo como veinte discursos.
Creí que nunca volveríamos. Verania y Sergio estuvieron parados junto a mí todo el tiempo. Como si
hubiéramos ensayado la película de la familia unida

por la pena. Verania hasta me dejó abrazarla, Checo me apretaba la mano como un novio.

Cuando los enterradores iban a palear la tierra sobre su padre les dije que tomaran un puño y lo echaran antes.

Me agaché hasta el suelo al mismo tiempo que ellos. Tomé la tierra y la tiré contra la caja que ya estaba en el fondo de un hoyo oscuro. Los demás hijos hicieron lo mismo que nosotros. Yo quise recordar la cara de Andrés. No pude. Quise sentir la pena de no ir a verlo nunca más. No pude. Me sentí libre. Tuve miedo.

Quise sentarme en la tierra. Quise que no estuvieran encima los ojos de tanta gente. Quise que no me importara llorar como Lilia que tenía la cara sucia y hacía ruido, como Marcela recargada en Octavio, como Verania hipeando de tan sorprendida y abandonada.

Pensé en Carlos, en que fui a su entierro con las lágrimas guardadas a la fuerza. A él podía recordarlo: exactas su sonrisa y sus manos arrancadas de golpe.

Entonces, como era correcto en una viuda, lloré más que mis hijos.

Checo seguía tomado de mi mano, Verania me hizo un cariño, empezó a llover. Así era Zacatlán, siempre llovía. Pero a mí ya no me importó que lloviera en ese pueblo, era mi última visita. Lo pensé llorando todavía y pensándolo dejé de llorar. Cuántas cosas ya no tendría que hacer. Estaba sola, nadie me mandaba. Cuántas cosas haría, pensé bajo la lluvia a carcajadas. Sentada en el suelo, jugando con la tierra húmeda que rodeaba la tumba de Andrés. Divertida con mi futuro, casi feliz.